김석진 新무협 판타지 소설

삼류무사

4

삼류무사 4

김석진 新무협 판타지 소설

초판 1쇄 찍은 날 § 2002년 6월 17일
초판 1쇄 펴낸 날 § 2002년 6월 27일

지은이 § 김석진
펴낸이 § 서경석

편집장 § 문혜영
편집책임 § 장상수
편집 § 박영주 · 김희정 · 권민정
마케팅 § 정필 · 강양원 · 김규진

펴낸곳 § 도서출판 청어람
등록번호 § 제1081-1-89호
등록일자 § 1999. 5. 31
어람번호 § 제2-0099호

주소 § 경기도 부천시 원미구 심곡1동 350-1 남성B/D 3F (우) 420-011
전화 § 032-656-4452 팩스 § 032-656-4453
E-mail § eoram99@chollian.net

값 7,500원

ISBN 89-5505-180-8 (SET)
ISBN 89-5505-393-2 04810

김석진 新무협 판타지 소설

삼류무사

三流武士

4

도서출판
청어람

◇◇ 목 차 ◇◇

◇ 제36장
의부(義父)

의부(義父)

　　누누이 얘기하지만 정혜란은 통이 크다. 얼마나 크냐고? 화산 내에서만 최고인 줄 알았는데 이제 보니 양양에서도 그녀를 따를 이가 없어 보였다. 뭐, 통 큰 게 그리 나쁜 일일까마는 그 정도가 거의 독보의 수준이라는 데 문제가 있었다.

　　독보적인 통 크기.

　　통이 큰 사람들이 으레 그러하듯 정혜란은 손이 크다. 얼마나 크냐고? 같은 말을 반복한다는 건 바보 같은 짓이니 이쯤에서 그만두겠지만 당사자에겐 단지 그만둘 수 없는 경우도 있다.

　　지금 같은 경우다!

　　이른 아침에 일어나서 기분 좋게 기지개를 켜고 라라거리며 부엌에 들어설 때까지도 그녀의 아침은 여느 때처럼 평온한 것이었다. 시원한 완탕으로 아침을 만들려고 식료품을 쟁여놓은 찬장을 열기 전까지도 그 기분은 별 변화가 없었다. 그런데!

와르르르…….

"꽥!"

이제야 문을 열어준 걸 항의라도 하듯 기운차게 뛰쳐나오는 식료품들의 행렬은 흡사 정부의 폭압에 항거하여 난을 일으킨 민중의 그것처럼 노도와 같아 통 크고 손 큰 그녀의 입에서 절로 바보 같은 비명을 만들어내었다.

한참을 쏟아지고서야 할 말 다 했다는 듯 점잖게 굴러 떨어진 양파한 다발로 마지막 외침을 끝낸 찬장이 마지못해 침묵을 지키자 그때까지 멍하니 있던 정혜란의 어깨가 푸들푸들 떨려왔다.

"뭐, 뭐야, 이거! 누가 이렇게 미련한 짓을 한 거야! 이걸 다 어쩌라… 엥? 허걱!"

재빨리 주위를 경계하는 그녀의 눈은 방금 전 일어나서 흐리멍덩함을 자랑하던 그것이 아니었다. 사실 들을 사람도 없지만.

어쨌든 창피함은 그럭저럭 면한 것 같아 안도의 한숨을 몰아쉬고 득의의 미소를 지었지만 바닥에서 나뒹구는 냉엄한 현실이 그녀를 다시한 번 고뇌의 숲으로 인도했다.

"에구, 이걸 어쩐다냐? 이 많은 걸 다 어떻게 해!"

바닥을 배회하는 수많은 식료품들이 '자, 이제 우릴 어쩔 건데? 라고 하는 듯 볼품없는 모습으로 정혜란을 바라보고 있었는데 그 양이 장난이 아니었다.

장정 열 명이 먹어도 충분할 정도였다!

두고 먹으면 되지 않느냐고? 어림도 없는 소리다. 채소는 시집살이 십 년 만에 청춘의 미모를 다 잃은 중년 아낙마냥 윤기를 잃었고 나물류는 행여 누가 볼까 두려워 얼굴 붉힌 색시처럼 끝 부분이 변색되어 있다. 오늘 안에, 그것도 최대한 빠른 시간 내에 조리하지 않으면 내다 버려야 할 판이다.

"아아… 나란 애는 왜 이 모양이지?"

무릎 사이로 고개를 처박고 탄식을 토해냈지만 도와줄 사람은 아무도 없다.

'몽땅 싸서 쥐도 새도 모르게 내다 버릴까?'

말도 안 된다. 사부님이 아신다면 쫓겨날 것이다. 그녀 역시 고아였기에 음식물의 소중함 정도는 잘 알고 있다. 절대 그럴 순 없다.

힘없이 나물들을 쓰다듬던 그녀가 갑자기 벌떡 일어나 기운차게 칼질을 시작한 이유는 알기 어려웠다. 힘만 되찾은 게 아니라는 듯 정혜란의 입에선 노랫소리까지 새어 나오고 있었다. 그 목소리가 얼마나 낭랑했던지 자고 있던 장유열까지 깨웠으니까.

"오늘 혜란이가 기분이 썩 좋은가 보군."

"그럴 거 없다! 표국에서 주는 식사도 꽤나 먹을 만해!"

"에이, 아녜요. 아무리 표국에서 나오는 밥이 괜찮다 해도 일반 가정집에서 만든 것과 비교가 되겠어요?"

"수고스럽게 뭐 하러 그러느냐? 난 상관없으니 신경 쓰지 말거라."

"대인!"

정혜란이 목소리를 높였다. 그녀의 기세는 실로 놀라운 것이라 뜨거운 완탕을 조심스레 목구멍으로 넘기던 장유열이 하마터면 혓바닥을 델 뻔했다.

"대인께선 절 시비 이상으로 안 보고 계셨군요? 하기야⋯ 시비 주제에 버릇없이 주인마님께서 일하시는 근무처에 출입을 한다면 누가 봐도 흉이겠지요. 거기다 점심까지 싸서 간다면 말이에요. 건방진 말씀 올려서 죄송합니다."

"얘, 얘야⋯ 난 그런 의도가 아니라……."

"아니에요 시.비. 주제에 시.비.답지 않은 행동을 보여서 송구스럽습니다. 그럼 천천히 드세요. 시.비.는 이만 물러갑니다."

"이 녀석아!"

이번에는 장유열이 언성을 높였다. 그녀가 한 자씩 씹어뱉은 시비의 위력은 놀라운 것이라 그 음절 하나하나가 장유열의 가슴을 후벼 팠다.

"네가 고생스러울까 봐 그런 거야! 호의를 호의로 받아들이지 못해서 내가 미안하구나. 그럼 오늘은 점심도 호강을 좀 해볼까나?"

"예!"

둘은 서로를 바라보며 약속이나 한 듯 웃었다. 그런데 문득 정혜란의 눈가에 그렁그렁 눈물이 맺힌 건 왜일까?

"아⋯ 그럼 대인께선 마저 식사를 하세요. 전 주방에 볼일이 좀 있어서……."

소매로 눈가를 가리며 주방으로 뛰쳐나간 그녀가 야채를 볶으며 소리 죽여 울기 시작했다. 그 눈물은 결코 아픔의 그것과는 거리가 멀었다.

"그게 다 뭐냐?"

"음식이요."

너무 당당한 정혜란의 말에 당연한 놀라움을 표시한 장유열이 오히려 바보가 된 듯했다. 그렇지만 이건 많아도 너무 많다. 그녀의 양손을 가득 채우고 남음이 있는 보따리들에 모두 음식이 담겨져 있다면 이걸 누가 다 먹는단 말인가!

"그, 그걸… 묻는 게 아니잖느냐? 그거… 어떻게 처리하려고…….”

"좀 많나요?"

"이게 어디 좀 많은 거냐? 혜란아… 어휴!"

나뭇등걸에서 느긋하게 점심을 기다리던 장유열의 앞에 불쑥 나타난 정혜란의 모습은 흡사 피난민과 같았다. 이고 지고 품에 안고 가져온 보따리들에서 나는 은은한 내음으로 미루어 그것이 옷가지 따위가 아니란 건 알겠지만 전부 음식이라면 항우장사라도 다 먹을 수 없을 거다.

"아하하… 너무 많구나… 하하."

너털웃음을 터뜨리는 그녀를 보며 기가 막혀 하던 장유열의 입가에도 어느새 잔잔한 미소가 흘렀다. 정혜란을 잘 알고 있는 그이기에 오늘의 상황이 대충 짐작되었던 것이다.

'어쩐지 이 녀석이 점심을 싸온다고 하더니, 또 식료품이 남았던 게로군.'

그의 생각과 다르게 여전히 의뭉을 떠는 정혜란은 고개까지 갸웃거리며 연기에 몰입해 있었다. 이럴 땐 그저 맞장구가 최고다.

"호오~ 이걸 어떻게 할꼬? 버릴 순 없고, 그렇다고 내가 다 먹을 양은 아니고…….”

"죄송해요. 이놈의 손이 웬수지! 또 음식을 낭비하게 됐잖아… 아!"

자기 손을 때리며 자책하던 그녀가 문득 생각난 듯 손바닥을 부딪

쳤다.

"갑자기 생각난 건데요, 장 가까께서 근무하시는 실주회수조 분들에게 음식을 나눠 드리는 게 어떨까요? 아직 점심 시간도 아니니 식전일 테고 사람 수도 얼추 맞을 것 같네요! 아, 이거 내가 생각해 낸 거지만 괜찮은걸!"

하고 슬그머니 장유열을 곁눈질해서 보는 그녀의 모습이 너무 뻔하고 귀여워서 웃음을 터뜨릴 뻔했으나 어디까지나 맞춰주기 위해서 그가 냉큼 호응했다.

'갑자기라……'

"오! 그거 훌륭한 생각이구나! 추산이의 첫 직장 사람들에게 변변한 인사 한번 하지 못한 게 늘 마음에 걸렸었는데… 네가 나보다 낫다!"

엄지손가락까지 치켜세우며 칭찬하자 그녀의 입이 쫙 벌어졌다.

"그죠? 괜찮죠?"

"노야께서도 식전이실 테니 어서 가보거라. 음식은 식으면 맛이 없는 법이다. 어서!"

"그래도 대인께서 드시는 거 보고……."

웃으며 장유열이 고갯짓을 했다. 그는 지금의 순간만으로도 충분히 행복했으니까 말이다. 더 이상 정혜란을 보고 있으면 죽은 아내와 먼저 간 큰아들, 소식조차 끊긴 둘째, 그리고 강호로 나간 추삼이가 생각나 목이 메일 것만 같았다. 야속한 녀석들…….

"아니다, 아니야. 나는 늘 같이 식사하는 표사들과 음식을 나누어 먹을 테니 음식이 식기 전에 실회조원들에게 가보거라."

그 말에 호응이라도 하듯 장유열의 뒤에서 걸걸한 음성과 함께 늙수그레한 표사들 두엇이 그를 향해 걸어왔다.

"어이, 형님! 식사 안 하세요?"

"해가 중천입니다, 중천! 다 먹고 살자고 하는 짓인데 때를 거르면 안 되요! 어? 이 아가씨는 누구예요? 그때 들인다던 시빕니까?"

"시비라니!"

짐짓 노한 기세로 자리에서 일어선 장유열이 표사들에게 엄하게 한 마디 했다. 얼굴 표정엔 장난이 가득했지만 흘러나오는 말은 훈훈한 자부심이 어려 있어서 그 진위를 짐작하기 어려웠지만.

"이 애는 내 수양딸이야, 수양딸! 시비 같은 게 아니라구! 앞으로 이 아이를 보면 내 자식이려니 하고 대하라고! 알아들었어?"

"수양딸이요?"

"그래!"

어안이 벙벙해 있던 표사들이 '에이' 하는 표정을 지었으나 곧 그 얼굴을 풀어야 했다. 장유열의 눈빛엔 진심이 가득했고, 이십여 년을 한솥밥 먹은 처지인데 그 정도의 마음을 헤아리지 못할 리 없었다.

"이, 이거 실례가 많았네. 난 자네 부친의 지기라 불리워도 손색이 없는……."

으로 시작된 와자지껄한 인사를 시작으로 정혜란은 잠시 자리에서 뜰 수 없었다. 그중 하나가 능글맞은 표정으로 중신 서겠다고 했을 때도 그녀의 입가에 미소가 지워지지 않았다. 장유열의 재촉을 받으며 자리에서 일어나고도 두 번 세 번 뒤를 돌아보는 정혜란의 눈망울엔 초로의 중노인이 만면에 미소를 지으며 손으로 배웅을 하고 있었다. 비록 그는 보잘것없고 힘없는 사람이었으나 그녀에겐 마음속의 아버지였다.

좋은 기분은 실회조원들을 만나러 가는 길에서도 이어졌다. 일반 표사들과 유리되어 있는 실회조 대기전은 야트막한 작은 언덕을 하나 넘어야 했지만 힘 좋은 그녀에게 이 정도는 산책길에 불과했고 적당히 불어주는 산들바람과 산새들의 지저귐은 축복처럼 다가왔다.

다소 썰렁한 실회조의 대기전도 정혜란에겐 오히려 화산을 생각나게 해주어 반가웠고 조원들의 얼빵한 반응들도 재미있었다.

"언니!"

문을 열자마자 공기 놀이하듯 암기를 만지작거리던 당소소를 바라보고 기꺼운 마음에 큰 소리 치자 눈이 똥그래진 그녀가 고개를 갸웃거리다 '아' 하는 표정으로 옅은 미소를 지었다.

"아! 장 공자 집에서……."

"맞아요. 저예요, 저!"

이름이 뭐더라 하는 반응은 신경조차 쓰지 않았다. 이름 따위야 뭐 어떠랴.

졸고 있던 고담이 부스스한 눈으로 당소소와 정혜란을 번갈아 쳐다보며 어떤 말을 기대했다.

"이분 소저는 첨 뵙는 것 같은데?"

"혜란이가 여긴 어쩐 일이냐?"

고담의 말을 막기라도 하듯 한구석에서 좌정하고 있던 지청완이 넉넉한 음성으로 그녀를 반겨주었다.

"어머, 노야!"

"나 같은 늙은이는 보이지도 않는가 보구나. 하기야, 이렇게 볼품없고 별 볼일 없는 노인이 신경 쓰일 리가 없겠지."

정혜란의 혓바닥이 쏘옥 나왔다.

"안 들려~ 안 들려~ 귀가 이상해졌나 봐."

"예끼, 이 녀석!"

"헤헤헤헤헤······."

"어머, 그나저나 어디서 이렇게 고소한 내음이 진동하는 거지? 내 코가 이상해진 건가?"

"그러고 보니 배가 고프군."

당소소와 고담이 노골적으로 정혜란의 보따리를 쳐다보며 입맛을 다시자 지청완이 맞장구쳤다. 이 둘은 잘 모르겠지만 저 키 크고 선머슴아 같은 처녀가 만드는 음식은 매우 맛이 좋으며 사람의 기분을 유쾌하게 만들기에 저절로 다셔지는 입맛을 탓해서는 안 된다.

그녀가 풀어놓은 음식 보따리는 지청완의 기대를 충분히 만족시켜 주었고 고담의 감탄사는 어쩌면 당연했으리라.

"사 온 거 아니에요?"

나물 한 젓갈을 입에 넣고 오물거리던 당소소가 깜짝 놀라며 또 다른 반합들을 모조리 열고는 박수를 쳤다.

"아하하하··· 괜히 칭찬하지 않으셔도 돼요. 그냥 드실 만하면 되는데."

"그 무슨 소리!"

이것저것을 입속으로 밀어 넣던 고담이 제대로 굴러가지도 않는 헛바닥으로 반박을 했다. 근자에 들어 먹어본 음식 중에 이만큼 그를 즐겁게 해준 것은 결단코 없었다.

"이게 먹을 만한 정도면 복룡표국에서 제공되는 식사는 돼지 여물이야. 그럼 우린 돼지란 말인가!"

지청완과 당소소가 크게 웃었고 정혜란도 유쾌한 미소를 지을 수 있었다.

"뭐가 이리 시끄러워… 어?"

대기전을 들어서며 툴툴거리던 적괴가 정혜란을 보고 고개를 갸우 뚱거렸다. 차림새를 보아하니 신입은 아닌 것 같은데.

"자네도 이리 오게. 장추삼이 집에서 지내는 정혜란 소저가 아주 맛 난 음식을 준비해 왔어. 이건 정말 맛있군."

완자 튀김을 한꺼번에 세 개나 입에 처넣고 고담이 손짓을 했으나 적괴는 침상에 벌렁 드러누웠다.

"난 됐시다. 많이들 드슈."

"그러지 말고 이리 오게. 정말 맛이 있어."

"됐다니까요."

지청완이 부르자 몸까지 뒹굴 돌리며 거부하는 적괴의 속내를 그 누 가 알겠는가. 지금 음식을 오물거리며 함박웃음을 짓는 당소소는 너무 아름다워서 마주 보지 못할 것 같다.

'저 자리에 어찌 동석하겠는가!'

심장이 터져 버릴지도 모른다.

"엥?"

정혜란이 다소 불만스러운 눈빛이 되어 적괴를 쓱 쓸어보았다.

'감히 내 음식을 거부해?'

벌떡 일어선 그녀가 누워 있는 곳으로 성큼성큼 다가갔다.

"같이 좀 드세요."

"됐소이다."

"그러지 말고 조금만 들어요. 꼴은 저래도 그럭저럭 먹을 만은 하다 구요."

"귀찮으니까 그냥 가시오."

"싸 온 사람 성의가 있잖아요."

"귀찮다고 하지 않았소!"

웃으며 말을 시작했던 정혜란의 목소리가 조금씩 딱딱해지고 적괴의 목소리에 노골적인 불만이 더해져 갔다. 이 기묘한 대치에 부지런히 젓가락을 놀리던 세 사람도 하던 일을 멈추고 상황을 주시했는데 표정을 보자니 '어떻게 될까' 하는 흥미진진함이 역력했다.

"조금만 먹어보라고 했잖아요!"

"싫다니까 그러내!"

"먹어봐욧!"

적괴가 벌떡 상체를 일으켰다. 움푹 들어간 눈, 툭 튀어나온 광대뼈, 살광이 번뜩이는 눈동자, 파리한 안색에 부스스한 머리까지 합쳐진 그의 얼굴을 직시할 사람은 별로 없다.

웬만큼 간이 크다고 하는 남자라고 하더라도 그가 한번 노려보면 꼬리를 말고 눈을 내리까는 게 일반적이다. 하물며 여자임에야.

이런 얼굴을 좋아하는 건 아니지만 마음에 안 든다고 바꿔 입는 옷도 아닌데 어찌하겠는가? 그가 살아온 질곡된 삶이 반영된 표정 또한 의지와는 무관이다. 멀쩡히 지나가던 어린아이들이 괜히 울음을 터뜨리고 여인네들이 슬금슬금 피하는 것도 이제는 면역이 되었지만 씁쓸한 마음이 드는 건 그도 사람이기에 당연했다. 하지만 언제나 그러하듯 현실은 냉정했고 단 한 번의 오차도 허용된 적이 없었다.

적괴가 얼굴을 들자 굳어 있던 정혜란이 깜짝 놀랐다.

'이제야 좀 편해지겠군.'

언제나와 같은 반응. 비틀린 듯한 미소와 함께 다시 누우려는 적괴였는데 그의 귀에 다소 엉뚱한 대꾸가 들려왔다.

"흐음, 이 아저씨도 자세히 뜯어보니 그런대로 남자답게 생겼는데? 첨엔 그냥 인상파로만 보였는데 그게 아니로군. 어쨌거나……."

텁!

어리둥절한 그의 팔목을 움켜쥐고 정혜란이 반쯤 감긴 눈으로 하품을 했다. 그녀는 원래 말을 많이 하는 편이 아니었고, 이렇게 재미없는 대화를 길게 끄는 건 질색이었다.

"와서 먹어요. 맛 자랑 하자는 건 아니지만 입에 대지도 않고 거절하는 건 예의가 아니잖아요."

"글쎄, 됐다니… 어?"

팔목을 뿌리치려고 손을 털자 묵직한 감촉이 왔다. 이건 여자의 힘이 아니다.

'뭐야?'

다시 한 번 힘을 주어봐도 요지부동이란 이런 것인 양 그녀의 팔목은 한 치도 움직이지 않았고 오히려 더 강대한 힘이 밀려 들어와 아플 지경이다. 공력? 공력 같은 걸 운기했다면 화도 나지 않았을 거다. 이건 순수한 힘이다.

힘으로 여자에게 눌릴 때 남자라면 분명히 자존심이 상할 것이다. 그런데 그는 너무 어이가 없어서 화조차 나지 않았다.

'이게 여자야?'

한 번 더 힘을 가하자 팔목이 끊어질 것 같은 힘이 밀려 들어왔다. 실로 엄청난 악력(握力)이라 내공이라도 일으키지 않으면 울 판이다.

"아, 알았소. 알았으니까 이거 놓고 말합시다. 놓고 말하자고!"

"헹! 놓으면 또 벌렁 누우려고요? 어림없지. 빨랑 오기나 해요."

코웃음 치며 팔목을 휙 당기자 팔과 몸체가 분리되는 것 같은 아픔에 적괴가 자유로운 한쪽 손을 허공에 대고 흔들었다. 매에는 장사없다더니 이런 경우를 두고 말하나 보다.

"가겠소. 갈 테니 이 손 좀 놔주시오!"

그제야 팔을 놓고 정혜란이 씩 웃었다. 그 가식없는 미소를 보노라니 방금 전에 무지막지한 힘이 다 어디서 나왔나 싶었지만 묻기도 그래서 허탈하게 고갯짓을 한번 하고 자리에서 일어섰다.

'그녀가 저기 있다.'

바로 눈앞에 있어도, 손만 내밀면 닿을 듯한 거리이건만 도저히 좁힐 수 없었는데 지금 우습지도 않은 상황으로 그녀에게 가고 있다.

모두들 잘 모르지만 사실 적괴처럼 순진한 남자가 어디 있을까? 진정으로 사랑하는 사람이건만 자신이 세운 틀에 사로잡혀서 접근조차 못하고 그저 바라만 보며 행복할 수 있는 남자가 그였다. 여자를 모르는 건 아니지만 당소소를 만난 이후로 단 한 번도 여자를 사거나 하지 않았다. 낭인무사들 중에 이런 사람은 없다. 고자라면 또 모를까.

"자, 자, 이리로 앉게. 음식 맛이 아주 일품이야. 돈 주고도 이렇게 한상 받기 어렵다구! 내가 전국 각지를 돌아다녔지만서두……."

너스레를 떨며 자리를 권하는 고담의 친절이 기꺼웠지만 하필 당소소의 옆 자리라 어정쩡하게 서서 젓가락을 받아 든 적괴가 그녀를 한번 힐끔거리고 고기완자를 한 개 입에 넣었다.

'맛있다!'

그는 원래 입이 짧다. 입이 짧은 사람들이 그러하듯 향신료가 많이 들어간 음식을 싫어한다. 정혜란의 음식은 놀랄 만큼 담백했기에 그의 입맛을 사로잡기에 충분했다. 도가 생활을 십오 년 가까이 한 그녀라 자연 자극적인 맛은 피하게 된 것인데 거기에 특유의 손맛까지 더해지자 적괴의 입에서, 씹히는 음식에서 어떤 노랫소리라도 나오는 듯했다.

턱!

"어때요. 먹을 만은 하죠?"

"캑… 쿨럭, 쿨럭!"

느닷없는 일격. 정혜란이 적괴의 등을 가볍게 치며 제딴엔 이물없이 웃었는데 멍해 있던 상태에서의 암습이었고, 그 위력 또한 결코 가벼운 게 아니라서 사레들린 적괴가 기침을 하기 시작했다.

"에구, 괜찮아요?"

당황한 정혜란에게 손사래를 치며 목을 부여잡았지만 한번 터진 기침은 멎을 줄 몰랐다.

"괘, 괜찮… 쿨럭!"

"들어요."

아득한 방향(芳香)과 함께 쳐들려진 손 하나. 그 손에 쥐어진 건 물잔.

순간적으로 적괴와 당소소의 시선이 얽혔다. 언제나 그윽하고 초롱하여 감히 마주 대하지 못했던 눈망울이건만 이리도 가까이에서 대하자 기쁨보다 설움이 앞서는 건 왜일까? 뺏듯 잔을 건네받고 단숨에 물을 들이킨 적괴가 잰걸음으로 대기전을 나섰다.

"음식도, 물도 잘 먹었소이다."

"이봐요, 아저씨! 한 젓갈밖에 안 했잖아욧!"

"충분히 먹었소이다."

멀리서 그의 음성이 들렸다. 그 음성은 충분히 행복하게 보여서 정혜란은 고개를 갸웃거릴 수밖에 없었다.

"마른 이유가 저건가?"

당소소가 웃으며 반합을 내밀었다.

"그 사람은 원래 낯을 가리니까 신경 쓰지 말고 이거나 뒤편 공터에 가져다 줘요."

"예?"

"사마 대가하고 사민이 아직 내려오지 않는 걸로 봐서 오늘 검술 훈련은 좀 엄격한 것 같네요. 시장들할 테니 음식 보면 좋아할 거예요."

"아, 맞다!"

무언가 허전하다고 생각했는데 점창 출신 둘을 빼놨구나, 속으로 생각하며 반합을 받아 든 정혜란이 대기전을 나서자 암말없이 지켜보던 지청완이 빙그레 웃었다.

"여장부야, 여장부."

"전 여태까지 염라수 이기는 사람 처음 봤습니다. 내참."

"후욱, 후욱……."

이마에 송골송골 맺힌 땀을 닦을 생각도 없는 듯 단사민은 미친 듯이 검을 휘두르고 있었다. 중천에 떠 있는 태양만큼이나 붉게 타오르는 그의 눈동자는 오랜만에 검도의 길을 만끽하는 즐거움과 희망에 가득 차 있었기에 따가운 양광 정도는 무시해도 좋았다. 아예 신경조차 쓰이지 않았다.

대저 검도든 선도든 간에 도(道)라 명명된 정신의 수양은 머리를 싸매고 갈등하는 시간에 비례해서 해답을 주는 게 아니다. 몇 년을 고심하고 고심해서 얻으려는 심득은—다가오지 않기에 종종 얼음물에 구덩이를 뚫고 목만 내밀고 있거나 폭포수 가운데서 가부좌를 틀고 몇 날이고 참오하는 등 별 짓을 다 해본다—용변을 보다가 배설의 쾌감 같은, 어찌 보면 지극히 시시한 감정이 토대가 되어 깃들기도 한다.

 이틀 전에 할 일도 없고 해서 어슬렁거리던 그가 하급 표사 둘의 멱살잡이를 본 것도 그런 식의 우연일 것이다.
 '저 나이들에 뭐 하는 거람' 하며 심드렁하게 구경하던 단사민에게 두 표사의 지극히 동물적인, 그래서 야만적이라고밖에 표현할 수 없는 싸움이었건만 곰 두 마리가 으르렁거리듯 맞붙은 둘을 보며 졸린 듯 감겨 있던 그의 두 눈이 어느 순간 만개했다.
 '이상하네? 저런 바보 같은 짓거리가 왜 이리 흥겹지?'
 실로 원초적인 싸움, 초식이니 공력 따위 없이 무조건 맞붙어서 낭자하게 피를 뿌리며 치고 받는 저차원적인 싸움일 뿐인데 차츰 두 주먹이 불끈 쥐어지며 한바탕 어우러지고 싶은 건 왜일까?
 '야, 이거 재미있잖아?'
 흥겨웠다. 아무런 생각 없이 그저 재미있었다. 왜냐고 물으면 할 말은 없었지만. 조금 더 시간이 흐르고 피의 양과 가빠진 숨소리가 귓가까지 들릴 무렵부터 그의 고개가 우측으로 조금 기울었다.
 '죽일 만큼 큰 이유도 없는데 대충하고 말지들.'
 쪼그려 앉아 있던 단사민이 엉덩이를 털면서 자리에서 일어나 발걸음을 막 옮기려는데 누군가가 부르는 듯했다. 부른 사람은 아무도 없는데 말이다.
 '뭐지?'
 무시하고 가려 해도 여전히 무언가가 그를 잡고 무언의 강요를 하는 듯했다.

돌아봐! 넌 지금 꼭 봐야 할 걸 놓치고 있어!

그것참 하며 고개를 돌리는 순간 멍청하던 그의 눈은 한 군데를 응시하게 되었고 발끝에서부터 타고 오르는 한줄기의 어떤 감흥에 양 어깨가 부르르 떨려왔다.

그건 두 표사들의 눈이었다.

절대로 꺾이지 않겠노라 스스로 다짐하듯 지친 육신을 다그치고 있는 굴강한 눈동자!

한 점의 후회도, 두려움도 없이 앞만을 향해 전진하겠다는 듯 말없이 번들거리고 있는 눈을 보자니 무인의 혼(魂)이 어쩌구 떠들던 자신이 왠지 초라해지는 것 같아서 얼른 고개를 돌렸다.

'뭐지? 무엇이 저들을 이렇게 타오르게 하는 거지? 이건 그저 친구들 간의 말싸움이 전이된 주먹질일 뿐이잖아?'

그럴까? 단지 그것뿐일까? 그렇다면 이 떨림의 의미는 어떻게 해석해야 옳을까?

자랑은 아니지만 나이에 어울리는 순박하고 여린 삶을 산 건 아니다. 아니, 그 나이로 치자면 누구와 비교해도 좋으리만큼 험하고 거친 것을 보았다고 자부한다.

살인도… 해보았다.

그런데 왜 저따위 막싸움꾼들의 눈동자를 직시하지 못할까? 왜?

설마…

'내가 저 무식한 삼류표사들의 투기(鬪氣)에 눌리고 있다는 건가?'

기가 막히지 않은가! 비록 파문당했다고는 하나 아홉 개의 큰 문파 중 하나라는 점창파에서 십 년이 넘게 검을 닦았고 마음 또한 단련했다. 지금이야 초라한 신세라지만 한때 촉망받는 후기지수라는 말도 종종 들었었다.

'이게 말이 돼?'

'거참' 을 연발하며 대기전에 와서도 고개를 갸웃갸웃거리길 한참이었고 수련 시간에도 그 눈동자에서 자유롭지 못했다.

그런데…

"음! 오늘 너의 검세는 그 어느 날보다 힘과 기세가 충만하구나! 이제야 조잡한 형식미에서 탈피하는 듯하니 다행이다."

"예?"

"하하하하… 느끼지 못하는 게 당연하다. 네가 만약 억지로 힘을 실었다면 그 또한 억지스러웠을 터. 마음 저편에서 부르는 대로 검을 쳐냈기에 이러한 결과가 온 것이야."

"아, 아니, 저는 도통 무슨 말씀인지……."

"억지로 이해할 것 없다. 그냥 지금처럼만 하면 돼."

세상에, 칭찬을 들었다! 그것도 매일 혼나던 부분에 관해서 말이다. 쌍무지개 뜨는 것보다 더 어렵다는 사마검군의 칭찬이 그 눈동자와 연관이 있다면 이건 숙고해 볼 문제가 아닌가?

'도대체 뭐가 나아졌다는 걸까? 원시적인 투기? 그 정도로 칭찬할 분은 아니고… 에잇, 모르겠다! 언젠가는 알게 되겠지.'

신이 나면 힘든 줄도 모르는 게 사람이다. 두 시진 내내 검을 들고 있다는 사실도, 그래서 점심도 거르고 있는데 힘들고 배고프긴커녕 휘파람이라도 나올 것만 같았다. 좀 더 노력하면 잊고 싶은 과거의 잔재에서 벗어날지도 모른다.

저벅저벅.

멋지게 공중으로 몸을 띄우고 전방을 향해 섬전과도 같은 칼질을 하려는 무렵 계단을 올라오는 발소리가 들렸다. 보폭과 소리로 보아 사마검군은 아니었기에 힐끗 고개를 돌려보니 웬 시비 차림새의 여자가 계단을 올라오고 있었는데 그 큰 키와 딱 벌어진 어깨는 여느 장정 못지 않아서 상대적으로 체구가 왜소한 단사민이 깜짝 놀랐다.

'뭐야? 저런 몸으로 시비를 하긴 아깝다!'

내가 저 키면… 하는 생각이 머리를 스쳐 갔으나 한참 초식이 진행 중이라 잡생각을 걷고 검의 길에 정신을 집중해야 했다. 아주 작은 오차로도 기혈과 정신 간의 유기적 결합이 어긋나는 법이므로 상승 무공을 펼쳐 낼 땐 무엇보다 몰입이 중요하다. 한참 신명날 때 더 조심해야 한다.

"차아압!"

생각을 다잡으려는 듯, 한소리 기합성으로 자신을 일깨우고 검이 부르는 대로 길을 달려갔으나 그 자신은 모르지만 단사민의 검끝은 아까처럼 예리하지 않았고 동작은 불필요하게 커졌다. 이건 워낙에 습관적인 현상인지라 그가 인지하지 못하는 건 너무도 당연했지만 기골이 장대한 시비 차림의 처녀에겐 확연히 드러났기에 소리쳐서 앳된 검수를 부르려 하던 그녀는 눈을 빛내며 근처의 평평한 돌에 앉는 걸 택했다.

지금은 밥이나 나르고 있지만 사실 이 아가씨만큼 무공을 좋아하는 사람을 중원천지에서 몇이나 찾을 수 있을까?

예리하게 단사민의 검을 쫓던 그녀의 눈은 곧 의혹으로 바뀌었고 고개마저 옆으로 비스듬히 제껴진 건 그의 검법이 절정을 치달을 무렵이었다.

'아까의 파공성과 너무도 다른 검세. 지친 거야, 뭐야?'

단사민의 검은 굉장히 이쁘고 화려한 모양새와 각도를 그리며 허공에서 노닐고 있었다. 이제 막 무의 세계에 발을 들여놓은 사람이라면, 또는 무학에 관해 막연한 동경만 가진 이라면 찬탄을 금치 못할 만큼 근사해 보이겠으나 그녀에겐 지루, 혹은 따분이었다.

'아아… 재미없… 앗! 저건!'

갑자기 그녀의 눈이 매섭게 빛났다.

눈까지 감고 스스로의 세계에서 허덕이던 단사민은 그가 그토록 떨쳐 내고 싶었던 예전의 몸짓을 재현하고 있음을 인지하지 못했다. 단한 명의 관객이지만 모르는 사람이 지켜본다는 것만으로도 습관처럼 튀어나오는 화식(花式).

청혼하듯 종수식을 밟으며 검을 거두어들이고 감은 눈을 서서히 뜬 단사민이 시영단 특유의 가식적인 미소와 함께 천천히 고개를 돌렸다. 의례히 쏟아지던 멍한 눈빛과 어쩔 줄 몰라 하며 질러대던 괴성.

'어……?'

기골이 장대한 처녀는 그의 생각대로 벌떡 일어서 있었다. 단지 바라보는 게 자신이 아니라는 것뿐.

거긴 고양이 한 마리가 잔뜩 움츠린 채 사나운 눈초리로 그녀와 눈싸움을 하고 있는데 평범한 체구의 노란 줄무늬 고양이답지 않은 도도함이 엿보였다.

'으윽……!'

단지 고양이 한 마리랑 놀기 위해 자신의 검무에서 눈을 뗐단 말인가?

자존심이 상한 단사민은 그 자신이 그토록 경멸했던 시무단 시절의 행동 양식을 쫓고 있다는 걸 의식조차 하지 못했다. 의례히, 당연히, 늘, 언제나, 반드시 그들이 춘 검무 뒤에 돌아온 찬사와 비명과 선망의 눈빛이 눈에 익기에 탈피하려 해도 습관처럼 기다려지는 반응일지도 모른다.

떨치고 싶지만 은연중에 다가와서 어느새 등 뒤에 올라탄 아이처럼 악습은 그렇게 천진난만한 골칫거리일지도.

'에라… 시골 처녀가 언제 이런 광경을 상상이나 했겠누! 정신이 없다 보니 지나가는 고양이한테 눈길이 간 게지.'

좀 더 쉬운 초식으로 갈 걸 그랬나 따위의 생각으로 자위하던 단사민이 문득 배가 고파진 건 보자기에서 나는 냄새 때문만은 아닐 것이다. 그는 아침부터 먹은 게 하나도 없었으니까.

그러나 지금 정혜란에게 단사민, 아니, 모든 것이 문제가 될 수 없었다. 그녀의 눈과 머리는 오직 하나… 고양이 모양새의 저 동물이 지배하고 있었다.

'아무리 식순이 생활에 쩔어 있다고 해도 내 기세가 고양이 한 마리를 어쩌지 못한다는 거야? 폭풍이 아니라 산들바람이다, 산들바람!'

고양이는 처음의 사납던 기세가 눈에 띄게 위축되어 있었지만 여전히 도도한 품위만은 잃지 않고 전방을 향해 예리한 눈길을 내쏘았다. 그런데 그녀의 한탄은 분명 일리가 있는 것이 일개 고양이가 폭풍검 정혜란의 기세를 받아내면서 여전히 대항하고 있다고 하면 화산 내의 그 누가 믿을까?

시간이 지나면서 그녀의 이마에 가는 힘줄 하나가 불뚝 솟아올랐다. 자존심이 상했으리라.

멀뚱히 웃긴 대치를 지켜보던 단사민은 고소한 내음에 끌려 한 발 앞으로 나섰다. 배고픈 데는 장사가 없는 법이다.

"저기… 누구세… 헉!"

아무 생각 없이 말을 붙이려 디딘 한 걸음. 그러나 그의 앞엔 고양이와 노는 시비 따위는 없었다. 어디선가 보았던 기세, 낯익은 모습…….

'당 누님?!'

멍하니 서 있는 단사민을 사이에 두고 대치 중이던 일인일묘(一人一猫)는 고양이 쪽에서 귀를 낮춤으로 사건이 종결되었다. 하나 정혜란이 던져 준 고기완자 두어 개를 입에 물고 터벅터벅 자리를 뜨는 녀석의 모습은 절대 패배자의 그것이 아니었다. 만약 꼬리를 흔들며 아양을 떨었다면 이렇게 유쾌한 기분으로 나누어 줬을 리 없다.

"그놈 참 마음에 드네. 집 고양이는 아닌 듯싶고… 고양이 맞긴 맞아?"

"저기요…….."

흐뭇한 표정으로 주절거리는 정혜란에게 조심스레 단사민이 말을 붙였다. 방금 전의 그 표정에 기가 팍 죽었기에 말꼬리마저 가늘게 떨려왔지만 의식조차 하지 못했다.

"아!"

딴 일에 정신이 팔려 팽개쳤던 아이를 다시 보았을 때의 표정처럼 깜짝 놀란 그녀가 털털하게 웃으며 단사민의 손을 잡았다.

"아하하하… 엉뚱한 녀석 땜에 정신이 없었네. 배고프지요? 이리 와서 음식 좀 들어요. 아, 사양할 것 없어요. 사내란 모름지기 힘을 쏟은 후에 충분히 먹어둬야 하는 거예요. 얼른 앉아요."

"에, 에…….."

냉차(冷茶) 한 잔으로 시작된 보따리의 음식은 매우 맛이 좋았기에 그녀가 누군지, 왜 이런 음식을 주는지, 심지어는 사마검군이 어디 갔는지조차 잊고 정신없이 먹어대던 단사민이 문득 '누구세요' 하자 호쾌한 웃음소리와 함께 정혜란이 말문을 열었다. 말을 잘하는 편이 아니지만 솔직 담백한 화법이기에 편했고—옷차림새와 시비라는 게 편했을지도 모르지만—가끔 보여주는 미소 또한 넉넉하여 둘의 대화는 그런대로 잘 흘러가는 듯했다.

　"그런데……."

　"말해요."

　"단 공자의 검법 말야, 내가 올라올 때만 해도 멋있었는데 곧 이어지쳤는지 힘과 박력이 떨어지는 거 같더라. 아침을 걸러서 그런 걸 거야. 때 되면 끼니는 꼭 챙겨 먹으라고. 젊을 때 몸 관리를 잘해두지 못하면 늙어서 고생한대."

　빠직—

　음식 맛있고 사람 좋아 보여서 이 얘기 저 얘기 했다기로서니 어디 시비가 검법 운운한다는 건가!

　아까의 기세 같은 건 까맣게 잊은 단사민이 고개를 모로 틀며 콧방귀를 뀌었다.

　"후우~ 그래요. 아직도 뒷심이 딸리긴 하죠. 그래도 이런 게 밥이나 짓는 아줌마의 눈에 보일 정도라면 정말 문제구나……."

　빠직—

　밥이나 짓고 있다… 뭐, 그래, 틀린 말은 아니다. 넘어갈 수 있다. 그런데 아줌마라고?

　"그래요. 아줌마가 본 단 공자의 검식을 얘기해 줄까?"

벌떡 일어선 정혜란이 나뭇가지 하나를 꺾어 들었다. 화산 시절의 폭풍검이었다면 흥분해서 바로 노도와 같은 검식을 쏟아냈겠지만 이제는 다르다. 차분한 마음은 둘째 치고라도 무엇이 어떻게 잘못되었는지, 어딜 지적해 주어야 하는지 거짓말처럼 눈에 들어온다.

아줌마란 말만큼은 용서가 안 되지만.

◇

제3장

기하루의 끔

긴 하루의 끝

"묻겠어요. 왜 검을 들었지요? 맨손보다 좋아서겠지요?"

아직 아무런 자세도 취하지 않는 상태에서 정혜란이 단사민을 내려다보며 말했다. 원체 장신인데다가 일어서기까지 하자 목을 뒤로 젖혀서 봐야 할 정도로 둘의 눈 높이는 차이가 있었지만 둘이 바라보는 검의 길은 더 큰 폭의 강이 놓여 있었다.

'무슨 말을 하고 싶은 거야? 설마 부엌칼하고 무인들이 사용하는 그것이 다 같은 종류의 물건이라고 생각하는 건 아냐? 아아, 이런 말이나 들어줘야 하는 신세라니… 정말 처량하구나.'

그의 내심을 짐작이라도 한 듯 정혜란의 입꼬리가 살짝 말려 올라갔다. 워낙 미미해서 눈치 채기 어려웠지만.

피교육자의 집중도가 이 정도로 떨어져 있을 때는 압도적인 무위를 한번 펼쳐 보임으로써 분위기의 반전을 꾀함이 가장 좋다. 시선을 잡아끄는 효과도 있고 무엇보다 교육자와 피교육자 간 힘의 차이를 확실히 인식시켜서 억지로나마 신뢰를 구축하게 되는 것이다.

정혜란 역시 이점을 잘 알고 실행해 왔던 터였다. 생각해 보라. 명문 정파에 발을 디딘 패기만만한 청년들 앞에 소문으로만 들어왔던 여자가 나서서 검술을 지도한다고 분위기를 잡으면 과연 몇이나 충실하게 따를 것인지.

'화산 내였으면 벌써 땅바닥을 기게 해주련만… 정말 성질 많이 죽었구나!'

잠시 고개를 숙이고 왼 주먹을 부르르 떤 후에 침착함을 겨우 회복한 정혜란은 빙긋 웃었다. 웃지 않으면 어쩔 거야, 하며.

"자, 여기 고깃덩어리가 있어요. 요리를 하기 위해선 이걸 썰어야겠지요? 그런데 고기처럼 안 썰리는 게 없어요. 꽝꽝 얼어 있다면 상관없지만 그런 걸 구할 수는 없고… 이럴 때는 칼질을 이렇게 한답니다."

피슉―

그녀가 나뭇가지를 빠르게 아래로 내리그었다.

'후아암~ 아줌마가 되게 심심하가 보군. 그래서 뭘 어쩌라는 거야. 나는 요리사 하고 싶은 생각 없어요.'

눈물까지 찔끔이며 하품하는 단사민이건만 개의치 않겠다는 듯 여전한 목소리로 정혜란의 강의는 계속되었다.

"썬 고기를 야채와 함께 다져야 완자를 만들 수 있지요? 그럼 다질 때 칼질이 아까와 같을까요? 아니죠, 그건 정말 비생산적인 일이겠죠. 고기를 자를 때 같은 힘도 속도도 필요없어요. 그저 부드럽게 쓰다듬 듯 해주면 돼요."

핏핏핏—

정말 고기를 다지듯 그녀의 나뭇가지가 빠르게 움직였다. 누가 보아도 소꿉놀이와 같은 손놀림.

'미안하지만 이쯤에서 관두라고 해야겠군. 사마 대가가 보시면 경을 칠 일이야.'

눈가를 쓱 한번 훔치고 단사민이 천천히 일어나서 엉덩이를 탁탁 털었다.

"저기요, 이만⋯⋯."

"종(縱)으로 움직인 검은 물론 횡(橫)이나 사(斜), 기타 여러 각도로 변형이 가능하겠지요? 이렇게 말이죠."

그의 말을 여지없이 끊어버리고 정혜란이 나뭇가지를 짧게 옆으로 그었다.

피슛—

"충분히 알았거든요. 근데 좀 있다 대형이 오시⋯⋯."

"마찬가지로 이렇게."

피슛—

그녀가 사선으로 나뭇가지를 내리그을 때 단사민의 이마엔 주름이 패였다.

'보자 보자 하니 이 아줌마가 뭐 하는 거야? 내가 그리 만만해 보이나?'

입 밖에 냈다면 정혜란은 서슴없이 대답했을지도 모른다, '어'라고.

그녀 역시 단사민의 상태가 짐작이 간다는 듯 옆으로 힐끔 돌아보고 나뭇가지를 중단으로 세운 채 가만히 떠가는 구름을 바라보았다. 하늘은 소름이 끼칠 정도로 높고 푸르렀기에 정혜란은 저도 모르게 어깨가 한번 움츠러들었지만 목소리는 여전히 낮고 단호했다.

"고기를 써는 방식은 이래요. 누구든 고기를 썰면서 기교를 부리지 않겠지요. 하지만 고기 써는 칼도 때론 사람을 벨 수 있답니다. 방식은 아까와 같으면 될 터이고."

그녀의 자세는 처음과 완연히 차이가 났으나 선입견에 사로잡힌 단사민에게 보일 정도까지는 아니었다. 공력을 운기하지도 않았고 기세를 불러일으킨 것도 아니요, 고절한 검식의 기식을 취하지도 않았으니 얼마든지 흘릴 수 있으리라.

"예, 예, 잘 알았어요. 그럼 전 바빠서 이만……."

도무지 갈 기미가 보이지 않자 단사민이 몸을 돌려 연무장을 벗어나려 했다. 아녀자를 억박지를 수야 없지 않는가? 차라리 자신이 피하고 말지.

"어디 가요? 말하고 있잖아요!"

"바쁘다고 했잖아요!"

"연장자가 말하는데 끝나기 전에 자리에서 일어나는 건 예의가 아니지요. 이리 와요."

"바쁘다니까요!"

노골적으로 귀찮아하는 단사민의 몸짓이 정혜란에게 먹힐 리 없었다. 그는 지금 화산 내에서 최고로 무서운 무술 교두의 코털을 뽑는 우를 범하고 있다는 것을 알 도리가 없었고, 솔직히 말해 무슨 죄가 있으랴! 아무리 좋은 것 시켜준다고 해도 자신이 싫다는데 누가 뭐라 하랴.

문제는 상대가 폭풍검 정혜란이란 것뿐.

'누가 구파 출신 아니랄까 봐 자존심만 천하제일 수준이군. 그렇지만 이 몸 앞에선 어림도 없지.'

텁!

전혀 구파 출신 아닌 것 같은 생각을 하며 정혜란이 단사민의 팔목을 덥석 잡다.

"에이, 진짜! 이거 왜 이래요!"

이 시비는 너무 지나치지 않은가. 몇 마디 상대해 줬다고 자신이 무슨 무림인인 줄 착각하는 것 같다. 이럴 땐 단호한 몸짓으로 사내의 기상을 보여주면 정신을 차리리라. 싸늘한 눈빛으로 정혜란을 한번 본 그가 힘차게 팔을 떨치려 했다.

'뭐, 뭐야?!'

요지부동!

그의 팔은 어깨에 들어간 힘을 전달받지 못했다는 듯 여하한의 움직임을 보이지 않았고.

'아윽!'

팔목이 끊어질 것처럼 가중되는 압력의 정체는 무엇인가!

'이, 이 아줌마 뭐야?!'

떡대 좋은 아줌마는 힘도 무지막지한지 안간힘을 쓰는 자신과는 달리 입가에 엷은 미소까지 짓고 있다.

그녀의 미소는 싸늘한 목소리와 함께 서슬 퍼런 무엇이 되어 단사민의 전신을 옥죄었다. 이제야 기억이 난다. 그녀는 동네 시비 같은 거랑은 달랐다. 뭐가라고 묻는다면 대답할 말이 없지만.

"똑바로 들어. 단 공자가 무슨 생각을 하고 있는지 안 봐도 잘 알지만 사람이 사람을 무시하는 것처럼 천박한 건 없어. 명문정파 출신이라고 사람을 내려다보고 싶다면 산속에서 아예 내려오지 않으면 돼. 일단 산문을 나섰다면 품고 있는 자부심을 갈무리하는 건 좋지만 가지고 있는 자존심 같은 건 버려. 비록 내가 시비고 들고 있는 칼로 사마외도를 상대하는 게 아니라 야채와 고기 따위를 썰지만 칼이 말하고 싶은 바는 공자보다 잘 알아듣는다고 생각해. 아무리 뛰어난 검식에 천하명검을 들고 있더라도 '검의 소리'를 이해하지 못하면 지닌 힘의 절반도 끌어내지 못해!'

머엉—

정신 차릴 사이도 없이 그녀의 얘기가 이어졌다.

"검법이 뭘까? 검이 가진 기능을 극한까지 올리려는 시도에서 나온 것일까? 원론적으로 본다면 맞을지 모르지만 사실 정답은 아니지. 검법은 어디까지나 검의 길을 보기 위한 통과 의례에 지나지 않아. 검법은 수단이지 전체가 아니란 거야. 종종 어린 무인들은 천고의 비급 하나만 얻으면 천하제일인이 될 수 있다는 착각을 하곤 하지. 다시 한 번 묻겠어. 내가 지금 화산의 절기라는 창궁우전검서를 준다면 단 공자는 몇 할이나 이해할 것이며 얼마나 자기 것으로 만들 수 있겠어?"

정혜란이 검지손가락을 우뚝 세워 보였다. 작은 동작이지만 거기에 담긴 기세는 천하를 오시할 만큼 강렬한지라 단사민은 저도 모르게 마른침을 삼켜야 했다.

"일 할? 내가 일 할을 얘기할 것 같아? 아니, 난 이렇게 말해 주려 해. 단 공자는 우전검의 일 푼도 이해하지 못할 뿐더러 한 가지 초식도 펼칠 수 없어."

"이익……."

"왜? 내가 하는 말이 분한가? 시비 따위에게 이런 말 들으니 억울하고 원통해? 그깟 시비보다도 검의 소리를 듣지 못하는 자신을 돌아볼 생각 같은 건 들지도 않지?"

"다, 당신이 무슨 근거로……."

"그런 소리를 하냐고?"

단사민의 말을 끊고 정혜란이 차갑게 코웃음을 쳤다.

"검을 들었을 때는 확실한 목적이 있어야 하고 그것을 위해서는 검이 부르는 대로 움직여야 해. 점창에서는 그런 것도 안 가르쳤나? 자기 자신의 감정을 개입시킬 수 있는 사람은 강호에 단 두 부류만이 있다는 걸."

"검선의 경지에 이르른 고수이거나 겉멋에 취한 검경 초입생. 맞는 대답인지 모르겠소."

난데없는 소리에 단사민이 고개를 돌렸다. 계단을 오르며 정혜란의 말을 받은 이는 다름 아닌 사마검군이었는데 그의 기척을 눈치 챘는지 모르지만 그녀는 고개조차 돌리지 않았다. 하늘을 다시 한 번 천천히 바라보고 정혜란이 몸을 틀어 사마검군을 똑바로 마주 대하자 주위의 분위기는 공기가 다 빠져나간 듯 일순간에 정적으로 뒤덮였다.

"훗, 점창의 검수들은 남 얘기를 엿듣는 게 취미인가 보군요?"

"소저처럼 목소리가 큰 경우라면 엿듣지 않아도 다 들릴 것이오. 아무튼 본인을 대신하여 겉멋만 잔뜩 든 점창의 애송이에게 커다란 가르침을 내려주신 것 충심으로 감사드리오."

정중한 그의 포권에 정혜란도 나뭇가지를 땅으로 향하고 포권의 예를 취하는 동작으로 화답하였으나 안절부절못하는 단사민을 보지 않더라도 둘 사이에 흐르는 공기가 그리 화기애애하지 않음은 누구도 느낄 수 있으리만치 어색했다.

깊숙한 포권을 끝내고 내리 감았던 두 눈을 천천히 뜬 사마검군의 입에서 흘러나온 묵직한 저음은 정혜란의 나뭇가지가 다시 위로 향하게 해주었다.

"그리고 점창의 선조들께서는 검에 감정을 담는 부류에 대해 말씀해주시지 않았지만 한 가지 사실만큼은 제자들의 가슴속까지 각인시켜 놓으셨다오."

'난 안 돼! 참았어야 하는데 입이 방정이라 또 한 번 곤욕을 치르게 생겼구나! 다른 건 몰라도 사문만큼은 절대로 언급해선 안 되는 건데… 이제 와서 무르자고 할 수도 없고, 그냥 없었던 일로 넘어가자고 할 수도 없고!'

그녀 역시 한 문파의 제자로서 사문이 모욕을 받는다면 대번에 화를 낼 것이다. 하물며 고지식함이 풀풀 풍기는 눈앞의 사내라면 목숨을 주는 한이 있더라도 그것만큼은 참을 수 없으리라. 그의 다음 말을 뻔히 알면서도 뭐라고 대꾸조차 하지 못하는 자신의 경솔함을 탓하기보다 사태의 수습이 우선이다.

말로 해결 보긴 어렵겠지만.

"사문의 모욕은 천 배 만 배로 갚아주라는 사실을 말이오!"

'하아~'

"신분이 어떤지는 모르지만 검의 소리에 관해 알고 있는 소저라면 적어도 아녀자를 핍박했다는 소리는 듣지 않을 터. 준비하시오."

"주워들은 풍월이에요."

맥 빠진 정혜란의 대꾸 따위는 귀에도 들어오지 않는다는 듯 자신의 검을 끌러 그녀의 앞에 던진 사마검군이 단사민에게로 손을 내밀었다.

"대, 대가, 굳이 지, 진검승부까지 필요하……."

"너는 나를 몇 번이나 실망시켜야 만족하겠느냐."

단호한 그의 한마디에 정혜란을 몇 번 힐끔거리던 단사민이 울상이 되어 검을 건넸다. 눈앞의 여인네가 검을 좀 아는지는 몰라도 사마검 군이란 이름은 차원이 다르다. '사천일검'이란 외호가 말해 주듯 검 한 자루로 사천성 일대에선 전설처럼 칭송받았던 검수였고, 표사 일을 하는 지금 마음의 수양까지 깊어졌다. 검풍의 기운만으로 사람을 살상 할 지경에 이르른 그의 진검은 추측 자체가 어려울 것이다.

"무릎을 꿇고 빌어요! 이분이 누군지 알기나 해요? 점창 최고의 후기 지수였던 사마검군 대가라구요! 어줍잖은 검법 가지곤 크게 경을 치를 거예요! 진심으로 뉘우친다면 큰 소리 한 번으로 끝날 수도 있으니 어 서 눈물로 호소하세요!"

빠직—

'뭐? 무릎을 꿇고 눈물로 호소해? 이 꼬마가 날 뭘로 보고!'

단사민의 친절한 전음은 그나마 가지고 있었던 미안함을 일거에 날 려 보낼 만한 내용인지라 그가 자신을 모르는 게 당연하다는 지극히 보편적인 생각마저도 잊게 해주었다. 사건의 발단 같은 건 아무래도 좋았다!

"피할 형편이 아닌 듯하군요."

"아줌마!"

전음을 무시하며 땅에 떨어진 검을 집어 들자 묘한 감흥에 오른손이 짜르르 울려왔다.

'오랜만이로구나.'

한 달이 넘게 만져 보지 못했었거늘 여전한 울림으로 그녀를 맞이하 니 더없이 정겹다. 말없이 그녀를 지켜보기도 하고 다그치기도 하지만 힘들고 외로울 때면 어김없이 친구가 되어주었다. 사랑하는 이의 두 손을 만지듯 검신을 쓰다듬으며 짓는 그녀의 미소가 왠지 낯익은 듯하여 사마검군의 안색이 변했다. 언젠가 저런 느낌을 받은 기억이 있는데……

잡생각을 떨쳐 버리려는 듯 고개를 한 번 흔들고 그가 다시 한 번 정중히 포권을 했다.

"사천의 사마검군이라 하오. 점창에서 검을 닦고 지금은 파문 중이나 사문의 검식은 잊지 않아도 되는 배려로 가르침 대로 상대를 하겠소. 비무에 응해주어 감사드리오."

"정혜란이라고 합니다. 이름 이외엔 밝히기 어려운 처지니 이해해 주시길."

한동안 그녀를 응시하던 사마검군이 무겁게 고개를 끄덕였다. 검도 고수의 기운을 풍기는 여인이 남의 집에서 밥이나 짓고 있다면 분명 이유가 있으리라. 그리고 그런 건 알려주기 어려운 법이다.

담백한 그의 응대에 정혜란도 화답을 했다.

"그럼 시작할까요?"

마치 정하기라도 한 듯 둘의 거리는 비무하기에 가장 이상적인 거리로 벌어져 있었고 지청술을 시전한 결과 반경 삼 장 내로 인기척은 감지되지 않았다. 자신을 욕했다면 여인네에게 칼을 뽑아 들 사마검군이 아니다. 뺨을 맞더라도 웃으면서 자리를 피했을 것이고 침을 뱉더라도 닦아내면 그만이다. 그러나 사문을 모욕하는 이에게 여하한의 타협은 없다.

'사실 이 여인은 두 가지 죄를 범했다. 사조님들을 능멸했으며 사문의 무공을 비꼬았다. 그 의도가 어쨌든 간에 대가는 받아내야 하는 법. 그래, 당신이 듣는다는 검의 소리를 내게도 울려보라.'

사마검군이 칼을 움켜쥐며 결의를 다지고 있을 때 정혜란은 지극히 담담했다. 아니, 평화롭기까지 했다. 오랜만에 해보는 진검 비무고 상대로는 더없이 흡족한 실력을 가진 사람이다. 적당한 투쟁심이 있기에 맥 빠진 대타가 아니란 것도 좋았다. 무엇보다…

'하늘이 너무 아름답잖아!'

건네받은 검을 검집에서 조용히 빼내었다.

스르릉―

세상엔 여러 가지 소리가 있다. 수도 셀 수 없으리만치 많은 그것들은 제각기의 특질이 있고 받아들이는 사람마다의 차이가 명확히 구분되기에 소리 하나하나를 정의 내린다는 건 무리이리라. 정혜란이 좋아하는 소리라면 무엇보다도 검질에서 빠져나오면서 토해내는 검의 심호흡과도 같은 일성(一聲)이다. 장추삼이 목을 꺾으며 발생되는 뼈 부딪치는 소리를 즐기는 것과 비슷하다고 할까?

그 모습을 가만히 지켜보던 사마검군이 검례(劍禮)의 표시로 가슴에 검을 대었고 정혜란도 마주 예를 표함으로 기본적인 절차가 끝나자 둘의 얼굴은 천천히 경직되었다.

예의 뒤에 찾아오는 검날이란 모순, 무림인이란 위치 자체가 모호한 성격을 띠고 있듯 그들은 서로를 향해 천천히 검을 겨누었다.

파라락~

공력을 일으키지도 않았는데 사마검군의 장포가 크게 부풀어 올랐다. 생사결이 아니기에 내공을 사용하지 않는다는 불문율을 따르고는 있지만 긴장도는 여느 결투 못지 않게 진중한 분위기였고 어정쩡하게 서 있던 단사민은 전음 한마디 날리는 게 고작이었다.

"죽을죄를 지은 것도 아니고, 여인이란 것을 감안하여 손속에 사정을 부탁합니다, 대가!"

"오시오! 먼저 손을 쓰기 싫은 건 남정네의 치졸한 자존심이라 치부해도 좋소."

정혜란이 들고 있던 검을 옆으로 한 번 쳐내는 시늉을 하였다.

'이 여인이 지금 나랑 장난하자는 건가?'

다시 반대 편 옆으로 한 번 쳐낸 검은 이번엔 수직으로 곱게 떨어져 내렸다. 공격을 해오지 않기에 우두커니 서 있던 사마검군이 참지 못하겠다는 듯 큰기침 한 번으로 그녀를 일깨웠다. 그러나 정혜란은 지금 넋을 놓고 있지도 않았고 장난 따위를 치는 건 더 더욱 아니었다.

"이 순서대로 가겠어요."

'……?'

'……?'

순간적으로 사마검군과 단사민은 그녀의 말을 이해하지 못했다. 이 순서대로 가겠다니… 그게 무슨 의미인가?

'설마?'

곧 말의 의미를 알아챈 사마검군이 노골적으로 불쾌한 빛을 얼굴에 지을 때 그의 어린 사제가 버럭 소리를 질렀다. 이 여자는 너무 광오하지 않은가!

"감히 사천제일검 앞에서 검적(劍跡)을 일러주는 건 무슨 만용인 거요? 당신이 무슨 절대오존쯤 되는 줄 아시오! 살다 보니 별 어이가 없는 일도 다 있군!"

"허허허……."

어이가 없었던지 고개를 모로 꼬고 헛웃음을 날리던 사마검군이 낮게 말했다. 원래 저음인데다 목소리에 힘까지 실리자 그것은 압박감이 되어 장내를 지배할 만큼 무게가 실렸다.

"오시오."

스르륵—

한 발을 디디며 예고한 대로 정혜란의 검이 사선 방향에서 그에게로 다가섰다. 느리다면 느릴 수 있는 검세. 사마검군 같은 쾌검수(快劍手)라면 대번에 윽박지르듯 일섬광(一閃光)의 검을 쳐내어 공세 자체가 오기 전에 상황을 종료시킬 수 있으리라.

'허.'

그런데 생각과는 달리 검을 들이밀 공간이 마땅치 않았다. 워낙에 느리고 선기(先氣)를 주었기에, 아니면 우연으로 방위 자체를 점유하게 된 행운이 겹쳐져 이러한 사태가 오게 되었는지도 모른다. 마냥 느리다고 생각했던 검세건만 어느새 코앞까지 닥쳐 있어서 일단 막는 것이 급선무다. 쾌검식 하나를 쓸 수 없다는 말이지 사천일검이 이 정도의 임기응변도 없다면 외호를 버려야 할 것이다. 그의 검은 순간적으로 수비식을 위한 중단의 형태로 되돌아가 천천히 다가오는 검세에 대비하는 일방 반격을 위한 각도의 변환에도 힘을 실어놓았다.

명가의 전환식이라 아니할 수 없으리만치 유려한 변화, 독아(毒牙)를 숨기고 현재를 대비하기에 부끄럼없는 훌륭한 방비라고 하겠다. 만약 예고한 대로 검적을 그린다면 기다렸다는 듯 전광석화와도 같은 쾌검이 출수되리라.

스륵—

정혜란의 검이 반대 방향으로 변화를 꾀했다. 그야말로 아까 보인 그대로의 전환. 아무리 공력을 운기하지 않는 비무라고는 해도 이건 만용에 가까운 일이다. 상대를 무시한 처사라고 봐도 별달리 할 말이 없으니 당사자인 사마검군의 눈썹이 역팔자를 그린 건 당연했다. 그는 건방진 인물을 가장 싫어하니까.

'매운 맛을 보여줘야 정신 차리겠나!'

그 매운 맛을 보여주기 위해 사마검군의 어깨가 느슨히 풀렸다. 쾌검을 전개하기 직전에 보이는 신체 변화. 그리고 그는 또다시 검을 떨쳐 내지 못했다.

이번 역시 선기와 방위 모든 면에서 기회를 잡지 못했고 무인의 본능상 이건 아니라는 직감이 사마검군의 뇌리에 맴돌았다. 억지로라도 검을 꽂아 넣을 순 있겠지만 뒷감당이 어려울 듯하다.

'거참!'

왠지 바보가 된 느낌. 망망대해에서 떨어뜨린 바늘을 찾아보려는 시도와 같이 그의 검은 제 할 일과 무관하게 겉돌았고 또다시 수비나 하며 다음 수를 기다려야 할 처지가 되었다. 평범하게 다가오는 그녀의 검세를 맞이하기 위해 사마검군이 안정적 형태의 수비식을 취하려 검극을 이동했다. 그러나 그건 오산이었다.

쿠쿠쿠쿠—

정혜란의 제2식(?)은 첫 번째 검세보다 훨씬 무겁고 장중했기에 손님 맞이하듯 편안하게 응대할 성질의 검세가 아니었다. 느긋하던 그의 마음은 일순간에 초긴장의 상태로 바뀌었고 여유롭던 손놀림과 보법도 생사대적을 마주한 사람처럼 침착하고 날카롭게 변했다.

제대로 된 전투 형태로의 이완이라고 할까?

'이거 오늘 제대로 개안(開眼)을 하는구나. 어느 정도 검의 뜻 정도는 알고 있다고 생각했지만 이 여인의 무위는 나의 상상을 초월하는 지경이지 않은가! 경솔했다, 사마검군.'

훈계를 내리는 입장이라고 먹었던 마음을 거둔 그의 기세는 과연 아까와 차원이 다른 모습이었기에 그녀도 사천일검이 호사가들의 말에서만 존재하는 허언만은 아니란 걸 인정해야 했다. 그는 단순히 쾌검이나 펼치는 일반검수가 아니었다.

'그래, 이제야 제대로 한번 어우러져 보겠군. 진작에 이랬어야지.'

촘촘히 펼쳐지는 수비식에서 한 발 빼듯 검을 틀고 기묘한 각도로 검극을 이동한 정혜란이 낭랑한 기합성과 함께 직단(直斷)의 기세로 힘을 실으며 검을 내리그었다.

마음속에 있는 검의 기운은 변화와 힘을 가지려 하나, 자유로우려 하나, 형식을 파괴하는 것과 형식을 지키는 것은 어디에 가치 기준을 둬야 하나, 그 모든 기준은 또 어디에서 찾아야 하나……

"차앗!!"

우우우웅—

공력이 실리지 않았거늘 검의 기세는 바람을 부르고 땅을 가를 듯 도도하여 일진광풍이 연무장을 한바탕 쓸고 가듯 무섭게 사마검군을 몰아붙였다. 이런 기세를 어중간한 형식 같은 걸로 맞섰다간 대번에 나동그라질 것이다.

파파팟—

그의 검이 순식간에 하단에서 상단까지 몇 번을 이동하며 검세의 운무(雲霧)를 층층이 형성하며 정혜란이 불러온 검의 바람을 막아섰다. 노도와 같은 진군도 여러 번 걸러지듯 구름에 가려지자 어느덧 그 힘과 기세가 둔화되어 처음처럼 매섭지도 폭발적이지도 않았다. 이대로 끝난다면 그녀의 검은 마지막 변화를 준비해야 할 것이다.

츄욱!

순간 마지막 숨결을 몰아쉬듯 또 하나의 검풍이 밀려 들어와 운무를 산산이 깨뜨렸다.

상식선에서 가능하지 않을 성싶은 변화.

이렇게 대처하리란 걸 예측이라도 했다는 듯 기습적이면서도 적절한 시기와 기세였기에 속수무책처럼 뚫려 버린 검막(劍幕)은 도리어 사마검군의 검로를 방해하는 격이 되어 그가 부른 힘의 관성 때문에 검형(劍形)을 유지하는 것조차 어려웠지만 이대로 당할 수만은 없기에 억지로나마 길을 열었다.

파캉!

임기응변이라 보기 어려울 만큼 자연스럽고 힘있는 검세가 정혜란의 마지막 변화를 해소시키며 그녀의 수비마저 제한 범위에 묶어두는 효과를 보였다.

일견 사마검군의 우위로 비쳐질 수 있는 광경이지만 일그러진 그의 입매를 본다면 이 한 수를 위해 얼마나 무리했는지 짐작할 수 있었다. 그에 비해 수세에 몰린 듯한 정혜란은 안색 하나 변하지 않고 검을 걷어 올리며 그녀의 마지막 변화를 보였다.

한번 빼앗긴 선기는 마지막까지 사마검군의 몫이 아니었고 스스로의 변화에 지쳐 버린 검은 무뎌질 대로 무뎌져 있었기에 그녀의 마지막 공세가 어떤 형태이든 힘겨울 수밖에 없었다.

멈칫!

순간적으로 정혜란의 검이 진로를 잃은 배마냥 흔들리더니 떨어지는 낙엽처럼 가만히 내려앉았다. 그 모양새가 너무도 고요하여 폭풍

뒤에 찾아온 적막과도 같이 연무장은 고요함 속에 두 무인의 가쁜 숨결만 탁하게 메아리쳤다.

"힘이 부쳐서 더 이상의 전개가 어렵군요. 승패를 말하고 싶진 않지만 사문을 언급한 저의 경솔함은 진심으로 사죄드립니다. 너그러이 용서하시길. 에고, 다리가 아파서 더 이상은 서 있지 못하겠네."

정중한 사과를 올리고 전신이 풀린 것처럼 자리에 주저앉는 그녀의 모습을 보노라면 언제 그와 같은 검세를 말했나 싶을 정도였기에 맥이 다 빠지는 사마검군이었다.

영락없는 동네 아낙과도 같은 털털함.

'아아… 겨우 비긴 것밖에 되지 않는구나. 강호는 넓고 기인이사가 많다지만 이런 곳에서 또 한 번 놀라는구나.'

멍하니 서 있던 그가 정혜란을 물끄러미 바라보다가 긴 한숨과 함께 연무장을 벗어났다. 둘을 번갈아 보던 단사민도 급하게 사마검군을 쫓았고 발자국 소리가 멀어질 무렵 정혜란의 시선은 풀숲 어딘가를 쫓았다.

"고마워하실 필요는 없어요. 저도 어차피 벅찼었으니까 말이에요."

"정 동생은 내가 암기나 날린다고 그 정도도 보지 못한다고 생각해? 후우~ 사마 대가의 깨달음이 동생의 경지에 이르지 못했다는 건 내가 아니더라도 알 수 있었을 거야. 아무튼 고마워. 한 번 더 좌절을 겪는다면 저분의 정신은 부서질지도 몰라. 그건……."

당소소의 전음이 멀어져 갈 때 정혜란은 '한 번 더'에 담긴 의미를 나름대로 분석하고 있었다. 무인에게의 좌절이라면 패배일 테고 사마검군 같은 인물이 스스로의 나약함이나 패배의 아픔 따위를 주저리주저리 읊고 다닐 리 없다.

그렇다면 그의 패배에 어떤 식으로든 당소소가 관여했다는 건데…….

'최소한 패배의 순간은 지켜보았을 거야. 그래서 그가 당 언니를 멀리하는 걸지도.'

당소소가 사마검군을 좋아하는데 그가 피한다고 장추삼이 말했을 때 정혜란은 코웃음을 쳤었다. 굴러 들어온 복을 차도 유분수지, 무림 삼화의 수좌라는 여인의 마음을 거부한다는 게 가당키나 한가!

그러나 지금은 이해가 되었다. 사마검군은 사내이기 이전에 무인이었고 가장 큰 수치를 목격한 여인이라면 아무래도 껄끄러우리라.

'사랑이란 이렇게도 엇갈릴 수 있나 보구나. 죽도록 좋아해도 안 될 수 있고 피하려 해도 인연이란 질긴 끈에 의해 맺어지기도 하고. 그래서 인생은 마음먹은 대로 흐르지 않는 것인가.'

절반 정도가 빈 반합만이 쓸쓸한 그녀의 마음을 대변하는 듯 입을 벌리고 하늘을 응시하는 오후, 떠가는 구름 사이로 간간이 내비치는 햇살이 어떤 이의 보기 힘든 미소마냥 싱그러웠기에 정혜란은 저도 모르게 미소 지을 수 있었다.

그래, 그런 거다. 억지로 잡으려 한다고 손에 들어오는 건 없는지도 모른다. 할 수 있는 최선의 노력 후에 결과를 기다리는 것만이 사람의 몫일 것이다.

'이거… 가져다 줘야 하나?'

그녀의 손엔 아직도 사마검군의 검이 들려져 있었다. 무인이 검을 방임한다는 건 있을 수 없는 일이지만 자존심 강한 그로서는 한시라도 빨리 연무장을 벗어나고 싶었으리라.

'마주하기 영 껄끄러운데… 아니다. 성격상 대기전에 있을 아저씨

가 아니지.'

끙차, 하고 노인네처럼 일어선 정혜란이 검집에 검을 꽂고는 총총히 계단을 내려왔다.

오랜만에 격렬한 운동을 하면 긴장도가 풀리며 노곤해지고 수면을 원하는 건 사람이라면 어쩔 수 없이 겪게 되는 신진대사이리라. 장 보는 것 이외에 가장 긴 거리의 외출이었고 당소소를 만난다는 기대감과 단사민에게 행했던 일장 연설에다가 사마검군과의 원치 않았던 비무까지 겹치자 정신적, 육체적인 피로도가 정혜란의 전신을 덮쳐 왔기에 밤 운동도 젖히고 잠자리에 든 그녀는 세상모르고 꿈나라를 누비고 있었다.

"쩝쩝……."

입맛까지 다시며 만끽하는 달콤한 잠자리, 꿈속에서 얼음 꺽다리가 잠깐이라도 얼굴을 비춰준다면 그 이상 바랄 것이 없다!

하나 새우처럼 몸을 말고 잠결에서도 싱글거리는 그녀의 하몽(夏夢)은 불행히도 오래 유지될 운명이 아니었다.

번뜩!

칼날처럼 세워지는 무인의 본능! 누군가가 내려다보고 있다!

파라락—

이불을 젖힘과 동시에 장 속에 넣어둔 검을 뽑아 드는 동작은 워낙에 순식간적으로 이루어져서 애당초 칼을 품고 잔 듯한 착각마저 불러일으켰다. 몸을 한 바퀴 회전하며 빼어 든 그녀의 검이 이르른 곳에서 작은 소리 하나가 들렸다.

미야옹~

"꽥!"

그녀의 입에서 이상한 감탄사를 유도해 낸 대상은 낮에 보았던 도둑고양이었다. 아는 사람은 알 것이다. 야밤에 고양이의 두 눈이 얼마나 요사스럽게 빛나는지, 또 그 움직임은 얼마나 은밀한지 말이다. 그래서 도둑고양이란 말은 있어도 도둑개란 단어는 사용하지 않는 것일까?

들이댄 검을 거둘 생각도 못하고 눈만 멀뚱멀뚱 굴리던 정혜란이 피식 실소를 터뜨리며 녀석의 뒷목을 움켜쥐었다. 보통 크기의 노랑 얼룩 고양이. 전형적인 집 고양이이건만 왠지 정이 가는 녀석이다.

"너, 아주 물건이구나! 이런 야밤에 숙녀의 침실에 숨어들어… 엥, 너도 숙녀였어? 깔깔깔!"

이 도도한 암고양이는 대롱대롱 들린 채로도 침착한 눈빛으로 그녀를 응시하고 있었는데 한밤중이고 놀라서 생각하지 못하고 있지만 정혜란 같은 상승의 무인에게 기척을 숨기고 접근하는 건 제아무리 날샌 고양이라도 불가능하다.

"아무리 봐도 내가 마음에 드는 것 같은데 의외로 눈이 높구나. 나도 네가 좋아. 자… 악수."

가만히 고양이의 앞발을 잡고 짤짤 흔들자 다시 한 번 녀석이 낮게 울었다.

자신도 좋다는 뜻일까?

푹신한 고양이 털의 촉감이 맘에 들어 품에 안고 목을 쓰다듬어 주자 이내 골골거리며 눈을 감는 모양새는 영락없는 집 고양이였다.

"고양아, 얼마나 갈 곳이 없었으면 나한테로 왔니? 먹을 건 어떻게든 챙겨줄 수 있지만 돌봐준다고는 보장 못한단다. 이래 봬도 할 일이 꽤 많은 몸이거든."

그녀의 낮은 독백은 고양이의 목울음처럼 편안하게 계속되었다.

"난 말이야, 화산의 일대제자이기도 하지만 검의 길을 쫓는 무인이 야. 여염집 아낙이 아니란 말이지. 여기 온 것도 사문의 명을 받은 거 란다. 원래는 산문(山門)에서 검이나 휘두르고 있는 게 정상인 거지. 그런데 웃기는 건 말이야, 오늘 사천일검인지 뭐시긴지하고 비무를 해 봤더니 무공이 비약적으로 늘었더라. 어이없지 않니? 한 달이 넘게 밥 이나 짓고 빨래만 했는데 산문에서 몇 달을 허비하며 추구했던 길이 자연스레 열리는 거야. 하기야, 집착한다고 얻어진다면 욕심쟁이들만 빛을 보는 세상이 되겠지. 그래도 이건 좀 황당해. 알고자 그리 노력했 던 걸 잊고 살았더니 어느새 '알아져' 있다는 게 말이야. 꼭 금덩어리 를 주운 기분이랄까?"

스스로도 재미있었는지 키득거리기도 하고 고개를 갸웃거리기도 하 던 그녀가 눈을 빛내며 마음에 담긴 생각의 단상을 풀어내기 시작했다. 어차피 대상이 없는 독백이지만 속에 있던 생각을 털어내는 것만으로 도 사람들은 종종 후련함을 느끼곤 한다. 기분이 안 좋을 때 슬픈 이야 기를 듣고 펑펑 울면 가슴에 맺혀 있던 무엇이 확 쓸려 내려가는 것 같 은 기분이랄까?

화산의 일대제자고 일류를 상회하는 무위를 가지고 있지만 본질적 으로 스물여섯 살의 여성으로 감내하고 혼자서 정리해야 할 것들이 너 무 많았기에 그녀의 정신은 몹시 피곤한 상태였다.

"처음 검을 잡으면서는 천하제일인 같은 건 바라지도 않았어. 그저 남에게 업신여김만 당하지 않을 위치에 섰으면 했지."

고아로 열 살까지 살았던 정혜란이기에 멸시받는 삶의 의미를 누구 보다 잘 알고 있는 터였다.

"그럭저럭 자질이 있는지 얼마 후부터 교두님들이 바뀌고 하더니 어느새 난 창궁우전검을 익힐 수 있는 지위에 올라 있더군. 혈육 하나 없는 고아 여자 아이로는 상상도 못할 출세지. 그런데 인간이란 참으로 간사한 것이 거기까지 이르니까 또 욕심이 생기는 거야. 당시 무림을 찌렁찌렁 울리던 만화선녀의 소문에 나도 저렇게 되었으면 하고 매일 밤을 설쳤지 뭐니. 무시만 받지 않으면 행복할 것 같았는데 그게 아니더라구. 나라고 여중제일인, 아니, 절대오존의 반열에 이르지 말란 법은 없잖아라고 생각했지. 그때부터 정말 독하게 검을 휘둘렀지. 대사형이 실종되었을 때도 그렇고 이사저의 괭이질 역시 내 목표에 걸림돌이 될 순 없었어."

이제 고양이는 잠이 들었는지 고르륵거리는 소리마저 내지 않았기에 그녀의 혼잣말만이 아련한 기억의 구체화로 방 안을 떠돌았다.

하운이 실종되고 나서 화산이 뒤집힌 건 누구나 아는 사실이지만 그칠 년 동안 화산 내 후기지수 중 가장 검을 잘 쓰는 이가 정혜란이 되었다는 건 몇몇 빼고는 모른다. 그녀만의 피나는 노력이 우선시되었겠으나 삼장로들의 전폭적인 지지가 없었다면 불가능했으리라. 그들도 무언가 몰입할 것이 필요했었고 외로웠기 때문일 것이다.

"이곳에 시비로 가라는 말은 날벼락이었지. 세상에… 일대제자더러 시비라니 말이 돼? 그런데 사람 일이란 게 정말 묘하단다. 난 말야, 여기 오지 않더라면 평생 바보 같은 아집 속에서 헤매고 살았을 거란 걸 문득 느낄 때마다 묘한 감흥에 사로잡히곤 해. 이제 알 수 있어, 처음 장 가가 내게 했던 말의 의미를. 지위란 아무것도 아니야. 그건 그저 허상일 뿐. 내게 주어진 하루하루에 충실한 삶이 얼마나 값진 거란 걸… 이젠 알 수 있어."

기분 좋은 미소가 그녀의 입가에 걸렸다. 염화시중의 그것처럼 맑게 빛나는 미소 속에 한 단계 성숙한 자신이 있다는 걸 정혜란은 알고 있을까? 노력하지 않는 자가 노력한 사람보다 얻는 게 많다면 잘못된 일이지만 무조건 노력만 한다고 해서 얻어지지 않는 게 있다. 그걸 사람들은 깨달음이라 부른다.

죽어라고 검을 쳐내어도 얻지 못한 걸 밥 짓고 설거지하며 깨달았으니 인간사란 게 얼마나 허망한가. 그러나 그리 단순하게 볼 것도 아닌 이유가 있으니, 그건 정혜란이 깨달은 요지가 '자유로움'이라는 형식미의 파괴에 있다는 것이다.

시비 일을 하러 온 이 집에서 생각지도 못했던 경험과 사람을 만나게 되고 기존 관념의 회의 속에 어느 정도 자기 부정을 겪게 되었다. 문화 충격이라고 해야 할까? 그 와중에 검식과 이상에만 목매고 있던 그녀의 자아는 또 다른 세계에 자연스레 눈뜨고 발을 딛게 되었던 것이니 우연이라기보다 필연이라 불러도 무방하리라.

"어라? 너, 자냐? 혼자서 바보 짓 했군. 그래, 오늘은 나랑 같이 자……."

휘릭—

미약한 파공성이지만 완전히 잠에서 깬 그녀의 귀를 속일 순 없었다.

'뭐지?'

휘릭—

여러 옷들이 부딪칠 때 나는 소리… 사람이다!

야심한 밤에 남의 집을 넘는 이치고 좋은 목적일 리 만무한 법. 거기다 경공과 은잠의 기법으로 접근한다면 무인이란 말일 터. 다수의 강호인이 이렇게 보잘것없는 집을 털려고 왔다는 건 말이 안 된다.

'드디어 시작인가.'

뜻 모를 한마디를 가슴속에 품으며 가만히 고양이를 내려놓고 우뚝 일어선 정혜란이 방문을 열었다.

제38장

◇

달빛 아래

달빛 아래

삐걱—

산새들도 잠을 청하는 한밤중이기에 슬며시 연 문소리가 천둥 치듯 크게 들렸다. 민가와 외떨어진 장추삼의 집이고 뒤로 야산까지 있어서 더 그럴지도.

"숨어 있지 말고 모습을 드러내는 게 어때요. 보아하니 도둑질이 목적은 아닌 듯한데 이런 밤에 무슨 용무로 남의 집에 들어온 건가요?"

흡사 아무도 없는 곳에 혼자 중얼거리는 것 같지만 그녀의 오감으로 열세 명의 기운이 감지되었기에 정혜란은 긴장을 늦추지 않았다. 열세 명이라면 절대로 적은 수가 아니다. 아직 기도를 가늠하지 못한 형편이지만 이 정도의 신법과 은잠술이라면 호락호락한 상대일 리 없다.

부스럭—

알아챘기 때문일까, 기척을 숨길 생각이 없는 것처럼 풀숲에서 한 사람이 걸어나왔다. 달빛이라 색의 구분이 쉽지 않았지만 보라색으로 여겨지는 복면에 가로지를 듯 새겨진 번개가 인상적인 사내.

"실례일 줄 알면서 이렇게 찾아온 것 사과드리오. 소저께는 볼일이 없으니 들어가서 잠을 다시 청하셔도 되오."

"나랑은 상관없는 일이다?"

"그렇소."

정혜란이 피식 웃었다. 그럼 뻔하지 않은가, 이들은 장유열에게 볼 일이 있단 얘기다.

"장 대인 어른은 지금 주무시고 계시니 밝은 날 다시 찾아오도록 해요. 물론 보기 싫은 복면도 벗고 말이죠."

삐그덕—

소란스러움에 잠이 깼는지 장유열이 눈을 비비며 걸어나왔다. 연방 하품을 하며 털레털레 걸음을 옮기는데 금방이라도 쓰러질 것만 같아서 정혜란이 얼른 부축을 해야 했다.

"아, 괜찮다. 왜 이리 시끄러… 누, 누구냐!"

그제야 자색 복면인을 보고는 버럭 소리를 지르며 정혜란을 막아서는 일방 재빨리 주위를 둘러보는 장유열에게 무기가 될 만한 것이 눈에 띄지 않았다. 어금니를 갈아붙이며 오른팔을 숭숭 걷고 한 발 나서는 그의 모습은 시골 장터에서 많이 볼 수 있는 촌노의 그것이었으나 당사자로는 최고의 호기였다.

"내 이놈들! 여기가 어디라고 복면을 쓰고 난입했더란 말이냐! 양양의 신견용쟁이 이 몸이시다! 좋은 말 할 때 썩 꺼지지 않는다면 크게 경을 칠 것이야!"

버럭 소리를 지르고 정혜란을 돌아보며 장유열이 안심시키려는 듯

온화하게 미소 지었다.

"너는 걱정할 것 없다. 이까짓 도둑놈쯤은 열 수레를 가져다 줘도 문제가 아니야! 그러니 겁먹지 마라."

과장되게 오른쪽 눈을 한 번 찡긋이는 것으로 말을 맺고는 빙글 돌아선 그가 또 한 차례 목청을 높였다.

"아직도 그러고 있느냐! 오냐, 네놈이 매운 맛을 봐야……."

털썩.

기운차게 자색 복면인을 몰아세우던 장유열이 축 늘어졌다. 뒤에 있던 그녀가 수혈을 짚었으리라.

"봐요. 이렇게 놀라시니 무슨 대화가 되겠어요. 내일 아침에 다시 오도록 해요."

"그럴 형편이었다면 이런 수고를 하지도 않았을 것이오. 소저와는 아무 상관 없는 일이니 어서 그 사람을 넘겨주시오."

"뭘 하려는 거지요?"

"그건 소저가 알 필요 없소."

차가운 정혜란의 콧방귀가 어두운 달빛을 갈라놓았다. 만용일지도 모르지만 기가 꺾여서는 아무것도 할 수 없다. 거기다 이 편은 지켜야 할 사람마저 있는 형편이 아닌가.

"이제 보니 억지를 부리려고 왔군요? 그렇다면 나도 가만히 있을 수 없지."

장유열을 자신의 방에 밀어 넣고 돌아선 그녀의 손엔 어느새 칼이 뽑혀져 있었다. 월광을 벗삼아 파르라니 빛나는 검극에서 보는 사람을 압도할 무엇이 있었다.

"이분을 어쩌려거든 나를 넘어야 할 것이에요. 만만해 보일지 모르지만 내 앞을 지나가기는 그리 쉽지 않을 테고."

"누가 있어 화산의 폭풍검을 만만하게 여기겠소?"

쿠쿵!

이 점을 가장 염려했었다. 이들은 자신의 존재 여부마저도 염두에 두고 침입했다는 거다. 바꿔 말하면 필승의 자신이 있다는 것이고.

스르륵―

이어 등장한 열두 명의 인물들은 그녀의 예측을 증명이라도 하듯 무거운 기도를 흘리고 있었다. 잘 단련된 무인에게서 느껴지는 특유의 기운.

"나 하나야 소저의 상대가 될 수 없겠지만 우리들 전체라면 얘기가 달라질 것 같소만?"

'오늘은 길(吉)보다 흉(凶)이 많겠구나!'

절반 정도는 어찌할 수 있겠으나 전체를 상대로 장유열을 지킨다는 건 무리였다. 그렇다고 도망갈 정혜란인가!

"승부란 끝나기 전까진 아무도 모르겠지요. 보아하니 더 이상 말을 나누는 게 무의미한 상황인 듯하군요."

"답답하구려."

자색 복면인이 침울하게 한숨을 내뱉었다.

"소저가 손을 쓴다면 우리들도 많은 피해가 예상되지만 종국에 쓰러지는 건 누구일 것 같소? 정해진 결과를 시험할 것 없잖소? 그러니……."

"정해진 승부라? 그것 정말 마음에 드는 말이로군……."

느닷없이 끼어든 한마디. 모두의 시선은 소리가 난 방향으로 집중되었다.

"승부란 끝나기 전까진 아무도 모르겠지요. 이렇게 불청객도 끼어들 수 있으니 말이오."

어둠을 헤치며 모습을 드러내는 인영을 보고 정혜란은 하마터면 소리 지를 뻔했다.

'얼음덩어리?'

그러나 곧 그녀는 고개를 가로저었다. 달빛 아래 서 있는 사람은 북궁단야와 많이 닮긴 했으나 또한 전혀 달랐으니까.

"너는 누구냐?"

자색 복면인이 으르렁거리듯 물었다. 다 된 밥에 코를 빠뜨려도 유분수지, 어디서 이런 변수가 등장한 건가!

"그런 당신은 누구요?"

빈정거리며 정혜란의 앞에선 그가 고개를 살짝 꼬며 다시 물었다.

"대답을 못하는 걸 보니 떳떳한 사람은 아니로군. 자, 다시 한 번 말해 보시오. 이래도 정해진 결과라고 자신할 수 있겠소?"

자색 복면인이 얼른 대답을 못한 것은 문사 차림의 사내가 지닌 아름다움 때문이었다. 선계에서나 볼 수 있는 얼굴이랄까?

어리벙벙하게 그의 얼굴에만 취해 있던 그는 곧 자신의 실태를 깨달아야 했다. 그는 비단 아름다웠으며 뿜어내는 기운 역시 일류를 한참은 상회하는 무엇이 있었다. 말 그대로 판은 새로 짜진 것이다. 그러나 여기서 물러설 순 없다.

"남의 일에 참견하길 좋아하다 낭패 보는 인간들이 종종 있지."

"남의 일인지 아닌지 어떻게 안다고 그러지?"

말로 이길 상대가 아니다. 사실 말이 필요한 상황도 아니지만. 자색 복면인, 자전(紫電)이라 불리우는 남자는 뒤의 열두 명에게 말없는 신호를 보냈다.

스스슥―

한마디 대화을 나누지 않았는데도 자전의 뜻을 전해 들은 사람들처럼 열두 명의 검수들은 일사불란하게 자리 이동을 시작했다. 모든 싸움의 기본은 기선의 제압에 있고, 그러기 위해선 상대를 공격하기 위한 요처를 점유해야 함은 다수가 소수를 상대하는 전투의 병법이리라. 수가 많아봐야 공격의 방위가 한정되어 버리면 다수의 묘(妙)를 살리지 못함은 물론 나아가서 아군이 오히려 방해가 되는 경우가 발생하기도 하기 때문이다. 이들은 처음부터 합격을 염두에 둔 탓인지 처음부터 약속이라도 한 것처럼 각자의 자리를 찾아서 이동을 했는데 한 번에 움직였으면서도 흐트러짐이 없었다.

'전문적인 합격수들이구나. 벌써부터 방위의 선점에서 오는 압력이 느껴질 정도라니!'

문을 막아서며 눈을 빛낸 정혜란에게 이들의 기도는 감기듯 다가왔다. 무슨 생각을 하는지 느닷없이 나타난 원군은 통성명조차 없이 예리한 눈으로 전방을 주시하고 있었기에 속내를 짐작하기 어려웠지만 적어도 악의는 품고 있지 않은 것 같았다. 솔직히 말해 바퀴벌레의 손이라도 빌리고 싶은 형국에 이것저것 가릴 때가 아니기도 했지만.

"화산의 이름으로 우릴 막을 생각이었다면 오산이지. 그대들이 자초한 일 후회는 마시오."

슈슈슈―

짧은 침묵을 일거에 무너뜨리듯 열두 명의 검수들은 방위를 유지하며 둘에게 쇄도해 왔다. 유생 차림의 조력자가 손에서 묘한 발광을 시작한 것도 그때였다.

파방!

"큭!"

"헉!"

그가 손에 맺힌 기운을 바닥에 던지자 작은 폭음과 함께 검진 자체가 무너지며 답답한 신음성 속에 선두의 검수들이 물러섰다.

'저건 무슨 무공인가? 들어본 적이 없구나.'

어리둥절해서 주춤거리는 정혜란의 귀로 날카로운 전음성이 파고들었다.

"뭐 해요! 선기를 놓칠 셈인가요!"

선기란 말을 듣는 순간 앞으로 나서며 검을 휘두르는 그녀의 모습을 보며 우건의 입에서 과연이라는 감탄사가 터져 나왔다. 들은 바대로라면 검의 길 정도는 알 거라고 했거늘.

'이미 절정을 향해 치닫는 검수, 화산의 폭풍검이구나!'

감탄만 하고 있을 수는 없는 노릇. 그녀 역시 애검을 빼 들고 정혜란의 반대 편으로 신형을 날렸다.

츠츠츠—

무거운 검기가 흐르자 장내는 확연한 두 개의 전장으로 구분되었다. 자연스러우면서도 강력한 바람을 일으키는 정혜란의 검식에 맞서는 여섯의 검수들과 생긴 것과 다르게 둔중한 검식으로 나머지 여섯을 괴롭히는 우건. 자전은 한 발 뒤로 물러나서 이 싸움을 예리하게 주시하는 일방 어떤 '틈' 을 노렸다.

'길게 끌면 불리하다. 몇 년 만에 살계를 열더라도 상황의 연장은 장 대인의 안전에 좋을 게 없으니.'

이대로 압박한다면 얼마 지나지 않아 여섯을 패퇴시킬 수 있겠으나 언제 상황이 바뀔지 모르는 일. 조금이라도 유리할 때 종료시키는 편이 낫다고 판단한 정혜란이 빙글 몸을 돌리며 전공력을 실어 창궁우전검의 절초를 쏟아내었다. 원래부터 고분고분했던 검초가 아니었지만 독수(毒手)를 쓰려 마음먹자 그 위력은 실로 놀라워서 여섯 명의 검수는 급격히 수세에 몰렸다. 노도와 같은 검풍이 몰아치자 수비하는 것도 급급하여 서로가 서로를 보완하며 순간을 지탱하는 게 고작이었다.

"타앗!"

우전검의 절초 중 하나인 삼성조화(三星造化)가 백무량의 손 이래 가장 완벽한 자태로 펼쳐지고 뚜렷한 형태의 동심원 세 개가 천지를 뒤덮으며 노도와 같이 여섯 명을 뒤덮자 가까스로 버티던 세 명의 손아귀가 찢어지며 검을 움켜쥐기도 어려운 형국이 되었다. 이대로 전개된다면 몇 초 지나지 않아 절반은 누일 수 있으리라.

문제는 우건 쪽에서 발생했다. 본시 생사결을 처음 해보는지라 사람을 상하게 하는 것이 익숙지 않기에 승기를 잡고도 번번이 수를 늦추다 보니 자연 정신적으로 위축되었고 그대로 상대의 사기를 올리게 되었다.

'저 바보, 뭐 하는 거야!'

장유열의 안전과 우건의 약세(弱勢), 두 가지 상황을 신경 쓰다 보니 그녀의 공세도 처음처럼 날카로움이 사라졌고 무뎌진 틈을 타서 열두 명의 검수들은 전열을 가다듬을 기회를 얻었다. 소리라도 질러서 우건을 일깨우고 싶었지만 약세만 노출시키는 것이기에 그저 속만 타 들어갔고 조급함은 검초의 허점으로 이어졌다. 그리고 열둘의 검수는 최소한의 상황 파악은 할 줄 알았다.

까강!

순간적으로 네 명의 검수가 전후좌우로 날아들며 수비에 가까운 검세로 정혜란을 가두면서 나머지 둘이 우건에게로 돌진했다. 약한 하나를 먼저 처치하고 힘을 모아 나머지를 처리하겠다는 것이니 병법의 기본이랄 수 있는 전술이지만 지금처럼 적절하게 적용되는 경우도 없으리라.

우건이라고 노력하지 않는 것은 아니지만 도대체가 살초를 써본 적이 없기에 결정적인 순간에서 각도가 어긋나고 비뚤어짐은 어쩔 수 없었다. 처음에 사용한 염매옥(炎買獄)은 효과적으로 상대의 공격을 저지했으나 그것은 적을 제압하는 무공이 아니라 다음번 초식과의 연계기(連契技)에 불과했기에 일단 발동이 걸렸을 때 몰아쳐야만 제 위력을 발휘하는 것이다. 본래 연계기로 상대를 제압하는 경우 초반 기선을 잡는다는 장점이 있으나 마무리를 짓지 못하면 되치기를 당한다는 약점이 있다. 거기다 우건의 심약한 성격까지 일조를 하여 국면은 이들에게 매우 불리한 방향으로 흐르게 되었다.

'성격보다 강호 경험이 일천하여 더 곤욕을 치르는구나. 저리 고강한 무공에 저렇게 아무것도 모를 수 있을까? 단 한 번도 생사결을 치러본 적이 없는 것 같구나.'

아예 능력이 없으면 기대도 안 하지만 하면 될 듯한데 버벅이는 사람을 보면 속이 끓는다. 우군(友軍)에서 그런 모습을 보이면 자연 집중력이 떨어지고 전투력이 저하됨은 불문가지. 그래서 강호는 무공이 강하다고 꼭 승리하는 게 아닐지도 모른다. 물론 절대적인 무력을 가졌다면 몰라도.

우건에 대한 걱정이 그녀의 사고를 지배하면서 허둥거리는 그에게 다가서기 위해 문가에 대한 방비가 느슨해졌다. 한 켠에서 사태를 주시하던 자전을 놓친 것을 보면 정혜란 역시 강호 경험이 풍부하진 않다는 반증이리라. 그러나 작은 실수가 때때로 돌이킬 수 없는 결과를 초래하는 경우가 있다.

파박!

미동조차 없던 자전이 돌연 정혜란과 네 명의 검수를 뛰어넘으며 그녀의 방, 더 정확히 말해 장유열이 쓰러져 있는 방으로 돌진했다.

"안 돼!"

"이런!"

동시에 우건과 정혜란이 소릴 질렀으나 단지 비명일 뿐 그들의 앞은 거의 동귀어진처럼 다가서는 전력의 칼날들이 버티고 있었다.

'늦었다. 이를 어쩌면 좋아!'

자전은 그들의 비명과 함께 방 안으로 진입한 뒤였고 그 방엔 야산 쪽으로 창문이 나 있다. 뚫고 나가면 그만인 것이다.

"비켜!"

성난 암호랑이처럼 으르렁거렸지만 목숨을 도외시한 듯 무지막지한 칼날이 대답으로 돌아왔고 정신적인 부분을 제압당했기에 검법의 정교함과 힘이 상실되어 그녀의 몸짓은 맥 풀린 검무와도 같았다. 이들을 다 죽이면 뭐 하나, 지켜야 할 것을 지키지 못한 싸움인데.

'정말 미안해요, 장 대인, 장 가가… 나름대로 최선을 다했는데 이런 결과가 오고 말았네요.'

극한 상황이 닥치면 평소보다 몇십 배 많은 생각이 스쳐 지나가게 된다. 발을 헛디더 절벽에 떨어졌다가 구사일생으로 산 사람들의 얘기를 들어보면 떨어지는 찰나 동안 그의 인생 전체가 눈앞을 가로지른다고들 했다.

자전이 뛰어들고, 그들이 소리 지르고, 정혜란이 자책의 한숨을 토한 것이 모두 한순간에 벌어진 일이니 그야말로 찰나지간에 모든 상황이 발생했다 종료된 것이다.

우드득―

허탈 뒤에 자라는 건 분노.

자책 후에 남은 건 복수의 일념.

왼손이 부러져 나갈 듯 꽉 움켜진 그녀의 기세는 누구도 막을 수 없는 것처럼 무섭게 타올랐다. 이대로 벽에 머리를 박고 죽어버리려 해도 영혼마저 평온하게 안식을 취하지 못하리라. 저들의 행동 양식상 장유열의 안전은 기대하기 어렵기에 더욱더 서글프다. 우건의 표정은 더 절박했다. 한순간의 머뭇거림으로 이렇게 최악의 결과가 도출될 것을 누가 알았으랴.

'미안해요, 이제 저는 어쩌면 좋을까요!'

그런데…

캬앙―

"크아악!"

날카로운 짐승의 울부짖음과 함께 쇄도했던 기세만큼이나 빠르게 자전이 튕겨 나왔다. 그는 오른 손등에서 피를 철철 흘리고 있었는데 웬만한 도검으로도 이만한 상해를 가하기 어려우리라.

모두의 이목은 그가 나온 방문에 쏠렸다.

"어머, 너!"

발자국 소리 하나 없이 어두운 방에서 걸어나와 방문을 지키듯 버티고 선 작은 형체는 다름 아닌 도둑고양이었다. 우건 역시 신기한 얼굴로 고양이를 주시했는데 싸움의 주재자로 보였던 자전이었고 아무리

방심했다고 해도 미물에 당해서 피를 흘리며 패퇴했다는 건 말이 안 된다.

"으아아악!"

창피함과 당황함이 어우러져 비명과도 같은 소리와 함께 칼을 빼 든 자전이 다시 방문, 정확히는 방문을 지키는 고양이에게 달려들었다.

팟!

무언가 희끗했고 다시 한 번 그가 고통스런 비명과 함께 뒤로 물러서야 했다. 이번엔 오른 뺨에 긴 상흔을 입은 채로. 언제 움직였냐 싶게 고양이는 제자리에 돌아와서 날카로운 눈빛으로 전방을 쏘아보는데 그 모양이 영락없는 무림고수였다. 열두 검수의 손발이 멈춰진 짧은 순간, 재빨리 몸을 뺀 정혜란이 우건과 등을 붙였다.

"우린 한 번 실수를 했고 한 번 기회를 얻은 거예요. 또 한 번 고생하고 싶지 않다면 알량한 동정심은 던져 버려요!"

낮고 빠른 그녀의 말에 우건도 힘차게 고개를 끄덕였다. 고개만 돌려 서로의 눈을 확인하고 누가 먼저랄 것 없이 반대 방향으로 튀어나온 둘은 서로의 상대들에게 세차게 검을 휘둘렀다.

인간지사 새옹지마라던가. 처음 우건의 등장으로 힘을 얻었다가 그녀의 허둥거림으로 최악까지 이르렀던 게 방금 전이거늘 숨 한번 고르고 적을 몰아붙이는 우건의 검은 정혜란에게 든든한 힘이 되어주지 않는가.

'좋아!'

분위기란 게 별것 아니라고 생각한다면 오산이다. 모든 승부―그것이 피 터지는 싸움이든 머리로 승부하는 바둑이든 간에―에서 승기를 한번 타면 평소에 없던 힘까지 솟아나게 되고 수세에 몰린 쪽은 지닌 바 능력도 발휘하지 못하고 무너지게 된다.

눈썹이 역팔자를 그리며 그녀는 크게 검을 휘둘러 다시 한 번 삼성 조화의 기운으로 검수들을 압도해 갔다. 어차피 독수였고 힘과 기운이 충만했기에 그 어느 때보다 방위와 각도가 예리했고 미처 검을 들지 못한 두 명의 검수가 피를 뿌리며 나뒹굴었다. 틈도 주지 않고 직단의 기세로 검결을 이동시키자 폭음과도 같은 경기와 함께 주위가 두 조각으로 나뉘어지듯 산산이 부서졌다.

이렇게 몸과 검이 하나가 될 때가 있다. 검신합일(劍身合一)의 지고한 경지는 아니더라도 그저 검과 함께 파묻히는 기분이랄까?

피보라 속에서 느끼는 검령(劍靈)과의 조우(遭遇).

잔인하다 할 것인가? 뿌리까지 무인인 정혜란에게 그런 건 문제가 되지 않았다. 단지 그녀는 검이 부르는 대로 움직이고 검을 부림으로써 검과의 일체라는 삼매경(三昧境)에 빠져든 것이다. 검은 사람을 베기 위해 존재하는 것이지 누군가를 위협하려 만들어진 게 아니니까.

'후우~'

숨을 한번 몰아쉰 그녀가 검을 중극으로 세우고 천천히 앞으로 이동했다. 가장 평범한 기수식과도 같은 자세. 그러나 검에 담긴 그녀의 묘한 기백이 장내를 압도하다 못해 터져 나갈 듯하여 나머지 네 명은 가슴에 검을 세워 수비식을 겸함과 동시에 연방 뒤로 물러나기만 했다. 그들도 여태까지와 다른 정혜란의 기도에서 무언가 느끼는 것이 있었지만 달리 방도가 없었다.

"나도 이 초식을 정의 내리지 못한다. 화산의 역사 속에 이것이 펼쳐진 경우는 모두 합쳐 백 번도 되지 않으리라. 흉내 정도야 낼 수 있겠지만 본연의 위력을 이끌어낸 사람이 얼마나 될꼬? 그것은 이 초식이 검결에 의해 전승되지 않거니와 깨달음이 없으면 절대로 시전할 수 없기 때문이다. 그러나 화산 문인들이여! 창궁천추(蒼穹千秋)를 만나지 않고 부동화를 피울 수 없음이니 뼈를 깎는 아픔 속에서 시리도록 푸르디푸른 가을 하늘을 검 하나로 그려보거라……."

우우우웅─

배가되는 검의 기운, 그녀는 스스로 무엇을 하고 싶은지 알지 못하는 상태에서 한 발 또 한 발을 찍고 있는 것이다. 지켜야 할 대상에의 연민과 한번 겪었던 실수, 그리고 든든한 두(?) 동료에의 믿음이 정혜란의 검을 무의식 중에 또 다른 차원으로 이끌게 되었다.

그에 비해 우건의 싸움은 다른 색깔의 그것이었다. 한 번의 실수를 초래했다는 자책과 쓰기 싫은 살초 이외엔 상황을 타계하기 어렵다는 중압감으로 그의 검과 장은 지독히 암울한 빛을 뿌리며 나머지 여섯을 몰아치고 있었다. 방위를 점한 사람을 바꾸어가며 버텨보려 하는 노력도 입술을 지그시 깨물고 울 것만 같은 얼굴로 휘두르는 그의 검을 어쩌지는 못했다.

"타아앗!"

억눌린 듯한 기합성으로 금방이라도 흘러내릴 것 같은 눈물을 감추며 쏟아내는 우건의 검은 슬픈 표정과 다르게 힘이 있었으며 요사스러웠다. 청명(淸明)한 얼굴 속에 숨어 있는 간특(姦慝)함이랄까?

섞일 수 없을 것 같은 두 가지 이질적인 형태의 기운이 함유된 검식. 그래도 아직까지는 여섯 명의 검수들에게 직접적인 상해를 입히지는 못하는 정도였고 단지 압도 정도에 그치는 것이었기에 그의 눈망울은 작은 파랑(波浪)을 일으켰다.

완전 제압을 위해선 그 검식을 써야만 한다. 그러나 그렇게 되면 이들은…

"강호에서 네가 겪을 일이 얼마나 흉흉한지, 얼마나 위험한지 아무도 모르기에 이 초식을 연마해야 한단다. 무림사 가장 위대했던 이름일 수도 있는 이 초식을 살기만으로 가득하게 변형한 건 선조들의 마지막 안배일 것이다. 상대에게서 자유로울 수 있는 가장 확실한 방법, 그것은 완전히 적을 제압하는 것일 테고 확실하게 적을 무릎 꿇리는 방법은 오로지 하나니까. 네 무공이 한 단계 더 올라선다면 그야말로 이 초식의 내면을 볼 수 있겠으나 현재론 무리이기에 이렇게라도 전수하는 것이니 죽을 위험이 닥쳤을 때나 사용하거라."

그녀의 아랫입술은 윗이빨에 의해 찢어진 지 오래, 가는 핏줄기가 턱을 타고 흘러 점점이 떨어져 내리는 핏방울이 사슴 같은 눈동자에서 흘러내릴 눈물을 대신하는 듯했다. 고뇌와 결심의 시간은 길었지만 행동은 의외로 빨랐다.

어차피 한 번은 치러야 할 살인에의 쓴 물, 지키고픈 이를 위해서 행하였다면 조금이라도 죄책감이 덜할 수 있을까?

빙글.

한차례 몸을 돌린 우건이 조용히 검을 들어 상단의 자세로 검극을 이동시켰다.

츠츠츠츠—

대립하던 두 가지 성질 중에 정(正)했던 기운이 사라지며 사(邪)의 그것만이 넘실거리고 먹이를 노리는 독사마냥 파르라니 빛을 발하는 저것은 여태껏 그가 사용했던 검식과 다를 것이다.

'위, 위험하다!'

고양이와 몇 번 더 실랑이를 벌이고도 별다른 재미를 못 본 자전이 엉거주춤 서 있다가 일변한 그 기세에 놀라 합류하려는 순간 정혜란의 창궁천추가 발동되었다.

검파(劍波)는 둑을 타고 치솟는 해일과도 같이 상념의 벽을 가득 채우고 넘쳐흘러 온 천하를 뒤덮는구나…….

우우우웅—

그저 막강하다고밖에 표현할 수 없는 검의 기운이 장내를 수놓으며 한가로이 노니는 나비의 몸짓처럼 느리게 느껴지는 그녀의 검 앞에서 네 명의 검수들은 속절없이 피를 뿌리고 쓰러져 갔다.

단 한 줌의 반항조차 용인하지 않는 절대의 기세! 그래서 상대들도 치명상은 면할 수 있었다. 대전 시에 무공의 고하가 확연히 구별되면 상수(上手)의 아량에 따라 최악은 면할 수 있지만 엇비슷한 무공으로 부딪친다면 큰 사상(死傷)이 벌어진다. 이기기도 바쁜데 남에 대한 배려가 어디 있겠는가.

핑—

일순간 내력 소모가 컸기에 약간의 어지러움이 그녀를 엄습했고 이마에 손을 짚으며 목을 쳐드는 순간 정혜란은 한 편의 도살극을 보게 되었다.

츠츠츠—

검풍도 없고 검기도 없는, 그저 칼질에 불과한 단선(單線)이 흐를 뿐인데…

처음의 제물은 가장 앞에 나서 있던 검수였다. 우건의 검은 변식(變式) 같은 건 생각지도 않는 것처럼 정직하게 떨어졌기에 아무 생각 없이 막아보려 각도에 맞춰 칼을 들었다.

서걱!

분명 아무런 변화가 없었음에도 검초는 그의 칼을 지나치듯 뒤로하고 검수의 목을 쉽게 도려내었다. 피분수가 솟구치는 하나의 몸뚱이가 쓰러지기도 전에 방향을 튼 우건의 검에 동료의 죽음을 바로 곁에서 목도한 또 하나가 들어왔다.

"으아아악!"

수비를 배제한 공격만의 초식. 이런 막무가내의 공세엔 누구라도 위협을 느끼게 되고 자연 손속이 어지러워진다. 그러나…

축—

유연하다는 표현이 무색할 만큼 매끄럽게, 그러나 잔인하게 흐른 검은 달려든 검수의 오른손을 몸통에서 끊어내었고 비명을 지를 새도 없이 목줄마저 잘라 버렸다. 이 모든 동작이 한 호흡에 이루어졌기에 그들의 동료들에겐 방조(幫助)의 기회조차 주어지지 않았다. 사실 그리도 정명하던 검식이 이렇게 바뀔 걸 누가 알았으랴.

두 동료의 간단한 죽음 앞에 네 명의 검수들은 눈이 뒤집혔다. 살업을 자행하지 않는 것도 아니요, 수많은 난관을 겪었고 언젠가 검의 고혼이 될 각오가 없었던 것도 아니지만 이건 너무 허무하다.

빙글 돌아 다시 한 번 피를 갈구하는 그녀의 검 앞에 네 명의 검수들이 일제히 뛰쳐나왔다. 무엇이 그리 원통하고 서러운지 모르지만 그들의 얼굴에서 참을 수 없는 분노의 밑바닥을 읽게 되리라. 왕왕 극한에 이르면 사람은 지닌 바 능력의 이상치를 발휘한다고 했다. 이른바 잠력(潛力)이랄까?

그들의 사방합격은 여태껏 보여왔던 검진 중 최강의 위력으로 우건을 옥죄어왔고 절정을 바라본다는 무인도 쉽게 상대하지 못할 힘과 기운을 품고 있었기에 그들의 정을 짐작하고도 남음이 있었다. 흥분한 상태에서도 가장 효과적으로 상대를 대처한다는 건 분명 쉬운 일이 아니기에 사방검진이 지닌 의미가 더욱 돋보이는 것이다.

한 치의 빈틈도 없이 다가오는 네 개의 검날. 우건의 손이 또 한 번 파동을 쳤다.

츠츠츠—

분명 변식도 강렬한 검기도 함유하지 않고 있다. 어찌 보면 장난과도 같은 검적을 그리건만 가장 가까운 검수의 목을 그으며 횡으로 이동을 하여 또 다른 검수에게 손짓을 한다.

…죽음으로의 초대.

'저건 가장 완벽한 살인의 검이다!'

만약 정혜란이 월광살무를 보았다면 어떤 반응을 보일지 모르겠다. 우건의 검과 월광살무는 둘 다 살인 검식이라는 공통점을 가지고 있으나 막연한 차이가 있다. 여기서 막연하다는 것은 말 그대로 종잡을 수 없다는 말이고 검도에 어느 정도 눈을 뜬 그녀라도 쉽사리 지적하지 못하리라. 그저 우건의 검은 어떻게든 막아볼 텐데 월광살무는 자신이 없는 정도랄까?

불행히 세 명의 검수는 정혜란 수준의 검로를 걷지 못했고 헛된 노력은 목에서 솟아나는 피분수로 대가를 치러야만 했다. 남은 이들이 이판사판의 심정으로 육탄 돌격 비슷한 찌르기를 감행했으나 그의 검은 기묘한 사선을 그리며 범위 내에 있는 모든 것을 베어버리고 종국에는 팔다리가 잘려 나간 그들의 목을 취했다.

이 모두가 단 육 초의 검식에 이루어진 일이니 한 번의 초식에 정확히 한 명의 목숨을 거둔 것이다.

일섬류(一閃流) 일명수(一命收)!

경악할 만한 도살극에 모두가 말을 잊고 우건의 뒷등만을 바라보고 있었다. 크게 지칠 것도 없었을 텐데 가쁜 숨을 몰아쉬는지 그의 어깨는 상하로 크게 기복을 보이고 있었다.

축 늘어뜨린 검을 타고 방울방울 떨어지는 핏방울.

비록 손에는 묻히지 않았지만 역한 피비린내 사이로 서 있는 슬픈 음영(陰影).

이 피는 누구의 것이며 나는 누구인가.

누가 있어 나의 살업을 변호해 줄까……

꽃이 좋아 나비들과 술래잡기 즐거웠고

시린 달빛이 서러워 밤마다 창가에서 눈물짓던 어린 날의 초상(肖像)이여.

너는 그대로의 모습으로 애처롭게 날 비추고 있는데

난… 어디에도 없구나.

입을 떼는 이는 아무도 없었다. 그럴 엄두조차 나지 않는 듯 작은 움직임도 없이 그렇게, 그렇게 시간은 멈춰져 있었다. 가끔 우는 풀벌레만이 시절 모르는 배짱이마냥 태평하게 하품하는 듯하여 이 공간은 더욱 을씨년스러웠는지 모른다.

"가요."

적막은 정혜란의 낮은 목소리에 의해 산산이 깨졌다. 단순한 한마디에 담긴 감정과 기도가 워낙 복잡하게 뒤엉켜 있는지라 말 잘 듣는 어린아이처럼 바닥을 기고 있던 여섯의 검수들은 겨우겨우 일어나 동료들의 시신을 수습했으나 원념만은 잃지 않겠다는 듯 곁눈질로 우건을 노려보았다.

"빨리 안 가면……."

얼음장 같은 목소리. 이 광경을, 어두웠던 새벽을 기억하고 싶지 않았기에 그녀의 음성은 지독스레 냉막했다.

"영원히 갈 수 없어요."

믿지 못할 패배였건만 자전은 얼이 빠져서 아무 생각도 나지 않았다. 그저 여길 벗어나야 한다는 것뿐. 가까스로 말 한마디 던지는 게 그의 최선이었다.

"화산은 오늘 일을 후회하게 될 것이오."

순간적으로 살인멸구(殺人滅口)의 충동이 왈칵 쏟아져 왔다. 감히 화산을 어찌한다고 말할 인물이나 조직은 현 무림에 존재하지 않는다. 절대오존 중 최강이라는 적미천존이라도 입에 담을 수 없는 말이다. 그러나 자전이 뱉어내자 무언가 서늘한 것이 되어 그녀의 마음을 후벼 팠기 때문이다.

그러나 정혜란은 빨리 가라는 손짓으로 모든 걸 대신해야 했다. 자신의 존재 여부를 알았다 함은 그들의 수뇌부에까지 전달되어 있음이고 입을 막아봐야 소득이 없다. 무엇보다…

'이 정도면 충분하다. 더 이상의 피는 무의미해.'

사방에서 진동하는 피비린내에 저도 모르게 고개를 가로젓던 정혜란이 아직도 우두커니 서 있는 우건을 인식한 건 경황이 없어서라기보다 워낙 많은 생각이 그녀의 머리에서 스쳐 갔기 때문이리라.

"악몽이 끝났네요."

허탈하게 웃으며 말을 건넸을 때 여전히 달을 향해 고개를 젖히고 있는 그의 모습은 일견 아름다웠으나 금방이라도 무너져 내릴 것만 같은 위태로움이 있었다. 누군지 모르지만 어쨌든 고마운 조력자였기에 성큼성큼 다가가서 어깨를 툭 치고 특유의 사람 좋은 미소로 사례를 표하려던 정혜란은 흠칫 굳어서 아무런 말도 하지 못했다.

우건의 커다란 눈망울에선 가는 빗줄기가 흘러내리고 있었다. 입가의 경련을 억지로 참는 듯 앙다문 입술은 그래서 더 처연했기에 무슨 말로 위로해야 좋을지 몰라 어깨에 얹은 손만 쑥스러워졌다.

그녀는 직감적으로 알 수 있었다, 아무런 말도 도움이 안 된다는 것을. 혼자 내버려 두는 것이 그를 위한 최선의 방법이란 것을. 힘든 일을 겪고 있는 상대에게 도움을 준답시고 이것저것 캐묻고 이 얘기 저 얘기 늘어놓는 건 때로 배려가 아니라 부담을 주는 경우가 있다. 가만히 놔두는 게 나을 때가 있는 것이다. 지금이 그럴 것이다.

'첫 살인… 이었구나.'

우건이 바라보는 곳을 따라 그녀의 시선도 옮겨졌다. 총총히 박혀 있는 별들과 넉넉한 얼굴로 대지를 비추는 만월(滿月).

"초승달이었으면 섭섭했을 거야."

뜻 모를 정혜란의 독백에 우건이 가만히 고개를 돌렸다. 그제야 그에게 씨익 한번 웃고 어깨에 얹어진 손을 가볍게 두드린 다음 장유열을 살펴보러 정혜란이 걸음을 옮겼다.

니야앙~

"오오… 내가 너를 잊고 있었구나. 우리 귀염둥이, 우리 수호신! 넌 신이 보낸 사자일 거야! 암, 그렇고말고!"

고양이를 들어서 만세 부르듯 올렸다 내렸다를 반복하던 그녀가 문득 눈을 빛냈다.

"그래! 넌 묘령(猫靈)이야! 고양이 정령!"

니야앙~

별 관심없다는 투로 눈을 감고 골골거리는 고양이에게 다짐하듯 정혜란이 일렀다.

"묘령! 넌 이제부터 묘령이야! 이 집을 지키고, 나를 지키고, 전 무림을 지킬 정령인지 누가 아니?"

그녀의 맑은 웃음소리에 이끌린 듯 다가온 우건이 머뭇거리다 힘겹게 말머리를 꺼냈다.

"저……."

"이제 다 울었어요? 하하, 아무튼 오늘 고마웠어요. 댁이 아니었다면 큰 낭패를 볼 뻔했네요."

고양이를 내려놓고 정혜란이 깊숙이 포권했다.

"새삼 감출 것도 없으니 말하지요. 화산 일대제자 정혜란이 소협의 도움에 감사드립니다."

"이, 이러실 것 없어요."

손사래를 치는 우건을 무시하고 계속 포권 자세로 있자 마지못한 듯 그녀도 포권으로 화답했다. 억지로 절 받기의 전형이리라.

"우건이라고 합니다. 큰 도움도 아니었……."

"몇 살이지요?"

그녀의 말을 끊고 포권을 풀지도 않은 채로 정혜란이 물었다. 익살스럽게 눈을 뜨고 있었기에 홀린 듯 우건의 입도 열렸다.

"올해로 스물다섯… 그건 왜……."

"내가 위군."

포권을 풀고 정혜란이 빙글 돌아섰다.

"앞으로 만나면 언니라고 불러요. 가르쳐 줄 게 너무 많은 것 같아."

"……!"

어안이 벙벙한 그녀에게 정혜란이 빗자루를 내밀었다.

"뭐죠, 이건?"

물독을 옮기며 그녀가 경쾌하게 말했다. 새삼스레 그런 건 왜 묻느냐는 투로.

"청소해야지요. 그럼 이 꼴을 하고 아침을 맞자는 거예요? 다 치우면 숨겨둔 후아주 한 병으로 신세타령이나 하자구요. 보아하니 그쪽도 할 말이 많은 것 같은데."

달빛을 등불로 삼아 두 여인은 부지런히 쓸고 덮었다. 피 내음이 강한 곳은 흙을 가져와서 깔았는데 간간이 미소 짓는 우건이나 쾌활하게 웃으며 얘기를 주도하는 정혜란, 아까의 일을 잊으려는 듯 모두가 분주히 움직였고 많은 말을 했다. 어슬렁거리던 묘령에게 물벼락을 뿌리며 장난도 쳤으나 한 방울도 스치지 않는 날렵함을 과시하는 고양이 덕에 이들은 또 한 번 깔깔댈 수 있었다.

하남행

"데릴사위에 대해 어떻게 생각하나?"

"갑자기 그 무슨 귀신 씨나락 까먹는 소리요? 웬 데릴사위?"

장추삼의 심드렁한 반응에 고무된 남궁선유가 힘을 내어 입을 열었다. 그러나 연방 눈치를 살피는 모양새가 요 며칠 동안 장추삼의 지랄 맞은 성격을 완벽히 파악한 듯했고, 말의 완급을 조절하여 긴장을 조장하지 않으려 무지 애쓰는 모습이 역력했다.

"그러니까 노부는 현재 유행하는 사회 현상을 말하는 것일세. 데릴사위 말이야. 어떻게 생각하나, 응?"

앞서서 말을 몰던 하운이 의아스러운 듯 북궁단야를 바라보았다.

"북궁 형, 요즘 데릴사위가 언제 유행한다고 저러시오? 난 금시초문이외다. 데릴사위라?"

북궁단야가 쓰게 웃었다. 이 상황… 언젠가 본 듯하지 않은가? 단지 대상만 바뀌었을 뿐.

"내가 알기로도 그런 사회 현상은 없는 거로 아오."

그들이 뭐라 하든, 아니, 둘의 대화를 들었더라도 남궁선유는 박박 우겼을 것이다.

이 순간부터 유행이면 돼!

불행히도 장추삼에겐 요즘 사회 현상 같은 게 도통 관심거리가 아니었는지 손가락으로 귀만 휘적휘적 파고 있었다. 또 모른다. 요즘 사회 현상이 귀찮은 노인을 내다 버리는 것이라면 눈을 번쩍 떴을지도.

"그런 거 관심없어요. 후아암~"

입이 찢어져라 하품을 하고는 쩝쩝 입맛을 다시는 그를 곁눈질하며 파랑검객은 나름대로 스스로를 자위했다.

'이 정도가 어디야? 최악은 아니니 그나마 다행이지.'

조금만 더 하면 어떻게 얘기가 될 것도 같다!

'여기서 더 밀어붙였다간 재 뿌리는 격이지. 암, 조금 더 시간을 두고… 호호호.'

자신의 말빨과 경륜에 감탄하며 묵묵히 말을 몰던 그가 어느 정도 시간이 되었다 싶었을 즈음에 천천히 말머리를 꺼냈다. 한참의 침묵이었고 지루하다면 지루한 행보였기에 누가 봐도 적절한 시기였다.

"내가 보기엔 데릴사위라는 거 무척이나 합리적인 제도 같다고 생각하네. 암, 괜찮은 사회 현상이지. 실력있는 사위와 능력있는 처가의 절묘한 조화! 이 얼마나 아름다운 만남인가! 가히 예술이야, 예술!"

"내참, 노인은 데릴사위제를 무지하게 좋아하는구려. 이제라도 늦지 않았으니 손자를 데릴사위로 보내시오. 하고 싶은 거 못하고 죽으면 원귀가 된다고 합디다. 쩝쩝."

누가 있어서 파랑검객 남궁선유에게 원귀 어쩌구 하겠는가. 아니, 할 엄두라도 내겠는가. 목숨이 아홉 개라도 아홉 모두 작살날 발언이다. 그런데 이런 경천동지할 발언을 뒷집 똥개 이름 부르듯 하는 놈이 있었고 대하는 남궁선유의 얼굴은… 놀랍게도 지극히 만족스러운 것이었다.

쾌재의 빛마저 역력했다!

"하아~ 자네의 한마디 한마디는 구구절절 나의 심금을 울리고 남음이 있구먼. 그래, 사람이 원하는 걸 이루지 못하고 죽으면 편히 눈 감지 못하고 구천을 떠돈다고들 한다지. 맞네, 맞는 말이야."

내심과는 다르게 그의 어조는 구슬프기 그지없어 금세라도 눈물을 쏟아낼 것처럼 처량했다. 석 달은 비루먹은 똥개라도 이러할까?

이 노인이 왜 이러나 하고 고개를 갸웃거리는 장추삼을 연방 힐끔거리며 묵직한 한숨을 토해내는 그의 연기에 안 속아 넘어갈 사람이 어디 있으랴! 데릴사위제가 예술이 아니라 그의 표정이 예술이었다. 모르는 사람이 보았더라면 남궁선유의 발치부터 살폈을 것이다. 땅이 패이다 못해 뒤집어질 정도로 강렬한 탄식에 관도라도 배겨날 도리가 없을 것 같았으니까.

"내가 왜 그런 생각을 하지 않았겠나. 손주 놈을 보내라… 좋은 말이지. 그런데 자네도 보았다시피 내 손주 놈은 그런 조건에 부합되지 않는다네. 말했지 않는가! 실.력.있.는. 사.위.와 능.력.있.는. 처.가.라고! 내 손주 놈? 허, 어림도 없지. 어림 반 푼의 어치도 없어. 그런 놈을 누가 데려가겠나. 거기다 능력있는 집에서? 에구~ 내 신세야."

난 왜 이리 복이 없을까, 어쩌구 하는 일방 장추삼을 훔쳐보는 걸 잊지 않는 남궁선유의 속내를 알 길이 없기에 장추삼은 바보처럼 그가 맞장구쳤다.

"하긴, 내가 봐도 노인장의 손주는 좀 더 사람이 되어야겠더군. 그렇게 버릇이 없는 건 어디까지나 가정교육에 문제가 있었기 때문일 것이오. 듣자 하니 번듯한 집안인 것 같은데 자식 교육이 왜 그리 개판이었는지 몰라?"

'자식 교육에 문제? 가정교육이 개판?! 이노옴……!'

그의 턱수염이 바르르 떨렸다. 그러나 여기서 흥분하면 안 된다. 다 된 밥에 개똥을 비벼도 유분수지 어찌 이런 사소한 일에 성을 낸단 말인가.

'너 이놈! 나중에 보자!'

단단히 이를 갈고 있었지만 나오는 말은 달랐다. 어쩌겠는가, 아쉬운 건 그인데.

"맞네, 맞는 말이야. 노부가 부주의하여 손주 놈이 그리 엇나가게 되었구먼. 할 말이 없어."

할 말? 무지 많았다. 하루 종일 주워섬겨도 모자랄 것이다!

참아야 한다. 이제 얘기가 되어간다. 아주 좋은 기회가 왔다.

"그렇지만 우리 가문만큼은 자네가 말한 대로 어디에 내놔도 손색이 없다네. 무림 전체를 통틀어도 우리 세가에 견줄 수 있는 집안이 있으면 나와보라고 하게! 내 당장 그놈을 찾아가서 조목조목 따질 것이야!"

그가 열을 올리지 않아도 남궁세가의 위명을 무시할 담량이 있는 무림인은 아무도 없다. 세가? 어떤 세가가 있어 감히 강남의 남궁세가와 비교될 수 있을까? 남궁선유의 자부심은 어쩌면 지극히 당연한 일이었고 칼밥을 먹는 사람들이라면 누구나가 고개를 끄덕일 만한 얘기다.

누구나가… 아, 여기 예외가 하나 있다. 완벽한 예외가!

"그러든가 말든가. 후아암~ 노인의 기세를 보니 그런 말 하고 싶은 사람도 질려서 목구멍 속으로 쏙 들어가게 생겼으니 걱정하지 않아도 될 것 같소. 그리 정정한 힘을 딴 데 쓰지 그러오?"

"딴 데? 어디?"

"쓸 만한 아들 하나 더 생산하던가… 아! 그것보다 노인장이 직접 데릴사위로 들어가면 되겠구려! 그래! 그러면 되겠네! 그야말로 능력있는 사윗감으로 노인장만한 인물이 어디 있겠소! 가문 좋지, 능력 탁월하지! 이보다 좋은 조건이 어디 있겠소!"

남궁선유의 안색이 점점 길거리에 굴러다니는 무엇처럼 변해갔지만 장추삼은 여전히 중언부언 떠들어댔다.

완벽한 파악? 아직 그는 장추삼이란 인간의 단면도 보지 못했음이다.

'그러게 왜 대꾸를 하셔서는……'

고소 짓는 하운과 웃음을 참는 북궁단야 장추삼이란 인간을 훤히 꿰뚫고 있었기에 암말 않고 앞서서 말을 몰고 있었다.

완벽하다, 완벽해하며 혼자 취해 있는 장추삼이 밉살스럽지만 칠십 년의 세월은 남궁선유에게 무공의 깊이만을 선사하지 않았다. 노회한 강호의 이 고수는 아직도 기회를 엿보고 있었다. 여태까지 들인 공이 얼만데 여기서 포기하겠는가!

"허, 허험! 여, 역시 자네는 농담도 재밌게 하는구먼. 그래도……"

"농담은 무슨 농담? 내가 그리 실없는 놈으로 보이오? 방금 전에 먹은 오향장육하고 녹두활어가 울겠소!"

'그거 다 내가 사줬잖아, 임마!'

"좋은 음식 먹고 신소리할 만큼 바보는 아니오. 날 뭘로 보는 거요? 그러지 말고 다시 한 번 진지하게 생각해 보시오. 이거야말로 누이 좋고 매부 좋고, 도랑 치고 가재 잡는 격 아니오."

'……'

참지 못하고 단리혜가 쿡쿡 웃었다. 그녀는 행렬의 맨 마지막에 처져 있었기에 두 노청(老靑)의 대화를 낱낱이 들을 수 있었고, 웃음을 참느라 손바닥에 손톱자국이 깊게 패일 정도였다.

'참자, 참아야 하느니! 그래도 손주며느리가 될 아이 앞에서 이게 무슨 망신이란 말인가!'

지금이야 단리혜의 마음이 북궁단야에게 가 있겠지만 척 보기에 훤칠한 이 청년은 마음속에 담아둔 여인이 있다. 딴 사람은 다 몰라도 남궁선유의 눈을 피할 순 없다. 만약 북궁단야가 맘먹는다면 무조건 포기하겠으나 그건 아니니 이 얼마나 바람직한 일인가.

남은 건 요 심통맞은 놈인데 어떻게든 얘기를 이어보려 해도 송사리처럼 요리조리 빠져나가는 게 보통내기가 아니다. 속마음을 들켰나 반문도 해봤지만 그건 말이 안 된다. 구체적으로 무얼 어찌하겠다는 언질도 주지 않았거늘 불가에서 말하는 천심통(天心通)이라도 익히지 않았다면 무슨 재주로 알겠는가.

"아하하하… 나 같은 노인이 팔자를 고치겠다고 들면 세상 사람들이 비웃을 걸세."

"하긴, 주책스럽긴 하겠구나!"

'끄응—'

심호흡이 필요하다. 이마에 굵은 힘줄이 하나 불뚝 솟았지만 남궁선유의 인내력은 실로 놀라운 것이었다. 이런 수모를 겪더라도 충분히 가치가 있다는 판단이라서일까?

"맞네, 맞아! 그래서 하는 말인데……."

"……?"

여기가 중요하다!

"자, 자네는 요즘의 사회 현상이 적용된 겨, 결혼을 할 용의가 있나? 물론 만약에 말일세."

"사회 현상이 적용된 결혼? 그럼 나더러 데릴사위로 들어갈 용의가 있냐는 거요?"

"그, 그렇지."

"말이 되는 소리를 해요!"

이렇게 싹둑 잘라도 되는가. 얼마나 힘겹게 상황을 만들어냈는데. 이놈은 장유유서란 말을 생전에 들어본 적도 없단 말인가!

그러나 장추삼의 분노는 여기서 그치지 않았다. 그런 소리 자체를 들었다는 게 일생일대의 수치라도 되는 양 길길이 날뛰는데 이건 영락 없이 선불 맞은 멧돼지다.

"내가 처가에 얹혀사느니 길거리에서 구걸을 한다! 뭐? 데릴사위?! 별 정신 나간 소리를 다 듣겠네. 에잇, 그래서 노인하고 중하고는 상대 하지 말라더니 옛말 중에 틀린 거 하나 없네."

사람이란 참 묘한 동물이다. 분명히 기분 나쁘고 자존심 상하는 순 간이건만 하나가 이뻐 보이니 다른 것도 다 마음에 든다.

'아암, 사내놈이라면 이 정도의 기개는 있어야지! 적어도 남궁가의 밥을 먹으려면 이런 사고방식을 가진 놈이라야 해. 처가에 얹혀사느니 구걸을 하겠다? 그래그래, 남궁가의 식구들도 그런 놈이라면 환영하지 않는다.'

벌써부터 장추삼이 데릴사위라도 된 양 흐뭇한 얼굴로 툴툴거리는 그를 훔쳐보는 행태가 딱 손주사위 절 받는 할아버지다.

이를 알 리 없는 장추삼의 투덜거림 속에 묘한 안도감을 느끼는 사람이 또 하나 있었으니…….

'저놈이 바보라서 다행인 건가? 여하튼 남궁 노선배의 노력은 별반 효력이 없겠군.'

다행이야… 속으로 생각하던 북궁단야가 퍼뜩 놀라 고개를 가로저었다. 언제부터 저놈을 인정했단 말인가! 저런 못 배우고 버릇없는 동네 건달 녀석을 말이다. 괜히 남궁선유가 집적대니까 일시지간 마음이 쏠린 것이리라.

피식 헛웃음을 짓다가 놀란 듯 눈을 크게 뜨고 고개를 마구 도리질하는 북궁단야를 보며 하운이 뭐라 하려 했지만 곧 그만두었다. 장추삼도 그렇고 이 친구 역시 가끔 이해 못할 행동을 벌일 때가 있고 잠자코 내버려 두면 곧 원래의 상태로 돌아온다는 것 역시 파악이 되어 있다. 사람이 완벽할 수야 없지 않은가!

'그리고 근묵자흑(近墨者黑)이란 말도 있지.'

총기있던 북궁단야도 장추삼의 바보병에 전염되어 의식하지 못하는 중에 정신 나간 짓거리를 하고 있을지도 모르는 노릇이다.

'가만? 의식하지 못하는 중이라?'

갑자기 머리를 한번 벅벅 긁더니 주위를 조심스레 둘러보고 고개를 갸웃거리는 하운이 이상해 보여 북궁단야가 뭐라 하려 했지만 곧 그만두었다. 종종 여독이 겹치면 이상한 행동을 하는 경우도 있으니까.

뒤쪽에서는 여전히 작은 소요가 있었다.

"인간 장추삼도 다됐다, 다됐어! 이런 거지 같은 소리나 듣고! 차라리 접시 물에 코를 박고 죽어버리자!"

"안 함세! 내 그런 말 절대로 안 할 테니 기분을 풀게나. 늙으면 입이 방정이라지 않나. 젊은 자네가 이해하게."

"에에휴~ 청춘만 끝장난 줄 알았더니 인생이 아예 망가진 거야!"

좀처럼 끝나지 않을 것 같았던 장추삼의 넋두리는 남궁선유의 한마디로 종결되었다.

"하남 땅에 천상루(天上樓)라는 최고의 음식점이 있다네. 거기서 잘하는 음식이······."

"호오~ 나두 돼지고기 볶음엔 일가견이······."

일순간 말을 잊은 하운과 북궁단야가 어깨를 한번 으쓱였다. 이 순간만큼은 둘의 생각이 일치했으리라.

역시 저놈은 바보야!

남이야 어떻게 생각하든 간에 장추삼과 자칭 미식가임을 자랑하는 남궁선유는 돼지를 주제로 한 요리의 세계로 빠져들어 아까 일 같은 건 까맣게 잊고 심각한 토론의 차원으로 빠져들었다.

어느새 도착한 하남성. 물정 모르는 산비적 몇몇이 까불다가 장추삼의 심심풀이 상대가 되어준 것만 빼면 지극히 평온한 여정이었다. 유람은 아닐진대 모두가 어두운 얼굴을 피한 것은 스스로에 대한 믿음과 정의, 또는 혈육애 같은 것이 앞서기 때문이리라.

물론 아무 생각 없는 놈 하나 빼고.

그 아무 생각 없는 놈은 성도에 들어서면서 발(發)한 일성(一聲)만으로도 자신의 존재를 각인시키기에 충분했다.

"천상루가 어디야!"

그가 어떤 헛소리를 하든 간에 적응이 될 대로 된 두 청년은 부지런히 머리를 굴렸다. 하남성… 그리고 무룡숙. 간단치 않은 일이 그 이면에 숨어 있을 것이다. 단리혜와의 만남이 단순한 우연이 아닐지도 모른다. 장추삼이 보았던 월광검무의 중복된 조우(遭遇)를 그저 '어쩌다' 같은 말로 흘리기에 사건이 가지는 의미가 너무 크다.

무림은 그들이 알고 느꼈던 것과는 전혀 다른 모습으로 굴러갔었는지도 모른다.

가장된 평화, 가장된 평화…….

그들을 짓누르는 한마디. 밝혀진 것 아무것도 없는데 의문만 쌓여간다. 그러나 이곳에서 어쩌면 실마리를 잡을지도 모른다. 절대로 나갈 수 없을 것 같은 미궁도 하나가 풀리면 언제 그랬냐 싶게 풀리곤 한다.

"말만 하지 말고 어서 가요! 어디예요?"

"아, 닦달하기는. 재촉하지 않아도 갈 걸세. 가야 해!"

"가야 한다면 무슨 일이라도 있는 겁니까?"

둘의 실랑이에 하운이 끼어들었다. 천상루란 곳을 가려는 남궁선유에게 음식 이외에 어떤 이유가 있는 듯한 느낌을 받았기 때문이다.

"음, 사람을 좀 만나기로 했네."

"개인적인 용무입니까?"

북궁단야가 차갑게 눈을 빛냈다. 둘―남궁선유와 단리혜―의 합류야 어쩔 수 없다 하더라도 이 이상 그들의 행보가 알려져서 좋을 게 없으니까. 그를 한번 쳐다보고 남궁선유가 기지개를 켰다. 아무리 무림고수라도 나이가 있고 지루한 여정에 피곤했을 테니.

"가보면 알 걸세."

"노선배……."

"가보면 안다니까!"

얼음장과도 같이 북궁단야의 말을 끊는 그의 기백은 방금 전까지 데릴사위 운운하며 히히덕거리던 촌노의 것이 아니었다. 일체의 질문을 불허하는 남궁선유의 단호함에서 파랑검객의 외호가 다시 한 번 느껴졌다.

불만족스러운 북궁단야의 마음을 짐작했는지 하운이 그의 어깨를 한번 쳤다. 대저 노인들이 한번 고집을 부리기 시작하면 돌아앉은 석불도 제자리를 찾는 법이다. 하물며 파랑검객 남궁선유임에야.

"북궁 형, 암말 말고 한번 따라봅시다. 설마 하니 남궁 노선배께서 경우없는 일이야 벌이시겠소. 우리가 닥친 일의 성질조차 파악 못하실 분은 아니니 너무 걱정하지 않아도 될 것 같소."

머리를 한번 쓸어 올리는 것으로 불만을 대신하고 말을 모는 북궁단야의 속내를 짐작키는 어려운 것이었으나 반짝이는 눈동자에서 불만이 완전히 사그라들지 않았음을 표출하였다.

"아, 빨리 와요. 배고파 죽겠구만. 자랑만큼 음식 맛만 없었다간, 흥! 각오하는 게 좋을 거요."

"그럼 맛있으면 어쩔 건가?"

"내참~ 맛있으면 맛있는 거지, 맛있는 게 그럼 맛없는 거요?"

이런 실없는 대화 속에 어느새 일행은 남궁선유가 말한 '중원 오대 음식점' 천상루에 이르렀다. 성문에서 어느 정도 들어간 곳에 위치한 천상루이기에 배가 고파서 연신 툴툴거렸지만 간단한 요기라도 하자는 남궁선유의 말을 '입맛 버려요'로 일축하며 그곳만을 고집하는 장추삼의 오기에 모두들 혀를 내둘렀다. 정말 묘한 곳에 최선을 다하는 놈이라 하겠다.

"오옷! 보기엔 썩 그럴듯한데? 흐흥, 하지만 내용물이 꽝이면 이런 게 다 무슨 소용이람?"

"아따, 그 친구 정말 말 많네. 그러게 자네 입으로 내용물을 직접 확인하면 될 거 아닌가!"

으리으리한 외관에 주눅 들지 않겠다고 다짐하는 그를 떠밀며 남궁 선유들이 천상루에 들어서자 일류 요리점이란 걸 몸으로 보여주듯 깨끗한 입성의 점소이들이 '어서 옵쇼'를 연발하며 짐을 받아 든다, 말 먹이는 최상급이 어쩌고 수선을 떨었다.

"아직… 안 왔나?"

"예?"

"아, 아닐세."

의아해하는 하운에게 손사래를 치고 자리에 앉은 남궁선유가 총관으로 보이는 사내를 불렀다.

"나 기억 안 나나?"

"그, 글쎄요… 워낙 많은 분들이 오가는지라… 소인의 기억력이 이 정도밖에 안 됨을 이해해 주십시오, 대인."

척 보기에 기품과 차림새가 다른 노인, 그리고 무인 냄새가 풀풀 나는 일행들에 질려 일단 저자세로 일관한 천상루의 총관이었는데 그건 매우 잘한 선택이었다.

"하긴… 오 년 전에 두 번 오고 발을 딛지 않았던 하남 땅이니. 그럼 수석 숙수(首席熟手) 오 노인은 아직도 일을 보고 있나?"

"아! 오 숙수님을 아십니까? 그럼요, 오 숙수님은 우리 가게의 자랑 인데 어찌 손을 놓으실 수 있겠습니까? 직접 음식을 만드시지는 않지만 주방에서 후학들을 돌보고 계시죠."

"우리 동네 노칠 아저씨 같은가 보군."

천상루의 총관 성봉준이 보기에 가장 없어 보이는 장추삼의 말이라 그는 치밀어 오르는 콧방귀를 참아야 했다. 어느 시골 마을에서 주방 일 보는 노인을 말하나 본데, 어디 감히 오 숙수와 비교한단 말인가! 노골적으로 불쾌한 눈빛을 보내는 성 총관에게 남궁선유가 은자를 집어 주었다.

"어이구, 이러실 것까지야……."

"가서 오 노인 좀 나오라고 하게."

돈이 좋긴 좋다. 눈썹이 휘날리게 주방으로 들어간 성 총관은 잠시 후에 오관이 단정한 노인 하나와 같이 나왔다. 주방 일보다 동네 학장에 어울려 보이는 노인은 주위를 두리번거리다 성 총관의 안내로 일행을 보게 되었고, 순간 오 노인의 안색은 어떤 격동으로 물들었다.

"아아아……."

비틀비틀 걸어오는 그의 기세에 성 총관을 비롯한 천상루 사람들뿐만 아니라 손님들까지도 의아한 기색으로 그의 반응을 주시했다. 강시처럼 비척비척 걸음을 옮기던 오 노인이 남궁선유의 앞에서 무너질 듯 무릎을 꿇기까지 분명 긴 시간이 아니었을 텐데 모두에게 지루하다 싶은 느낌을 준 건 그의 동작 하나하나가 대단히 특별했기 때문이다. 죽은 조상이 살아와도 이렇게 정중할까?

"노야, 남궁 노야! 노야께서 미천한 이놈을 찾아주셨군요!"

"허, 사람도. 자네 나이에 무릎 꿇고 우는 건 썩 보기 안 좋네. 어서 일어나게."

"노야… 으흐흑, 노야!"

일견 대단히 아름다운 광경. 그런데 장추삼의 고개가 갸웃거렸다.

'이거, 어디서 많이 본 광경인데… 분명 이런 일이 있었던 것 같은데… 언제지?'

오 년 전, 소림에서 일을 보고 집으로 가던 남궁선유가 우연히 천상루에 들렀던 게 인연이었다. 음식이 맛있어서 은자나 쥐어주려고 요리사를 청했더니 얼굴이 푸르죽죽하게 질린 오 숙수가 나왔고, 몇 마디 말이 오가다가 뭔가 사정이 있음을 안 남궁선유가 넌지시 자신의 외호를 알려주었고 파랑검객이란 이름 앞에 늙은 주방장은 피눈물을 토해내기 시작했다.

"정말 아무것도 아니었습니다. 아들놈이 비록 만취된 상태였다고는 하나 무림인과 시비가 붙을 만큼 바보 놈은 아닙지요. 거기다 흑월회라면 그 표식만으로도 하남에서 제왕처럼 군림하고 있는 터인데 어떤 담량으로 그들과 상대하겠습니까? 상해를 입었다는 건 더 더욱 말이 안 되는 것이 아들놈의 무공, 허… 무공이라고 말할 수준이라도 돼야… 어흐흐흑."

말인즉슨 그의 첫째 아들이 술을 먹고 취해서 정신없이 돌아왔는데 다음날 흑사회의 자칭 제팔령에 속한다는 인물들이 오 숙수의 집에 난입해서는 치료비를 요구했다는 것이다. 물론 이유가 얼어맞았다는 건데 누가 봐도 말이 안 되는 것이 동네 도장에서 장법 몇 수 익혔다는, 그것도 만취된 사람에게 명실상부한 조직의 무인이 당했다는 거다. 그래도 힘이 없기에 어떻게든 좋게 해결을 보려 했지만 배상액을 듣고 오 숙수는 그 자리에서 주저앉았다.

집이며 가산을 모조리 처분해도 불가한 거금을 불렀으니 말이다. 돈을 주든지 팔을 하나 내놓든지 가부간에 결정하라는 말을 남기고 그들이 아들을 데려갔기에 관에도 고변을 할 형편이 못 되었다. 사실 말해봐야 별반 도움도 받지 못할 게 뻔했다. 관이란 언제나 약한 자의 옆에 있지 않았으니까.

"약속한 날짜가 내일이랍니다. 그러나 백방으로 수소문해 봐야 그런 돈을 만들 수는 없었기에……."

하염없이 우는 주방장을 뒤로하고 자리에 일어선 남궁선유의 노안에서 분노의 광망이 일었음은 물론이다.

의외로 사건은 싱겁게 끝난 것이 흑월회를 직접 방문한 남궁선유에게 외당당주란 인물이 나서서 사과를 하고 팔령주란 자의 눈을 하나 뽑아버림으로 자칫 무거울 뻔했던 분위기는 끝났다. 오 숙수의 아들이 풀려났음은 물론이다.

오 숙수의 긴 이야기에 이제야 파랑검객을 알아본 무인들이 앞 다투어 분주하게 인사를 나누고, 여류 무인들이 북궁단야를 보며 넋이 나가 있는 동안 한참을 고민하던 장추삼이 버럭 소리를 질렀다.

"이제 알았다! 우리 부친하고 망할 놈의 영감탱이랑 만날 때와 똑같… 잠깐? 지금 흑월회의 팔령인가 하는 애꾸 말하셨소?"

"그렇습니다, 소협."

"혹시 그럼 덩치 큰 놈 하나랑 얍삽하게 생긴 놈 둘이 같이 있지 않았소?"

오 숙수의 눈이 화등잔만해졌다. 그걸 어찌 안단 말인가? 남궁선유와 하운들도 의아함에 장추삼을 쳐다보았는데 뭐가 그리 웃긴지 킬킬거리는 그에게서 대답을 듣긴 어려웠다. 북궁단야가 뭔데, 하고 묻지 않았더라면 언제까지라도 웃고만 있었을지도 몰랐다.

"그게······."

터져 나오는 웃음을 참으며 장추삼이 동굴에서 나온 것만 빼고 흑월회 제팔령주 노문적과 그의 떨거지들을 두들겨 준 일에 대해 설명하기 시작했다. 늘상 그렇지만 전투 장면이 나오면 일어서서 자세까지 잡는 그이기에 얘기는 당연히 재밌었다.

오 숙수는 아예 박수까지 치며 경청을 했다. 얼마나 통쾌했으면 요리를 하러 가면서까지 '재밌었어, 애꾸'란 말을 몇 번이고 되뇌였겠는가!

"하남 땅에서 감히 흑월회를 욕하다니 간이 배 밖으로 튀어나온 놈이군."

느닷없이 들려온 한마디. 모두의 시선이 구석에서 홀로 술을 마시고 있는 사람에게 집중되었다. 특히 장추삼의 얼굴은 정말 볼 만한 것이었다.

"내 간이 배 밖으로 튀어나온 걸 아는 걸 보니 노인의 시력이 매우 뛰어남을 알 수 있겠소."

벌떡 일어선 장추삼이 피식 웃었다. 걸어오는 싸움을 마다할 리는 없으니까.

"눈뿐만 아니라 다른 것도 뛰어나다네."

술을 마시던 노인이 고개를 들고 히죽 웃었다.

'뭐가 이렇게 동글동글하게 생겼어? 완전 부도옹(不倒翁) 따로 없네.'

작달막한 노인이 느물거리며 일어났다. 무거운 말투와 달리 표정과 체형은 매우 희극적인 것이어서 보는 이로 하여금 미소 짓게 만드는 무엇이 있었다. 동글동글한 몸, 톡 튀어나온 배, 그리고 싱글거리는 얼굴. 도저히 싸움을 거는 사람의 그것이 아니었기에 당황한 장추삼이 목을 한번 꺾었다. 물론 소리나게.

"뭐야, 노인. 장난치고 싶으면 딴 데 가서 알아보시오. 가뜩이나 배고파 죽겠구만, 엉뚱한 데 힘쓰게 하고 있어, 진짜."

무인의 기세라곤 자라 똥만큼도 풍기지 않았기에 맥이 빠진 그가 돌아섰다. 사실 무인의 기세를 흘리지 않는 건 장추삼 본인도 마찬가지면서도 말이다.

"말만 많은 놈이군."

"뭐요!"

"그렇잖아? 실컷 주절거리다가 상황이 되니까 꼬리 말고 도망가는 꼴이라니… 아랫도리에 있는 그걸 따서 굶주림에 허덕이는 똥개들에게 보시하는 게 낫겠다. 킬킬."

사람 좋게 싱글거리면서 말하는데 뱉어내느니 독설이요, 빈정거림이다. 그렇다고 무작정 노인네에게 달려들 만큼 막 배워먹은 놈은 아닌지라 그저 씨근덕거리고 있는 장추삼에게 동그란 노인이 결정타를 날렸다.

"너… 사실 고자지?"

"씨앙!"

오랜만에 해보는 육두문자다. 별 볼일 없어 보여서 봐주려고 했는데 이따위 망발이라니!

장유유서고 나발이고 모두 잊고 장추삼이 성큼성큼 다가섰다. 그 기세가 실로 무서운 것이라 누구도 말릴 엄두를 내지 못할 정도로.

동그란 노인의 코앞까지 다가가서 얼굴을 들이민 장추삼이 씹어뱉

듯 말을 던졌다.

"시력이 매우 안 좋구려. 내 것은 매우 훌륭하여 새벽마다 하늘을 찌른다오. 알고나 말하쇼!"

"자네 하늘은 땅바닥에 붙어 있나?"

"남 말 하지 마시지?"

얼굴을 딱 붙이고 웃으며 나누는 그들의 대화는 지극히 비정상적으로 비틀려 있었지만 나서서 말리는 사람은 아무도 없었다. 대체로 주루에서 사건이 벌어지면 총관 등이 나서서 말리는 게 상례이건만 무슨 생각을 하고 있는지 성 총관이란 작자는 그저 멀뚱멀뚱 바라만 보고 있었고 장추삼의 일행들도 굳이 나서려 하지 않았다. 엄한 손님들만 슬금슬금 자리를 피할 뿐이었다.

장추삼의 미소가 점점 짙어졌다. 사실 이건 미소 같은 걸 벗어나 안면 근육의 기묘한 요동이고 처절한 몸부림이었지만 동그란 노인에게 별반 영향을 미치지 않았다. 이런 험악한 얼굴을 대하고도 아무 일 없는 걸 보니 간이 배 밖으로 튀어나온 쪽은 노인이 아닐까?

"이보시오, 영감. 그 나이에 내 주먹이 스치면 최하가 골절이라오. 비계로 온몸을 똘똘 감쌌다고 여유 부리지 말란 말이오."

"스치기 전에 네놈은 천상루의 천장 장식이 얼마나 예술적으로 이루어져 있는지 견식하고 있을걸?"

뿌드득—

장추삼의 몸에서 알 수 없는 마찰음이 들렸다. 오랜만에 말로 감당하기 어려운 사람을 만나니 새삼 투지가 솟는다.

◇ 제40장
병 응

박옹

"영감?"

"왜, 이놈아?"

"그냥 한 대 맞고 끝내려우?"

뱃살이 출렁거릴 만큼 호쾌하게 웃은 뚱뚱한 영감의 표정이 일변했
다. 갑자기 튀어나온 박력에 일순 장추삼마저도 주춤거릴 정도였으니
그 세기를 짐작하고 남음이 있으리라. 노인은 가만히 손가락을 접어
주먹을 쥐더니 장추삼의 얼굴로 가져갔다.

"잘 봐. 이게 뭐냐?"

"불어 터진 찐빵."

팟!

'빵' 자와 함께 무언가가 벌어진 것 같은데 그들은 제자리에서 미동
조차 없었다. 아니, 작은 변화가 하나 있다면 장추삼의 목이 조금 뒤로

젖혀졌다는 것.

"어라?"

"어?"

약속한 듯 경악성을 토해낸 그들이 서로를 바라보았다.

"오? 빠른데?"

"얼떨결에 한 대 맞을 뻔했네. 젠장!"

상대를 탐색해야겠다는 듯 둘은 머리부터 발끝까지를 찬찬히 훑었는데 신체검사라도 하는 양 날카롭게 빛내는 눈에서 놀라움과 함께 어느 정도 서로를 인정하는 기색이 엿보였다. 물론 말은 그리 곱게 나가지 않았지만.

"치사하게 갑자기 주먹을 날려? 역시 못된 노인이었어."

"보라구 했잖아? 친절하게 알려준 사람에게 못됐다니!"

"나의 친절도 한번 맛보여 주지."

"상판을 보니 네놈의 친절 따윈 안 봐도 훤하다."

"아아, 그래도 받기만 하고 입 씻을 만큼 예의없는 놈은 아니니 걱정하지 않아도 되오."

동그란 노인이 했던 것처럼 장추삼도 오른 주먹을 치켜들었다.

"이게 뭐일 것 같소?"

"해파리 촉수."

파바방!

그 순간 둘 사이에 미묘한 파동이 발생했다. 워낙 순식간에 벌어져 육안으로 식별하기 어려웠지만 반쯤 튼 노인의 몸체와 올라가서 무언가 막는 자세인 손, 그리고 동그랗게 뜬 눈.

찌이익—

비단이 찢어지는 듯한 파열음이 은은하게 장내를 머물렀다. 남궁선유 역시 깜짝 놀란 듯 입을 벌리고 장추삼의 옆얼굴을 망연히 바라보았다.

'아홉 번! 내 눈이 잘못되지 않았다면 분명히 아홉 번의 주먹질이었다. 그게 가능한 거야? 저 소린 또 뭐야? 소리를 제압했다는 거 아닌가? 이거야 원.'

"야, 임마!"

동그란 노인이 버럭 화를 냈다. 분해서 못 참겠다는 듯 핏발 선 눈이었는데 사기 도박으로 전 재산을 날린 사람도 이리 억울해하지는 않으리라.

"너, 왜 아홉 방 날려! 난 한 방이었잖아!"

장추삼의 입이 삐죽 튀어나왔다. 배운 게 그 모양인데 어쩌라는 건가.

"억울하면 우리 사부에게 따져요! 그리고 다 막아놓고 뭐가 그리 불만이오?"

'연계기가 아니라 이게 하나의 초식이었다는 거야? 정말 알 수 없는 놈이군.'

노인의 시선이 놀고 있는 장추삼의 왼팔을 바라보았다. 만약 저 두 개가 같이 움직인다면?

'생각하기 싫구면. 이놈 대체 뭐야?'

만만하게 생각하다간 개망신 치를 게 뻔하다. 이놈의 성격상 외호로 쫄아서 고개를 박을 것 같지도 않고 사실 그런 놈이었다면 지금 이러고 있지도 않을 것이다. 적당히 가지고 놀려 했는데 어디서 이런 녀석이 나타났단 말인가.

우우웅—

노인의 기세가 갑자기 강해지며 작은 술잔 따위가 진동에 못 이겨 꽉꽉 깨졌다.

이제야 제대로 한판 해보려는 마음이 생겼기에 싱글거리던 그의 모습은 애당초 없었다는 듯 자취를 감추었다. 웬만한 고수라도 한 발 뒤로 물러설 만큼 강렬한 기세에 완전히 노출된 장추삼은 그에 맞는 화답을 했다.

"진짜 한번 해보자는 거요?"

목을 한번 꺾고 품에서 장갑을 꺼내 천천히 손에 끼우는 모양새가 갈 데 없는 동네 건달이다. 묵예갑은 아직 수선을 하지 않아서 베어진 그대로였지만 착용을 한 것과 안한 것의 차이는 엄청났다. 정신적으로 말이다.

노인은 그의 반응 따윈 관심없는 것처럼 기세만을 흘리며 서 있었는데 사실 속마음은 어이없음이었다. 대저 모든 승부 이전에 기세로써 상대의 마음을 제압하는 것이 기본이기에 말 한마디 없이 압박감을 준답시고 공력을 일으켰는데 돌아오는 반응이란 게 고작 저거란 말인가?

"선공을 양보하는 건 무인의 마지막 자존심 어쩌고 할 테니 내가 먼저 가오."

'오' 자와 함께 선 상태 그대로 장추삼의 주먹이 허공을 갈랐다. 오른손만의 유성우가 다시 한 번 전개된 것인데 아홉 번의 주먹질은 비쾌(飛快)하기 그지없어서 처음 주먹과 마지막 주먹의 시차가 거의 없었다.

'정말 빠르다, 헉!'

그 마지막 오른 주먹질과 동시에 왼손의 유성우!

차등적 시간대에 펼쳐진 열여덟 번의 주먹질에 동그란 노인이 발을 틀며 선제의 여덟 번을 흘리고 나머지 열 번은 손으로 막아냈지만 어쩔 수 없이 한 걸음을 물러나야 했다. 이어서 몸을 날린 장추삼이 발을 한 번 까닥거렸다 싶었는데 살처럼 쏘아져 나간 무엇이 노인에게 짓쳐 들었다. 충격으로 한 발을 뒤로 하는 상황이었기에 보법조차도 자유롭지 않아서 이번의 발차기는 지극히 효과적인 공세였다.

'이대로 가단 정말 개망신이다!'

우수에 공력을 실어 발차기를 쳐내고 노인이 왼손을 펴서 빠르게 앞으로 한 번 밀었다.

쿵!

무언지 모를 방벽 같은 게 그의 진로를 막아섰나 싶었고 갑갑한 압력에 행동의 제약을 받을 때 노인의 왼손이 한 번 더 움직였다.

쿵!

'뭐야? 이거!'

이때 누군가가 그 장법을 보고 소리를 질렀다.

"단층수(段層手)! 저 장력은 분명 단층수다!"

"단층수라고? 그럼 저 노선배가 박옹이란 말인가!"

소란스러움 속에 장추삼의 입매가 뒤틀렸다.

'이 노인네가 박옹이란 말이야? 어쩐지 한가락 하더라니!'

박옹(剝翁).

강호 견식이 일천한 장추삼도 알고 있는 이 외호는 사실 그리 만만한 것이 아니었다. 만만하지 않은 정도가 아니라 무시무시한 것이다.

그도 그럴 것이 무림십장의 수좌이자 검정오존의 한자리까지 차지하는 인물이니 그 누가 경외하지 않겠는가.

본래 무인들은 한 가지 무공을 익히면 그 길로 매진하여 끝을 보는 게 정석이다. 그런 관점에서 박옹의 경우는 장법과 검법에 고루 통하니 분명 특이한 경우일 것이다. 그의 장법은 산동악가의 악가권을 변형하여 나름대로 체계화시킨 것이고, 각 파의 검법을 연구하여 스스로의 검법을 만들어 검정오존의 한자리를 차지한 것이니 무공 면에서 천재적인 자질을 가졌다고 하겠다. 혹자들은 압삽하다고 하지만 말이다.

산동악가의 셋째로 태어나 가장 뛰어난 무술 실력과 사교성을 가지고도 집안에서 쫓겨난 이유를 아는 사람은 거의 없다. 그래서 스스로를 '박제된 천재'라 칭하여 박옹이라고 높여 불렀다. 광오한 외호. 그것도 스스로 만든 칭호였지만 그건 실력으로 입증하면 되었고 수많은 혈투를 치르고 우뚝 선 지금 무인이라면 누구라도 그를 부를 때 박옹이라 칭하니 강호는 역시 힘의 논리가 우선이리라.

노인이 박옹이란 건 알았지만 단층수는 처음이다.

암경에 대한 지식이 없었던 것도 아니지만 이런 식의 음유로움은 상상조차 해본 적이 없기에 허둥거리는 장추삼의 모습은 거미줄에 걸려 파닥이는 나비처럼 힘겨워 보였다.

'음충맞은 영감이 무공까지도 생긴 것 같구나!'

사내라면 자고로 치고 받아야 한다는 게 지론인 그에게 이런 식의 싸움은 정말 재미 적은 일이다.

이게 뭔가!

멀리서 이상한 장력이나 날리고 허공에 손이나 휘젓다니!

'거지 같은 영감탱이!'

마음속으로 아무리 짓씹어봐도 마땅한 수가 없다. 그를 둘러싼 공기의 밀도는 한없이 무거워져 깃털이라도 떨어지는 즉시 자유 낙하를 할 판이다. 팔 하나를 들기 힘드니 보이지 않는 벽을 깨부술 수도 없고…

'가만!'

허우적거리던 장추삼이 팔을 내리고 심호흡이라도 하듯 천천히 숨을 골랐다. 막강한 압력에 무방비로 노출된 상태에서의 방임적인 자세라 누가 봐도 싸움을 포기한 것 같았다. 그러나 그는 마음속으로 수를 헤아리고 있었다.

'하나, 둘, 셋……'

눈을 빛낸 박옹이 마지막 일격을 가하기 위해 천천히 손을 들었다. 외호까지 밝혀진 이상 이놈에게 따끔한 가르침을 내려야만 한다. 어차피 정사 중간의 인물이었고 홀로 거친 무림을 헤쳐 나왔기에 그의 손속은 동류의 인물들보다 잔혹할 수밖에 없었다. 그것이 무림인인 것이다. 한번 약세를 보이면 벌 떼처럼 달려들어 물어뜯으려 하고, 한차례 피바람이 불면 언제 그랬냐 싶으리만치 꼬리를 내리고 비굴한 미소로 자신을 포장하는 족속들.

어차피 강호에 정(正)과 의(義) 같은 말은 사어(死語)가 된 지 오래일지도 모른다. 위치와 이권, 기득권과 그에 비례하는 욕망의 원초적인 분출구 이상도 이하도 아닐지도 모른다.

'강호는 썩었어!'

그 분노가 버릇없는 청년에게 폭발한 건 '그 자리에 거기 있었기 때문'이란 말밖에 표현할 길이 없지만 박옹의 싸움에서 이렇게 끝난 법은 없다.

'안됐지만……'

남궁선유가 자리에서 벌떡 일어섰다.

"뭐 하는 거야, 박옹!"

그 순간 열을 헤아린 장추삼의 눈이 빛났다.

"타앗!"

축 처져 있던 그의 손이 불끈 쥐어지며 바닥을 향해 맹렬한 주먹질을 하는가 싶었고 박옹의 손이 장추삼에게 이르렀을 때 무언가가 쏜살같이 튀어나왔다.

픽!

"꾸억!"

콰당탕탕!

박옹과 한 덩어리가 된 장추삼의 몸이 탁자 두 개를 박살 내며 데굴데굴 구르다 벽에 가서 멈췄다.

'노, 놀라운 놈 아닌가! 박옹의 단층수에 제어되었던 발 부근에 권력을 퍼부어 공기의 틈을 벌리고 순간적인 힘으로 튀어나오다니!'

"끄응~"

뒤엉킨 물체 중에서 장추삼이 머리를 손으로 짚으며 일어섰다. 남궁선유의 생각대로 압력의 탈출구를 찾던 장추삼은 발치에 최소의 틈을 벌리고 순간적으로 가장 빠르게 반응하는 추뢰보로써 단층수의 벽에서 빠져나온 것이다.

발은 손에 비해 세 배 이상의 힘을 낼 수 있으니까.

문제는 둘 사이의 거리가 너무 좁았기에 추뢰보가 발동되는 순간 박옹 앞에 이르렀고 제동을 걸 사이도 없이 충돌하여 바닥을 구른 것이다.

잠시 정신이 나갔는지 널브러진 박옹은 일어설 줄을 몰랐다.

"이봐요, 영감! 엄살 부리지 말고 일어나요!"

쪼그리고 앉아서 박옹을 내려다보던 장추삼이 그의 볼을 주욱 잡아당겼다. 살이 많아서 그런지 늘어난 길이가 장난이 아니기에 흡사 떡을 보는 듯했다.

"진짜 갔나 보네? 그렇게 늙으면 뼈마디에 문제가 생긴다고 하지 않았소? 고집 부릴 게 따로 있지. 쩝쩝. 그나저나 정말 풍부한 살집이로군. 돼지들이 보면 사부로 모시겠다고 들겠는걸."

순간적으로 정신이 나가 있었던 박옹이 볼에 이상한 촉감이 들어 억지로 눈꺼풀을 밀어 올렸다.

"이, 이놈이!"

"어? 정신이 돌아왔네? 다행이오. 노인 나이에 격렬한 운동은 좋지 않소. 아예 운동을 안 해도 문제지만… 왜 그렇게 노려보시오? 어, 이거 왜 이러고 있지?"

슬그머니 볼을 놓으며 딴청을 부리는 그가 너무나 얄미워 몸을 파르르 떨던 박옹이 벌떡 일어서며 소도(小刀) 두 개를 꺼내 들어 양손에 움켜쥐었다.

"내 이놈! 더 이상 사정을 봐주지 않으리라!"

"격렬한 운동은 몸에 좋지 않다니까……."

씨근덕거리는 박옹에게 빈정대듯 장추삼이 대꾸를 할 때 중후한 음성이 그들을 가로막았다.

"그만 하면 되었네, 박옹. 손자 같은 후배에게 이 무슨 망발인가."

"그런 말 하지 마라! 너 같으면 이런 꼴 당하고도 그만두겠냐?"

"이 친구야, 시비는 자네가 먼저 걸었잖아! 나잇값 좀 하거라."

말하는 모습을 보니 둘은 퍽이나 친해 보였다.

"혹시 노선배께서 찾으시던 분이 박옹 노선배님이셨습니까?"

고개를 갸웃거리던 하운이 조심스레 묻자 혀를 차며 남궁선유가 고개를 끄덕였다.

"왜 아니겠나? 저 의뭉스런 친구가 한구석에서 술을 푸고 있었을 줄이야 누가 알았겠어? 하여튼 나이를 헛먹어요. 쯧쯧."

그의 말에 어이가 없다는 듯 가슴을 꽝꽝 치던 박옹이 버럭 소리를 질렀다.

"저놈 말하는 것 좀 보게! 야, 파랑! 니가 그랬잖아! 눈 찢어진 놈하고 한판 해보… 읍읍!"

기경할 만큼 빠른 신법으로 박옹의 입을 틀어막은 남궁선유가 모두에게 어색한 미소를 지으며 전음으로 그를 달랬다.

"내 죽마고우인 박옹이라 하네. 다른 설명이 필요없는 친구지."

"술 살게, 술 살 테니 기분 풀라구."

"내가 좋아하는 거 뭔지 알지?"

"뭐든 시키게. 다 사줄 테니 쓸데없는 말만 하지 말라구."

박옹의 눈에서 어느 정도 수긍의 빛을 느끼고 남궁선유가 입을 가린 손을 치웠다. 이해할 수 없는 광경이었지만 그들의 지위와 나이를 고려하여 북궁단야들은 별말없이 박옹을 맞이하였다. 갑자기 일행의 행보에 전면으로 나선 남궁선유의 순수한 호기심이 거슬리지 않았고 무엇보다 이 노강호가 무림을 바라보는, 또는 사람을 대하는 따뜻한 시선이 느껴졌기에 거부감이 없었으리라.

대부분의 사람들은 자신에게 이득이 돌아오지 않으면 어떤 일도 외면하려는 경향이 있다. 칼밥을 먹고 사는 무림인들이라면 이러한 경향이 더욱더 확연해지는 것이 참견 한번 잘못했다가 자신의 목숨은 물론 그가 속한 단체나 세가마저도 멸문의 위경(危境)에 빠질 수 있기 때문이다. 그래서 마지못한 경우를 제외한다면 강호의 시비에 개입하지 않는 것이 무인들의 철칙이 된 지 오래였다. 그 옛날 의와 협을 부르짖던 무림정기는 이기주의라는 보신 논리(保身論理)에 가려져 빛을 잃었고 그것이 정의처럼 사람들의 뇌리에 각인되었다.

하운과 북궁단야는 분명히 '마지못한 경우'이기에 무림의 일에 관여하는 것이고 단리혜 역시 오빠의 안위라는 지극히 개인적인 일 때문에 하남에 오게 되었다. 결코 순수한 경우는 아니라는 거다. 그에 비해 남궁선유는 아무런 이해 관계가 없는 상태에서 순수한 호기심 또는 노강호로서의 책임감―월광살무와 당시 십대고수의 실종은 누가 봐도 음모의 냄새가 짙었으니까―이 전부일 것이다. 결코 어떠한 대가나 명예를 바라지 않았다는 건 하는 일 없이 동네 어귀나 배회하다 소일거리 발견하고 신이 난 노친네처럼 보일 수도 있겠고, 그것이 일정 부분 사실이기도 하나 그 이면에 무림을 염려한 노강호의 우직한 충정이 내재되어 있음은 물론이다.

절대적인 무공의 자신감 때문에? 그것 역시 월광살무를 겪은 남궁선유로서 그리 당당하게 자신할 수 있을까?

순간적으로 수많은 생각이 머리 속에서 휘몰아치고 그만큼 빠른 속도로 사그라들었기에 일순 머리가 아파왔으나 곧 진정시킨 하운이 어깨를 나란히 하며 걸어오는 박옹과 남궁선유에게 정중히 포권했다. 그가 아는 박옹은 비록 괴팍하고 손속이 잔인하나 후배 된 입장에서 대접해야 하는 인물이기 때문이다.

"하운이라고 합니다. 위명이 쟁쟁한 악신호 노선배를 이렇게 뵙게 되어 영광입니다."

순간 박옹의 입술이 부르르 떨렸다.

악신호… 얼마나 그리운 이름인가! 또 얼마나 저주스러운 이름인가! 아니, 지금의 자신이 악신호가 맞는가!

그의 고개가 저절로 떨구어졌다.

"허례 같은 건 좋아하지 않는다. 그리고 난 박옹이니 아까의 이름 같은 건 잊어주기 바란다."

'그래, 난 박옹이지. 박옹일 뿐이지.'

"예? 예……."

엉거주춤 고개를 끄덕이고 하운이 자리를 권했다. 누구나 들춰내기 싫은 게 있을 테고 박옹에겐 그것이 가문의 일인가 보다. 노안에 얼룩진 회한의 빛을 감히 몇 마디의 말로 어찌하기 어려워 괜스레 북궁단야를 쳐다보았다. 그는 평소의 냉막한 얼굴 그대로 자리에서 일어설 생각도 안 하고 있었으니까.

"북궁 형, 이분이 무림십장의 수좌이시자 검정오존 중 한자리를 차지하고 계시는 박옹 노선배시라오."

그러니 어서 예를 갖추고 인사해라란 뜻인데 뭘 그리 골똘히 생각하는지 팔짱을 끼고 바닥만 내려다보던 북궁단야가 불쑥 물었다.

"노선배, 단층수 말씀입니다."

"음?"

"압력을 횡의 방향으로 몰아쳐서 상대의 공수를 차단하는 것이 기본이잖습니까? 중첩시켜서 말이죠."

"그렇지."

얼떨결에 대답하면서도 구미가 당긴 듯 박옹의 눈이 빛났다. 아까의 회한 같은 건 눈을 씻고 찾아봐도 자취가 없었고 무인들 특유의 왕성

한 무의 욕구만이 넘실거렸다.

"분명 제가 보기에도 기가 막힌 전술입니다. 사람의 심리까지 꿰뚫은 장세이니 두말할 나위가 없지요."

"사람의 심리라… 그게 무슨 말인가?"

무언가를 알면서도 넌지시 되묻는 표정. 이때 남궁선유가 크게 웃으며 일행을 환기시켰다.

"자자! 칼밥 먹는 사람들끼리 무공에 대해 논하기 시작하면 날 샐 줄 모르는 법이니 일단 뭐라도 시켜 먹으며 계속하시게들. 기물도 엉망으로 만든 주제들에 자리까지 차지하고 음식도 시키지 않는다면 영업 방해 중에서도 악질에 속하겠지. 껄껄껄……."

사실 박옹과 일행의 조우에 적잖이 신경 쓰였던 그이다. 하운을 제외하고 그리 녹록치 않은 성격을 자랑하는 녀석들이고 단순히 인사를 시키는 자리도 아니다. 거기다 박옹 자체도 그리 포용력이 있는 인물은 아니니.

능력 정도나 실험해 보라 했건만 칼까지 빼 드는 모습에서 머리가 다 지끈거렸던 그였다. 이래 가지고 무슨 놈의 상견례며 힘을 모아 무언가 도모한다는 게 가당키나 한가. 어떻게든 부드럽게 넘어가 보려 머리를 굴리고 있는데 인사조차 생략한 북궁단야의 질문이 그래서 더 위험스런 발언이었건만 그게 박옹의 구미와 맞아떨어진 것이니 세상일은 역시 두고 볼 일이다.

"어디어디, 그리 자랑한 음식이 나왔으니 시식을 해볼까나?"

아까의 싸움 같은 건 까맣게 잊은 사람처럼 음식에 집착하는 장추삼을 보며 다시 한 번 알 수 없는 녀석이라 되뇌이는 북궁단야에게 박옹이 대답을 재촉했다. 애나 어른이나 화제 중에 자기 얘기 하는 것이 가장 재미있는 법이고 무인인 경우는 자신의 무공을 논하는 것만큼 흥미로운 일은 없는 법이다. 거기다 능력있어 보이는 상대의 분석이라면 더없는 일이 아닌가?

'장추삼이란 놈도 그렇지만 이 녀석… 정말 걸물일세. 순수 기도만으로 따진다면 후기지수뿐 아니라 전 무림을 통틀어도 능히 행세할 만하지 않은가. 남궁 녀석, 대체 무슨 일을 벌이려는 거야?'

사실 박옹은 자신을 부른 이유에 관해 아는 것이 하나도 없었다. 실마리조차 말이다. 그가 아는 남궁선유는 행동이 무겁기도 하려니와 직접적으로 자신과 세가에 관련된 일이 있지 않는 이상 이렇게 떼로 몰려다닐 성격이 못 된다. 무공 자체에 깃든 자부심이 큰 몫을 차지하는 것은 부인할 수 없는 일이나 원래 골목대장 같은 걸 못하는 성격이라 유유자적 혼자 다니며 무림의 동향을 멀리서 지켜보는 게 그의 낙이었다. 웬만한 사안이 아니라면 돌처럼 꿈쩍 않고 고갯짓이나 하는 사람이란 말이다.

그걸 잘 알기에 박옹의 의구심은 당연히 커졌으나 기댈 데 하나 없이 오늘의 위치에 이른 노강호답게 굳이 물어보지는 않았다. 부탁이 있어서 그를 부른 것이니 내막을 얘기할 때까지 기다리는 게 더 많은 정보를 얻을 것이다. 이렇게 소란스런 자리라면 어차피 말을 해준다 하여도 박옹이 안 들을 터였다.

비밀은 적게 공유할수록 더 낫다. 새 나가지 않는 비밀 같은 건 없다. 다만 그 공개 시기를 얼마나 늦추느냐가 관건일 뿐. 이럴 땐 한담이나 나누며 우리 측의 인물 됨됨이를 파악하는 게 상책이다.

…밤은 잠을 자기 위해서만 존재하는 게 아니니까.

"말했잖나? 사람의 심리를 이용한 거라구. 그게 무슨 말이냐 이거지."

술잔을 빙글빙글 돌리던 북궁단야가 별 생각이 없는지 잔을 내려놓았다. 그 옆에 장추삼은 눈을 내리 감고 한 점 한 점 음식을 씹고 있는데 마치 천하제일의 음식 판별가라도 되는 양 무겁게 한마디를 흘리고 차로 입을 씻어내고, 다시 고개를 끄덕이고… 하여튼 가관이었다.

"무인이든 싸움꾼이든 상대를 가격하려면 팔이나 발, 또는 암기나 기타의 무기를 들어야 하겠지요. 아니, 모든 인간의 행동 양식은 횡으로 신체를 이동하는 게 기본입니다. 음식을 먹든 장사를 하든지 간에 말이죠. 무슨 일을 하든 앞으로 나아가야 하기에. 쉽게 말해서 선으로 표현하자면……"

그가 손을 들어 허공에 한일 자를 주욱 그었다.

"이렇게 움직이죠. 그건 싸울 때 더 강조되는 것이 모든 무(武)의 기본은 환이나 쾌, 또는 강의 기법이겠고 그것을 가능케 하는 것은 일단의 횡에서 파생되는 여러 가지 사(斜)와 종(縱)의 혼합이지 않습니까? 그런 점에서 인간은 싸움에 임하게 되면 어떻게든 팔이나 다리, 기타의 움직임을 횡으로 가져가려는 본능적인 성향이 있지요."

북궁단야의 말은 매우 논리적이면서도 원론적인 개념을 짚어주는 것이라 모두의 고개가 절로 끄덕여졌다. 눈을 감고 딴 짓거리하던 장추삼마저도 실눈을 뜨고 북궁단야를 힐끔거렸으니까.

"노선배의 단층수는 매우 묘하더군요. 일반적인 장세의 기본인 약, 중, 강이 아니라 약, 중, 약, 강… 이런 식으로 상대에게 혼란을 줍니다. 그건 철저한 노림수겠지요."

"노림수라?"

흥에 겨워 술 한잔을 쭉 들이키고 박옹이 반문했다. 이 청년은 분위기 말고도 굉장히 뛰어난 점이 있지 않은가!

'누구보다도 대국을 냉정하게 지켜보는 눈. 한두 해 수련해서 얻어질 수 없는 안목과 선천적인 천재성의 조화이기에 무인이라면 누구나 가지고 싶은 부분이지.'

"될 듯 될 듯 안 될 때 사람들은 공황 상태에 빠져듭니다. 무조건 힘으로 몰아붙인다면 반발력과 어느 정도 수세에의 감각에 무인 특유의 생존 본능이 살아나겠지만 어떻게든 될 것 같으면 다른 길을 돌아보지 않고 자신의 길을 고집하게 됩니다. 전투 상황 같은 절박한 경우엔 더 그렇겠지요."

"그니까 꼼수란 말이잖아."

"특별히 틀린 말도 아니다. 꼼수라… 크하하하하하!"

장추삼의 퉁명거림도 박웅의 기분을 어떻게 하지 못했다. 그의 무공이 낱낱이 까발려지는 형국이지만 이런 식이라면 언제든지 환영이다. 그도 무인이고 더 나은 길을 추구하기에 밝혀진 무공의 비밀에 연연할 바보는 아니었다.

"횡으로의 전개를 철저히 틀어막으며 장세를 조절하여 상대를 혼란에 빠뜨리고 결정적인 한 방으로 허둥대는 적을 침몰시키는 전법. 이건 무공이라기보다 철저한 연환기의 일종이겠지요. 제가 오늘 개안을 하였습니다."

그런데 새삼스레 칭찬하려고 그 말을 했을 리 없다. 분명 무슨 말을 하고 싶어서 단층수의 투로와 비결을 언급했을 것이다. 다른 허접쓰레기들이라면 칭찬을 위한 칭찬, 아부를 위한 칭찬에 머물 것이나 이 청년은 분명 다른 말을 할 것이기에 그의 기대는 증폭되었다.

"그래서?"

"……?"

"뭘 의아한 눈을 뜨나? 자네가 내게 하고 싶은 말이 뭐냐 이거지. 연처럼 띄워주려고 그리 장황하게 단충수를 분석한 건 아니지 않는가?"

"아, 예… 그건……."

그의 시선이 아직도 신선 놀음하고 있던 장추삼에게로 향했다.

"어떻게 벗어났나?"

"음?"

고기 한 점을 우물거리던 장추삼이 갑작스런 질문에 눈을 동그랗게 떴다.

"어떻게 벗어날 생각을 했냐고? 박웅 노선배의 단충수는 그리 만만한 공세가 아니었으니 그저 어쩌다 빠져나온 건 아니지 않아?"

"아, 그거……."

씹고 있던 음식물을 꿀꺽 넘기고 캑캑거리다가 하운이 준 차 한 잔에 트림까지 하고 장추삼이 실실 웃었다. 아까의 살벌함은 이미 하나의 추억거리가 된 것처럼.

"노인네의 장세인지 뭔지 치사하기 그지없더군. 역시 사람은 생긴대로 논다더니 멀리서 손이나 까딱거리면서 사람을 오도가도 못하게 하는데… 에휴, 나 같으면 그렇게 안 한다."

"뭐, 임마! 치사해?!"

"치사하지!"

"뭐가 치사해!"

"치사해! 아주 많이 치사해!!"

"이놈이!"

사람들은 머리가 다 아플 지경이었다. 장추삼은 그렇다 쳐도 박웅의 반응은 완전 어린아이 수준 아닌가?

'잘 만났네, 잘 만났어. 똑같은 인간들이 만나면 사이가 안 좋다더니. 옛말에 그른 거 하나 없구나.'

남궁선유가 고개를 절레절레 젓고 연신 쿵쿵거리는 장추삼을 쳐다보았다. 늙어서 저리되면 머리 아픈 일 아닌가!

벌떡 일어선 박옹이 칼부터 움켜쥐었다. 잠시 잊었는데 역시 이놈은 크게 손을 한번 봐줘야 한다. 어떻게 한번 단층수를 뚫었는지 몰라도 이 소도가 번뜩인다면 놈은 혼비백산하여 부처님이니 산신이니 아는 대로 주워섬길 것이다.

"내참, 내가 싸움이 겁나서 이러고 있는 줄 아나? 사람을 뭘로 보고 자꾸 칼을 들이대? 꼬라지 보니 사과 하나 깎기도 벅차 보이는 걸 가지고 위협이라도 하겠다는 거야, 뭐야?"

"으드득… 오냐! 사과 깎는 칼에 베어질 니 목을 보자니 두부만도 못하구나. 잔말 말고 일어서라! 이 칼의 '꼬라지'를 확실히 인식시켜 주마!"

"진짜 참으려니까 사람 열받게 하네. 조용히 잠재우기 전에 제발 꼬리 말고 착석하쇼. 그 과도(果刀)도 썩 품에 넣고 말이오. 아~ 난 왜 이리 경로 사상이 투철한 걸까?"

한숨까지 지으며 거만 떠는 장추삼이 너무나 얄미워서 박옹 역시 콧방귀로 대꾸해 주었다. 늙은 생강은 이럴 때 더 매운 법이니까.

"요즘 불면증 땜에 그러잖아도 잠이 모자라던 터였다. 제발 좀 재워줘, 제발 말이야."

보다 못해 남궁선유가 벌떡 일어서는 순간 북궁단야의 짤막한 말에 좌중은 조용해졌다.

"저 친구는 단층수 이상의 것도 겪어보았습니다. 물론 장갑 하나로 말이죠."

언뜻 그 얘기를 이해하지 못한 듯 북궁단야를 멀거니 쳐다보던 박옹이 곧 너털웃음을 지었다.

"아, 저놈이 남궁의 오악세를 받아냈다는 거 말하는 거지? 남궁이이 친구… 벌써 나이를 먹은 티를 내도 유분수지 저런 동네 건달 같은 놈에게 가문무공의 여덟 번째를 격파당하고… 이래서 세월이 원수라니까."

그러나 그의 눈은 전혀 웃고 있지 않았다. 차분히 가라앉아 북궁단야의 말에 담긴 의미를 새기는 일방 그 밑바닥까지 훑을 것만 같았다. 말은 가리되 한번 뱉었으면 책임을 지는 모습이 그가 바라보는 저 냉막한 청년의 심성이다.

"오악세를 말하는 게 아니란 걸 알겠다. 흥분하지 않을 터이니 자세한 얘기는 호젓할 때 해주려므나."

"에라~ 내가 저런 얼라 데리고 뭐 하는 짓이냐. 관둬라, 관둬. 그냥 술이나 마시자!"

"그 말… 나를 실망시키지 않을 자신은 있겠지?"

두 번의 전음을 날리며 박옹의 얼굴은 기묘하게 일그러졌다. 절대적인 자신감을 보일 때 사람들은 두 가지 경우로 나뉜다.

무지와 확신.

지금의 북궁단야가 그 예리한 안목과 무공관, 그리고 기도에서 무지란 말은 어울리지 않으니……

'뭐야? 절대오존이라도 만났다는 거야? 아니지, 발 없는 말이 천리를 간다고 했는데 절대오존 같은 인물들이 쥐새끼처럼 숨어 다닐 리도 없고 그들의 출몰이라면 여태 내가 몰랐다는 게 말이 안 되지. 그럼 무슨 말이야? 남궁의 오악세를 넘어서는 무공? 현 무림에 그런 게 어디 있어? 있다면 삼위(三位)… 그것 또한 말이 안 되지. 소지 자체도 무림 공적인데 익히기까지 했다면… 아냐, 만약 익힌 자가 나타난다면 그야 말로 강호는 거대한 지각 변동을 맛보겠지. 모르겠다, 모르겠어! 생각할수록 일이 풀리는 게 아니라 더 꼬이기만 하는군.'

박옹의 길지만 한순간에 스친 상념이 사고 위 끝머리를 향해갈 무렵 분위기 파악 못하고 장추삼이 여전한 목소리로 주절거렸다. 그에게 어차피 무림이니 초식 같은 건 별로 관심을 끌 만한 대상이 아니었으니까. 통통한 노인이 꼬리를 말았다는 게 그저 기꺼울 뿐이었다. 잘못 쳤다간 비상금을 전부 치료비로 보상해 주게 생겼었으니 이 얼마나 다행인가!

"정말 잘 참으셨소. 내가 보기엔 순박해도 한번 돌면 눈에 뵈는 게 없는 사람이거든. 일단 주먹을 들면 노인처럼 얍삽하게 구는 인간들을 반드시 응징하는 버릇이 있다오. 장가가려면 이놈의 성질머리 좀 죽여야 하는데… 쩝쩝."

눈꼬리나 내리고 순박이니 어쩌구 지껄여, 하고 싶었지만 건드려 봐야 세 배는 더 날뛸 것 같기에 박옹이 그를 외면하고 남궁선유에게 말을 건넸다.

사실 그는 어서 밤이 오길 기다리는지도 모른다. 밤이 오면, 온 세상이 칠흑 같은 어둠 속에 잠기면 그의 마음속에 채색된 의문의 어둠이 걷힐 것이다. 하나 직감적으로 박옹은 알고 있었다.

하나의 의문이 풀리는 순간 그 몇 배의 비밀이 음모처럼 다가와 그의 발목을 잡을 것이란 사실을.

"솔직하게 말해라. 봐줬지? 괜히 후배 같지도 않은 건달 하나 쥐 팼다는 소문나는 게 싫어서 슬슬 하다가 나처럼 봉변 치른 거지? 안 그래?"

"허허……."

"뭐가 허허야? 몇 성 썼어? 몇 성으로 상대했냔 말이다."

"그 친구 참……."

둘의 하는 양을 지켜보던 북궁단야가 말을 이었다. 역시 사공이 많으면 배가 산으로 달려가나 보다. 도대체가 대화의 흐름을 유지하기 어렵다. 이럴 때 북궁단야 같은 조타수가 없으면 하늘로 도약을 꿈꿀지도 모른다.

"단층수의 압박, 아니, 횡으로의 공세를 어떻게 벗어났나? 운만으로 벗어나기 어려웠는데 말이다."

"그게… 저 치사한 영감이……."

"치사하다는 말 빼고."

말이 잘린 장추삼이 입을 비죽 내밀었다. 불만을 표시하려 해도 상대가 북궁단야다 보니 먹히지 않을 게 뻔해서 콧방귀나 날릴 수밖에.

"흥! 어쨌든 저 영감이 팔 하나 들지 못할 만큼 이상한 장력을 보낼 땐 정말이지 눈앞이 깜깜하더군. 몸을 움직일 수 있어야 뭘 해먹지! 이런 경우는 처음이라니까! 치고 받아서 코라도 깨지면 할 말이 없지만 아무것도 못하고 넋 놓고 있어야 하는 거 마치 가위에 눌린 기분이었어. 그때 퍼뜩 생각이 들더군. 가위 눌리면 깨려고 발버둥치다가 더 고생하잖아. 그런 건 아무런 도움이 안 되더라구."

"죄가 많은 놈인가 보군. 한두 번 가위에 눌려본 모양이 아닌 것 같구나. 클클클."

"내가 아무리 많은 죄를 지었다 하더라도 뚱뚱한 영감의 발뒤꿈치나

쫓을까? 어쨌든 가위에서 깨려면 몸을 늘어뜨리고 가만히 수를 헤아리다가 이때다—뭐 난 열이라고 생각하지—싶을 때 모든 힘을 손가락 끝에 집중시키면 까딱하고 움직이게 돼. 이러면 만사 끝, 일어나서 냉수 한 잔 마시고 뒹굴거리다 다시 자는 거거든."

'가위라… 참으로 적절한 표현이구나. 은근히 재미있네, 이거?

툴툴거리면서 내심 웃고 있는 박옹은 서서히 이들과 동화되고 있는 자신의 마음을 의식하지 못했다. 늘상 사람들 속에 있으면서 외떨어져 있는 모습이었기에 이런 자리가 새롭게 다가왔지만 워낙 자연스럽게 이루어진지라 슬그머니 녹아 들어갔다.

"그때도 그런 생각이 들어서 힘을 빼고 숨을 골랐지. 수를 헤아리며 머리를 굴리는데 울 사부가 했던 말이 떠올랐어. 사기꾼이었지만 한두 개 정도 맞는 소리도 남긴 양반이었거든."

"말? 무슨 말?"

"별거 아녜요."

눈이 동그래져서 묻는 박옹에게 한숨을 한번 쉬고 입맛을 다시던 장추삼이 젓가락으로 탁자를 툭툭 쳤다. 무림인들은 자고로 '사부가 어쩌고…' 하면 약해지는 경향이 있다. 기대치도 올라가고 말이다. 물론 근사한 말이나 무공초식 따위가 준비되어 있다면 어깨에 힘 한번 주면서 떠난 사부를 그리워하는 시간이 되겠으나 불행히도 그가 할 수 있는 말이라곤 막싸움꾼들이나 금과옥조로 여길 수준의 대사다. 정말 재미 적은 일이지만 그것도 운명이니 어찌하겠는가.

"발은 손의 세 배 이상의 힘을 낼 수 있다고… 아아, 정말 시시한 말이지. 무림고수들이 들으면 배를 잡고 바닥을 구를 거야."

순간의 정적. 그가 보인 발군의 실력에 못 미치는 분명히 초라한 대답. 그런데…

'누구나 생각할 수 있고 아는 말이지. 그러나 실전에서 그걸 응용하려는 이가 몇이나 있을까? 이 아이는 도대체 어떤 무공을 익힌 것이고 그 사부란 자는 누구인가. 절대오존 수준의 고수는 돼야 배출할 만한 능력을 가지고 있지만 어디를 보아도 그분들의 체취는 느껴지지 않는구나. 있다면 발 기술이 뛰어나다는 적미천존 정도?'

그의 괴팍하고 은둔적인 성격을 기억해 내고 남궁선유가 고개를 가로저었다. 적미천존이라면 그의 외호를 제자에게 알리지 않을 이유가 없다. 또한 장추삼의 싸움 방식은 적미천존의 그것과는 분명 같으면서도 다르다. 물론 적미천존을 본 적이 없으니 들은풍월로 분석하는 것이지만 적미천존의 무공은 장추삼만큼 실전적이지 않다고 했다. 더 유려하고 더 섬세한 무엇이 있다고 들었다.

이런 건 시간의 차이와는 별개의 문제다. 본질적인 무공관의 차이에서 비롯된 결과이기에 좁힐 틈 같은 건 없다.

"그 다음은 쉬웠어."

남들이야 무슨 생각을 하든 어떤 반응을 보이든 장추삼에게 영향을 줄 수 없었다. 어차피 예상했던 침묵이었으니까. 폭소가 터져 나오지 않는 걸 다행으로 여기는 그였다.

"발목을 누르는 압력을 걷어치워야겠다고 생각하니 유성우가 떠오르더군. 뭐, 그나마 형식이 있는 주먹질이라곤 그거밖에 아는 게 없으니 도리가 없잖아."

"유성우?"

"그런 거 있어요. 맞아봤지 않소? 아홉 번 주먹질하는 거. 그래도 이름 정도는 있다구요."

왜 기억이 안 나겠는가. 눈앞에서 전광석화와도 같은 아홉 번의 주먹이 쇄도했을 때 하마터면 기절할 뻔했다. 박옹 무림행보 50년 만에 그렇게 당황한 적은 손꼽을 지경일 테니까.

"근데 웃기더라고. 옆으로 퍼지는 힘은 발목 부근을 내려칠 때 도움이 되는 거야. 팔만 들면 자동적으로 내려주니 얼마나 편해? 빠르게 치켜 올리니 그만한 반발력으로 내려치게 되어서 생각한 것 이상의 힘이 발휘된 거야. 그 다음이야 잘 알겠지만 저 뚱땡이 노인하고 부딪쳐 버리고. 힘 계산만 틀리지 않았다면 제대로 한 방 갈겨주는 건데. 워낙 순간적으로 압력이 풀려서 힘을 주체하지 못했어."

쿠쿵—

일순간 박옹은 공황 상태에 빠졌다. 무림을 오시했던 그의 성명절기가 이렇게 많은 약점을 내포하고 있었다니. 제대로 한 방 갈겨주느니 따위의 말을 잊을 만큼 충격적인 말이기에 박옹의 얼굴이 납덩이처럼 굳어버렸다.

'상대의 공세에 도움을 준다? 접시 물이 있다면 코라도 박고 싶은 심정이구먼. 이러고도 내가 무림십장의 수좌에다가 단층수로 천하를 오시했다는 게 부끄럽구나.'

"물론."

북궁단야가 침묵을 깨고 이야기를 정리하기 시작했다. 나서서 말하기를 즐기지 않으나 벌여놓은 일 정도는 수습하는 게 남자일 테고 박옹의 무공을 언급한 것 또한 자신이니 나온 말들을 취합하여 자리를 정돈하는 게 그의 몫이리라.

"저 친구는 든 것이 없어서 단순하게만 생각한 것이 맞아떨어진 경우라 하겠지요."

장추삼의 안색이 미묘하게 변했다. 기분 나쁘지만 사실 맞는 말 아닌가. 머리 속에 가진 게 많아도 제대로 활용하는 인물은 별로 없는 게 현실이다. 아는 것의 절반만 실행할 줄 알아도 그의 배움은 헛되지 않는 것이다. 쓸데없이 많이만 안다고 해서 좋은 게 아니란 거다. 그런 견지에서 장추삼은 매우 효율적인 가르침을 받은 것이고 풀어낼 줄도 안다. 지닌 바 능력을 모조리 쏟아 부을 수 있다는 것, 그만의 강점이라 하겠다.

 "그러나 만약에 눈이 고절한 무인이 있어 노선배의 초식을 간파해낸다면 박옹 노선배께선 손쓸 사이도 없이 당할지도 모릅니다. 아, 이건 물론 단층수의 경우에 국한된 얘기겠지요. 단층수를 보자니 마무리 공세를 취하기 전까지 어느 정도 축적할 시간이 필요한 듯하더군요. 상대를 옥죄려면 연환장력이 필요한 건 당연합니다. 그렇다면."

 그가 검지손가락을 치켜들었다. 모두의 시선을 모으기에 적절한 행동이었고 자칫 늘어질 수 있는 대화의 연결을 끊어서 한 호흡 쉬어 가는 효과도 함유하는 동작이기에 말이 없는 청년답지 않는 관록이 있음을 알아야 했다. 누구도 모르지만 이백여 식솔을 책임졌었고 관리, 통제하던 북궁단야. 사람을 다뤄본 적이 있고 없고의 차이는 매우 크다.

 "횡만을 고집하는 것보다 다각도로 장세의 변화를 실행한다면 단층수의 효과는 배가되지 않을까요? 아니면 마무리의 시간을 줄여보시든지요. 말로야 쉽지만 막상 적용하기 위해 얼마나 많은 시간이 소요될지, 그 길이 또한 매우 험난할 것임은 자명합니다. 그러나 지금의 단층수로는 노선배의 전부를 표현하는 데 무리가 있을 것 같아 감히 한말씀 올린 겁니다. 결례가 되었다면 용서하시길."

박옹 131

'결례라……'

어깨를 움츠러뜨리고 쿡쿡거리던 박옹의 웃음이 고개를 쳐들고 천상루를 쩌렁쩌렁 울릴 만큼 거대한 광소로 바뀌었다. 이런 결례라면 누가 마다할까? 알고 있었고 외면했던 부분이기에 더없이 속은 쓰리지만 그만큼 통쾌하다. 단층수만으로 적수를 찾아보기 어려웠고 무림십장의 수위라는 허명도 얻었으나 마음은 늘 미진했던 터였다. 딱 꼬집어서 약점을 말하라면 대지 못하겠지만 내심 찜찜한 것이 그의 머리에 걸터앉아 있는 듯했다.

박옹이 두툼한 손을 들어 북궁단야의 어깨를 마구 두드렸다. 절반의 겸연쩍음과 절반의 고마움을 담고. 그래서 칭찬만 하는 친구보다 나의 위치를 알려주는 적이 더 이로울지도 모른다. 최소한 그들은 거짓을 말하지는 않을 테니까.

"이제야 마음 한구석에 맺혀 있던 게 뻥 뚫리는 느낌이야. 고맙네, 정말 고마워. 가까이 붙어 있던 남궁도 해주지 못한 걸 자네가 대신 보았어. 친구라고 하나 있는 게 도움이 안 되요. 쿵!"

"거기서 또 왜 나를 들먹거리나."

남궁선유가 쓰게 웃었으나 굳이 말을 확대시키지 않았다. 박옹의 성격상 첫 만남으로 이 정도라면 성공이다. 이렇게 말하면 대단히 폐쇄적인 사람처럼 느껴지지만 외견상 박옹처럼 누구와도 잘 어울리는 인물은 없다. 만난 지 반 시진도 안 된 이에게 술잔을 권하고 너털웃음을 보이기에 무림인들 사이에선 누구보다도 친화력이 있는 인물로 소문이 나 있다. 그러나 남궁선유는 안다. 그 모든 게 허식이라는 걸. 박옹이 마음의 문을 연 대상은 자신을 제외한다면 전무할 것이라는 사실을 말이다.

"어쨌든 이렇게 만나게 되어 모두들 반갑네. 소개 같은 건 천천히 하기로 하고 모두 잔을 들게나!"

박옹의 제안에 따라 모두들 웃으며 눈앞에 있던 술잔을 들어 올렸다. 일견 소박한 술자리. 취객들도 신경을 끊고 제자리로 향했으며 천상루도 부서진 탁자 따위를 치우며 빠른 속도로 정상화됐다. 그러나 모두의 마음은 무겁기 그지없었다. 이제 시작인 것이다.

분위기에 민감한 박옹도 남궁선유에게 넌지시 한마디 했다.

"설마 하니 일차에서 입 씻으려는 건 아니지? 내가 보아둔 곳이 있는데 경치가 아주 그만이야. 흐르는 시냇물이며 아름드리 나무들까지 말이야. 이런 여름엔 자고로 밖에 나가서 술을 먹어야 흥취가 난다고. 지금은 햇살이 따가우니까 여기서 죽치기로 하고 날이 저물면 그리로 가세나. 물론 술과 안주는 니가 책임져라. 난 맛있게 먹어줄 터이니."

"나더러 이차까지 책임지라는 겐가? 자네는 정말 너무하는군."

"무슨 말이냐? 나 같은 떠돌이 거지 영감이 무슨 돈이 있겠어? 너처럼 세가를 이끄냐, 아니면 꿍쳐 둔 돈이 있나? 잔말하지 말고 술과 안주를 사거라. 대신에 누가 보아도 군침을 삼킬 만큼 맛있게 먹어줄 거란 걸 장담하마."

"이거… 고마워해야 하는 것인가? 고맙게 먹어준다는 말 말이야."

"당연히 고마워해야지! 이 몸이 맛있게 먹어주는 영광을 베푼다는데, 네게 이런 기회가 일생을 통틀어 몇 번이나 있을 성싶으냐! 가문 대대의 영광으로 알 날이 있을 것이니 너는 그저 은자만 지불하면 된다. 품 한번 뒤지는 것으로 이러한 복록을 누리는 기회를 잡는 걸 보면 남궁, 넌 전생에 착한 일을 많이 한 듯하다."

"그래, 매우 고맙네. 영광을 얻을 기회에 덤으로 칭찬까지 해주니 몸

둘 바를 모르겠구나. 일단은 자네 눈앞의 음식과 술부터 소비하면서 앞일을 걱정해도 늦지 않을 듯하니 음식을 들게. 자고로 만든 지 일각이 지난 음식은 더 이상 상품(上品)이 아니라고 했다네."

"또 개똥 같은 미식타령이 나오는구나. 일각이 지나면 상품이 아니긴 개뿔, 언놈이 그딴 헛소리를 했는지 몰라도 이 몸이 보시기에 그런 건 다 말 만들기 좋아하는 호사가들의 헛소리와 다름이 없다. 먹고 행복하면 그만인 게 음식이거늘 뭔 놈의 철학이고 나발이고 떠든다는 거야!"

둘의 하는 양을 지켜보던 장추삼이 박옹의 앞에 놓여 있던 새우 튀김 접시를 냉큼 뺏어 들었다. 역시 여자와 노인네들은 대화가 길다. 그리고 그 무수한 말의 파편 중 정작 건질 건 지극히 희박하다는 공통점까지 있다.

문득 청빈로 제삼 암루주 상상소면 송요립을 여기다가 데려다 놓으면 어떨까라는 말도 안 되는 생각을 해보고 자신의 머리통을 부숴 버릴까 하는 자괴감이 들어 이런 행동을 한 것이다. 여자 세 명이 모이면 접시가 깨진다지만 정정한 노인 세 명이 모이면?

주루 하나는 우습게 날아갈 것이다.

'박학다식을 온몸으로 발산하는 양반들이니 주루가 문제겠어? 성도 하나 무너뜨리는 것도 여반장일지 모르지.'

"뭐 하는 거냐! 네 녀석 앞에도 음식이 있지 않느냐! 그래, 뺏어 먹을 게 없어 노인네 앞에 있는 음식을 훔쳐 가? 이런 천하에 못 배워먹은 놈 같으니라구! 썩 제자리에 가져다 놓지 못하겠느냐!"

"어? 이거 먹을 거요? 난 또 담소에 바빠서 음식 생각이 달아난 줄 알았지 뭐요. 그냥 내다 버리는 건 새우에 대한 예의가 아니라고 생각했었는데… 그럼 드슈."

　말인즉슨 입 닥치고 먹든가 음식을 포기하라는 것이니 적절한 순간에 그들의 수다를, 정확히 말해 박옹의 주절거림을 차단한 것이다. 얄미워 죽겠으나 별달리 반박할 말도 없고 해서 툴툴거리며 음식을 입에 넣고 소라나게 씹는 것으로 울분을 대신하는 박옹이었다.

　'저놈은 뱃속에 능구렁이가 다섯 마리는 똬리를 틀고 앉아 있을 거야. 저 나이에 이 정도라면 나중에 무림걸물 하나 등장하는 건 시간문제로고. 허~ 너무 미래가 어둡구나. 어디서 저런 괴물 같은 녀석이 등장했단 말인가……'

　현 무림 최고 걸물이 차세대 걸물 후보에게 보내는 걱정의 한탄. 한편의 희극과도 같은 순간이 지나고 별반 중요하지도 않은 얘기로 시간을 보내다 보니 어느새 해는 저물어 저 멀리 석양이 누리를 감싸 안았다.

◇

제41장
어떤 사형제(師兄弟)

어떤 사형제(師兄弟)

한 사내가 등을 보이고 창문을 응시하고 있었다. 그는 밤이 낮보다 좋았고 밤을 상징하면서도 어둠과 배치되는 무엇이 좋았기에 그의 가슴에 수놓아진 문양이 무척이나 마음에 들었다. 형제들 중 그가 이 문양을 선택했을 때 누구도 이의를 제기하지 않은 건 이 문양과 기질이 그보다 어울리는 사람이 없었기 때문이리라. 그들은 한 가지 목표를 세우면서 여러 문양 중 하나씩을 선택하여 스스로의 표식으로 삼아 서로의 결의를 다졌다.

그리고 20년이 흘렀다.

허무맹랑할 것 같았던 맹서(盟誓)는 한 걸음 한 걸음 실체로 다가와서 이제 무림은 그들을 모를지 모르나 그들은 무림을 알게 되었다. 괴물과도 같은 철옹성은 덩치만 비대한 속물들의 각축장이란 사실을 그와 그의 형제들이 간파했을 무렵 강호는 더 이상 그들에게 위협이 되지 못했다.

이제 그들이 세상을 놀라게 할 것이다. 파괴나 살육을 원하는 게 아니다. 분명 작지만 어찌 보면 거대한 일을 위해 그들은 나아갈 것이다. 몇 가지만 갖추어진다면 그들에게 두려운 건 없다. 그들을 막지 못한다, 그 어느 누구라도……

"그래서?"

사내가 몸을 돌려 부복해 있는 흑의인을 바라보았다. 훤칠한 키의 그가 석양을 내리받으며 서 있는 모습은 압도적이지는 않았으나 누구라도 포용할 만한 무엇이 있어서 방 전체가 환하게 밝아오는 것 같았다. 그 광휘는 석양이 옅어지고 어둠이 찾아올수록 더 짙어져 흑의인은 감히 바라보지 못하고 바닥만을 응시해야 했다.

"그들이 어디로 향한다고 하더냐? 하남에 발을 디뎠다면 분명 어떠한 목적이 있을 터, 갑자기 북경에서 이곳으로 내려왔다면 단순한 유람 같은 게 아니지 않느냐?"

"조사된 대로라면 그들은 남궁선유와 단리혜를 만나고 하루를 쉰 후 바로 북경을 떠나 일직선으로 이곳 하남 땅을 밟은 것으로 사료되옵니다. 북경에서 무림십좌와 관련된, 또한 기타 전대 고수들의 행적을 물은 건 어떤 이유에서인지 모르겠습니다."

"되었다."

사내가 고개를 들어 화려하지만 잘 정돈된 집무전을 바라보았다. 이곳은 그의 허상이다. 그와 그의 형제들이 만들어낸 완벽한 조형물에 지나지 않는다.

진실은 언제나 다른 곳에 있다.

"그 부분은 신경 쓸 일 없고… 문제는 그들이 왜 하남에 왔느냐는 건데… 남궁선유라……."

파랑검객 남궁선유. 자타가 공인하는 검도 고수이자 능히 절정을 바라보는 최고의 무인이다. 그의 영향력과 결단력이라면 이들의 행보에 영향을 미칠 수도 있다. 문제는 왜냐 이거다.

모든 일에는 인과 관계라는 게 있다. 원인없이 어떤 결론이 도출되는 경우는 적어도 무림에서라면 존재하지 않는다. 이유없는 미움, 이유없는 살육. 겉으로 드러나 보이는 어처구니없는 사건도 캐고 들어가다 보면 배후에 무언가 원인이 상주해 있는 법이다.

'남궁선유…….'

그는 머리를 굴려보았다, 남궁선유가 하남에 와야만 하는 이유에 관해. 하남이 그의 구미를 자극할 만한 어떠한 이유가 있는지, 있다면 무엇인지.

'아니지. 별일없던 노인네가 그들을 만나서 느닷없이 하남 땅이 그리워졌다는 건 어불성설이다. 남궁선유 정도라면 움직이는 데 최소한의 명분이 있을 테니까. 갑자기 생긴 명분도 앞뒤 정황으로 볼 때 말이 안 되고… 그럼 그 노인 때문은 아니라는 건데…….'

이럴 때 운(雲)이 있었으면 하고 바랬으나 불행히 그는 하남 땅에 없었다. 머리 쓰고 판단하는 몫은 원래 그의 것인데.

'없는 이를 그리워해 봐야 공염불이니… 그럼 보자… 그들 중에서 갑자기 하남에 오고 싶은 일이 생겼다는 것도 이치에 맞지 않고… 단리혜란 아이라면 대국에 영향을 줄 만한 위치에 있진 않으니…….'

쿵!

갑자기 그의 뇌리에 세찬 울림이 왔다. 언제나 이건 아니라고 생각했던 부분에서 일이 생긴다. 너무 사소하여 무심결에 지나친 것인데 알고 보면 그것이 사건 전체를 좌우하는 경우가 있다.

'이런, 이렇게 자만을 부리다니!'

운이 있었다면 벌써 어떤 조치를 취했을지도 몰랐다. 이리 멍청하게 처신한 자신에 대해 질책할 일이다. 보고를 받은 지 꽤 많은 날이 지났거늘 그가 한 일이라곤 책상에 앉아 고개나 갸웃거린 게 전부였으니 욕을 먹어도 할 말이 없다.

몇 번이고 가정을 했지만 버려두었던 부분!

"즉시 단리혜란 계집에 대해 조사하도록 하라. 머리부터 발끝까지, 그 아이와 관련된 제반 사항 모두를 알아내도록 해! 서둘러야 한다!"

"존명!"

전에 없이 다급한 말의 그였기에 흑의인은 인사와 동시에 방을 벗어났다. 이런 경우는 특급을 다투는 사안일 테니까.

흑의인이 사라지고 지는 저녁노을에서 눈을 떼지 못하는 그의 소요를 고아한 목소리가 깨뜨렸다. 그 음성은 차분하고도 깨끗하여 마치 이 세상의 울림 같지 않았기에 휴식을 방해받은 그의 입가에 절로 미소를 떠올리게 해주었다. 그는 이 목소리와 이 사내를 매우 좋아했으니까.

"무슨 고민거리라도 있는 겁니까, 형님?"

"좀 더 쉬지 않고 뭐 하러 나왔느냐? 너는 더 몸을 보중해야만 한다. 아무리 여름이라지만 밤바람은 몸에 좋지 않으니 들어가서 쉬도록 해라."

문가에 서서 맑은 미소를 짓고 있는 청년—동안(童顔)의 이 사내가 사실 서른여섯 번의 겨울을 맞이했다는 걸 믿을 사람은 아무도 없으리라. 그는 기껏해야 장추삼 또래로 보였으니까―이 힘없는 목소리로 그를 위로했다. 그 모습은 금방이라도 꺼져 버릴 것 같은 안타까움이 있어 훤칠한 그의 상체가 절로 휘청거려졌다.

"너무 혼자서 모든 걸 하려 하지 마세요. 그렇게 무리하시면 건강을 해칩니다. 나이에는 장사가 없다구요."

'이놈, 네 녀석이 우형(愚兄)을 걱정하는 게냐? 창천을 뒤엎을 무공을 가지고 있으면서도 단 한 번의 실수로 말미암아 모든 걸 버리게 된 너이거늘, 아무것도 못해주고 그저 바라만 보는 못난 사형들을 걱정하는 게냐?'

눈물이 나올 것만 같아서 괜스레 큰 소리로 호통 치는 그였으나 입가에 머무는 잔경련을 어찌하지는 못했다.

"너에게 힘을 빌릴 정도로 내가 못나 보였더냐! 몇 해를 살고도 나를 모르는 네 녀석은 분명 바보임에 틀림없다, 기학(奇鶴)!"

"저 원래 바보잖아요. 형님들께 짐이나 되는 바보……."

'기학아…….'

누구보다도 출중한 자질이 있었고 상냥했기에 모든 형제들의 사랑을 한 몸에 받았었다. 그래서 열두 해 전의 어느 날이 더 원망스럽고 돌아보기 싫은 기억이다. 하나 일은 벌어졌고 그의 자랑스러운 동생은 저렇게 시들어만 간다. 어떤 방법으로도, 누가 온다 해도 기학을 원래대로 돌려놓지는 못한다. 만약 그럴 수만 있다면, 그게 가능하다면 자신이 가진 모든 것을 버릴 수도 있다, 목숨까지도.

'세상을 떨쳐 울릴 무공이 무슨 소용이며 성 하나를 살 만한 재물이 다 필요가 없구나. 너 하나를 되돌려놓는다면 무엇이든 하련만 우형이 할 수 있는 일이라곤 그저 기적만을 바라며 천지신명께 비는 것

뿐이니.'

"네가 응석을 부리는 것을 보니 심심한 게로구나. 가슴에 새겨진 학문양처럼 언젠가 저 하늘을 훨훨 날아야지. 사내는 그런 약한 소리를 입에 담는 게 아니다. 다른 사제들이 본다면 경을 칠 것이야."

"알았습니다, 형님. 소제(小弟)가 바보 같아서 나오는 말마다 형님의 심기를 어지럽히는군요. 정말 죄송합니다."

"알면 되었다. 앞으로 약한 소리를 또 한다면 크게 혼이 날 줄 알아라."

비틀거리는 그의 몸을 잡아주고 싶어도 무언가 가로막아 성큼 손을 뻗지 못하게 된다.

열두 해 전만 해도 기학 역시 호호탕탕한 무인이었다. 누구의 어깨도, 어떠한 이의 의지(依支)도 필요치 않았다. 모든 형제를 부축할 것만 같았고, 짧은 말 한마디에 모두가 힘을 얻었었다. 그때는 지금보다 힘들었지만 모두가 행복했었다.

"일에 어떤 장애가 발생한 듯하던데……."

"신경 쓸 만큼 대단한 건 아니다. 철모르고 날뛰는 메뚜기 몇 마리가 눈에 거슬리는 것이니 네가 그리 촉각을 곤두세울 만큼 문제 될 건 없다. 설마 하니 너는 사형들을 믿지 못하는 건 아니지?"

기학의 얼굴이 환하게 밝아졌다. 그렇다! 누가 있어 그의 사형들을, 그의 동생들을 건드릴 수 있을까? 그가 알고 있는 형제들의 힘은 막강하다. 객관적인 견지에서 내린 판단이기에 그 확신이 더 깊어진다. 물론 아홉 개의 커다란 방파가 일어선다면 문제가 달라지겠으나 그의 형제들은 그리 녹록하게 일을 전개하지 않을 것이다.

멋지게 뒤통수를 쳐서 모든 이들을 놀라게 할 것이다!

형제들은 결코 피를 원하는 게 아니었다. 그것이 더 자랑스럽고 가슴 뿌듯한 일이다.

"형님, 저녁이나 같이 하시죠? 요즘 방 안에만 틀어박혀 있었더니 세상 돌아가는 물정을 하나도 모르겠어요. 전에는 운 사형이라도 오셔서 이런저런 얘기를 재미나게 들려주셨는데 요즘은 통 보이시지 않네요."

"오, 운은 급한 일이 있어서 성도를 비웠단다. 네가 그래서 우형에게 실없는 소리를 했던 거구나. 그래, 오늘은 맛난 거라도 먹으며 얘기꽃을 피워보자꾸나. 숙수들에게 한상 차리라고 말하고 올 터이니 여기서 기다리고 있거라."

기꺼운 마음에 문을 열고 사라지는 그를 웃으며 배웅하던 기학의 눈은 문이 닫히자 천천히 침전되었다. 잠시 제자리에서 망연히 서 있던 기학은 아까 그가 했던 것처럼 창문가에 서서 이제 끝머리를 향해 달려가는 저녁노을을 망연히 바라보았다. 노을은 언제나처럼 처연한 빛을 뿌리며 그 생명의 종말을 맞고 있었다.

'하나 너는 내일이 오면 어김없이 그 자리에서 또 세상을 굽어보겠지. 언제 사라졌나 싶게 말이야.'

그는 손을 들어 가녀린 손가락을 묵묵히 응시하였다. 언젠가, 기억하기로 오래전에는 이 손에서도 약동하는 힘과 의지의 핏물이 혈관을 타고 흘렀었다. 검을 들면 태산을 가를 것도 같았고 손바닥을 펴면 하늘을 담을 것도 같았다.

하얗다 못해 투명하기까지 한 손목은 너무나 야위어 꽉 잡으면 금세라도 부러져 나갈 것만 같았고, 퍼런 핏줄이 알 수 없는 글자를 만들어내며 보기 흉하게 꿈틀거리는 손등에서 검사의 내음과는 거리가 먼 병자의 체취만이 떠돈다.

이렇게 사는 것도 인생이라 할 수 있을까. 이것도 삶이라고 규정 지어지나……

연못에서 물방울이 한두 개씩 떠오른다. 미물들도 살아 있다고 저렇게 자신을 알리고 있거늘.

고개를 떨구고 물끄러미 창밖을 응시하다 그가 부르는 소리에 이끌려 방문을 나서는 기학의 얼굴에서 어떤 의지가 엿보였다. 가녀린 손과 망가진 몸이지만 정신까지 무너져 내리진 않았다. 한 사람의 존엄이기에 절대로 흔들리지 못할 그 무엇, 꽉 쥔 주먹은 그래서 더욱 서글 펐는지도 모른다.

'언제까지 짐으로 남진 않는다. 회복할 수 없으리란 거야 알고 있지만 이대로 주저앉을 순 없어. 단 한 번만이라도 사형들을 위해 무언가를 할 것이다. 주어진 시간도 얼마 없겠지. 그렇지만 이대로는, 이대로 사그라들지는 않겠어!'

멀리 유성이 하나 길게 꼬리를 끌며 흐르고 있다. 워낙 순식간이었지만 '흐른' 게 아니라 '흐르고 있는 것'은 지극히 짧은 생의 마감이겠지만 그 존재의 의미를 충분히 보였기 때문이리라. 한순간 반짝이고 사라져 그 주검조차도 남기지 못하지만 그것을 본 사람에게는 분명 존재했고, 존재하는 시간을 공유했던 기억으로 남게 될 것이다. 아니, 기억되지 않아도 좋을지 모른다. 기억되기 위해서 흐른 것이 아니기에, 기억되려 노력한 적 없기에. 그저 살았고, 살았었던 증명을 몸으로 보인 것뿐이니 기억해 준다는 말은 그에 대한 모욕일지도 모른다.

'말없이 새기는 거야, 말없이 마음속으로만 말이야……'

그마저 자리를 비우자 텅 빈 방 안으로 말없는 달빛이 쏟아져 내리기 시작했다. 어둠이 찾아와야 빛을 발하는 모순이기에 어쩌면 달의 광휘는 위선일지도 모른다. 그러나 월광이 없다면 시간의 절반은 암흑 속에 파묻힐 것이니 달을 바라는 건 지극히 당연하리라. 비출 것이 없 건만 달의 빛무리는 창문을 타고 넘어와 허망한 방을 조금씩 잠식하여 어느새 문틈 새로 삐쳐 나올 만큼 가득 찼다. 어둠이 짙어질수록 달의 밝음도 짙어져 방 안뿐 아니라 온 성도가 달의 세계로 편입되었다.

여름 밤의 달은 너무도 압도적이라 어둠 자체를 거부하였고 암흑이 안주할 공간을 원천적으로 차단하였다. 음지가 어디에 있든 어떤 형태 로 숨죽여도 끝까지 찾아낼 것만 같이 집요해 보이는 달의 움직임. 시 간은 당분간 달의 통제를 받으리라.

*　　　*　　　*

여름 밤에 야외에서 술을 한잔 해본 사람은 절대로 건물 따위 안에 들어가려 하지 않으리라. 덥고 갑갑하고 짜증나는 실내에서 처박혀 넘 기면 속에서 불이 나는 음료를 마실 이가 어디 있겠나?

"과연… 훌륭하군!"

남궁선유의 입에서 절로 감탄사가 터져 나오리만치 박웅이 보아둔 자리는 명당이었다. 얕은 산의 중턱에 위치한 공지였는데, 말이 공지 지 바로 옆으로 아름드리 나무들이 우거져 있고 여기저기서 풀벌레들 이 밤의 송가와도 같은 울음을 토해내는 데다 우거진 나뭇가지들은 이 들의 정취를 방해하지 않겠다는 듯 절묘하게 휘어져서 방패처럼 주위 를 감싸고 있었다. 하늘과 조금이라도 가까이 잇닿아 있다는 걸 증명 이라도 하듯 초롱초롱한 별은 금세라도 쏟아져 내릴 것처럼 생기롭게 반짝여서 손을 내밀면 만질 수 있을 것 같아 무의식 중에 손을 내밀던 단리혜가 곧 피식 웃었다.

"정말 절경이로군요. 노선배의 안목에 다시 한 번 감탄이 나옵니다."

"큼큼… 감탄까지 무슨… 이 정도야 기본이지. 크하하하하하!"

내 안목이 적어도 이 정도는 된다는 듯 고개를 젖히고 앙천광소를 터뜨리는 박옹의 아이 같은 행동에 모두가 웃음 지었다.

어찌 보면 지극히 단순하고 직선적인 성격의 박옹. 친해지긴 쉬워도 내면을 들여다보기 어려운 사람. 이런 상반된 두 가지의 얼굴을 하고 있기에 하운의 입가에 쓴웃음이 맺혔는지도 모른다. 저런 부류의 사람들은 모두 알았다 싶을 때 한 번을 더 치고 나가서 기존에 가졌던 판단 자체를 무너뜨리곤 한다. 누구와도 스스럼없이 얘기하고 어떤 자리에 앉아도 어느 순간 동화되어 버리지만 마음의 한구석은 다른 곳을 향하는 사람. 이런 이들을 사람들은 어려워하지 않는다. 왜냐하면 모르기 때문이다. 그의 밑바닥은 전혀 다른 색깔의 강물이 넘실거리고 있지만 누구나가 윗면의 청색만으로 자신과 같음을 확인하고 기꺼워한다.

남과 다르지 않음을 확인하고 안도하는 게 일반적인 이들의 생리이다. 그러면서도 닮았다는 말은 거부 반응을 일으킨다. 남과 섞여 있지 않으면 불안하면서도 남과 같지 않길 바라는 마음, 인간이기에 그럴까?

'무슨 말이든 하고 어떤 자리에도 앉으면서 정작 마음 한 켠에 채워진 빗장은 너무도 견고하여, 그렇게 시간은 흘러서 이제 스스로도 여는 법을 잃어버렸겠지요. 그렇게 묻혀간 시간 속에서 자신의 성(城)만이 계속 올라가 하늘을 마주하며 대지의 군상들을 오연히 바라보고 있겠

지만 그 성 역시 마음의 피조물일 뿐 진정한 당신이 아닐지도 모릅니다.'

하운의 상념은 박옹에게 이르지는 못하겠지만 적어도 한 사람이 한 사람을 알아가는 징검다리이기에 그 자체로도 가치가 있는 것 아닐까?

"역시 노는 것에 관련되어선 빼싹하구려. 이런 데 알려면 보통 다리품으론 어림도 없지. 하여튼 대단한 노인네야."

"그래서? 네 녀석은 여기가 싫으냐? 싫으면 객방에 처박혀서 혼자 마시든지 아니면 자빠져 자면 될 것 아니냐?"

"누가 싫다고 했소? 그냥 그렇다 이거지. 하여튼 밴댕이 속이야. 뭘 그렇게 일일이 딴지요? 그냥 넘어가는 것도 좀 배워두는 게 무병장수에 도움이 될 일이오."

"얼씨구? 내가 언제 네놈에게 내 건강까지 책임져 달라구 하더냐? 걱정하지 마라. 네놈보다 먼저 죽지는 않을 테니 말이다. 네 무덤가에 오줌이나 시원하게 갈겨주마. 키득키득."

"웃는 소리 하곤… 그러소. 난 그리 오래 살고 싶은 맘 없으니 노인이나 벽에 똥칠할 때까지 사쇼. 하여간 나이 들면 집착만 는다더니……."

장추삼과 박옹이 부지런히 헛소리를 생산해 내며 바보 같은 한담을 나누고, 경치에 취한 남궁선유와 하운이 어슬렁거리며 공터 일대를 돌아다닐 때 단리혜는 자리를 보고 술과 안주를 깔아놓았다. 비록 거친 무림의 세계에 몸담고는 있다고 하나 여성이란 사실은 변할 수 없는지 그녀의 손길은 섬세하기 그지없어 대충 사 온 고기와 전류가 일류 반점에서 나온 최고의 요리처럼 깔끔한 모양새를 갖추게 되었다.

"자리에 앉아서 말씀들 나누시지요. 밤은 길고 시간은 많으니 사 온 술과 안주들을 외면한다면 이들이 섭섭해할지도 모른답니다."

손길만큼이나 예쁘게 웃으며 단리혜가 자리를 권하자 어슬렁어슬렁 사람들이 모여 앉았다. 여름은 그 어느 절기보다 낮이 긴 편이라 별이 총총하다는 것은 지금 시간이 꽤나 늦었다는 것을 의미한다. 천상루에서 거하게 늦은 점심들을 했지만 이곳까지 오고 신법없이 산에 오르는 동안 뱃속의 내용물은 벌써 소화가 다 되었고 본래 무인들은 많이 먹는 경향이 있기에 새로운 주안상을 보며 이들이 눈빛을 빛내는 건 어색하지 않은 광경이리라.

"야~ 들고 올 땐 친구 놈들하고 아무렇게나 먹던 그것이었는데 이렇게 차려놓고 보니 정말 맛나게 보이네! 음식은 입으로만 먹는 게 아니라는데 이런 즐거움을 야외에서 맛볼 수 있는 것도 커다란 행운이지. 정말 수고 많았어요."

장추삼의 사심없는 칭찬에 그녀도 기꺼운 미소로 화답을 했다. 호(好) 불호(不好)가 칼로 자른 듯 정확하여 언뜻 오해 사기 쉬운 성격이지만 이런 사람들은 말을 돌리거나 만들어내지 않기에 가식이 없다. 빈정거림은 있으나 뒤끝이 없기에 어떤 사람보다 솔직하고 담백한 모습으로 다른 이들을 대한다는 걸 요 며칠 그와 같이 다니면서 알게 되었다. 그래서 단리혜가 떠올린 미소는 싱그러웠으리라.

"그 말이 정답일세. 보기만 해도 군침이 절로 도는구먼. 자자, 들자고들."

이런 풍광이라면 특별한 안주 없이도 경치를 벗삼아 화주 한 병은 금세 먹어치울 수 있다. 그래서 그럴까? 가장 인기가 좋은 안줏거리가 과일류였다는 건 더운 여름이기에 발생한 특수한 경우겠지만 그것이 전부는 아닐 것이다. 이런 자리라면 서먹한 사이가 아니라 피 터지게 싸운 이들이라도 한잔 술로 화해를 청할 것이고 어느새 그들은 어깨동무를 하고 고성방가로 아름다운 여름 밤을 축복할 것이다.

"한 번에 잔을 안 비우는 놈은 호로자식이다. 머리에 털라구 하기 전에 알아서들 하라구!"

"그런 게 어딨어? 난 옥황상제가 말해도 한 번에 잔을 비우진 않아! 술 많이 마시는 건 뭐라 하지 않겠지만 한 번에 다 비우라는 둥 어쩌구 하면 진짜 객방으로 가버릴 테니 알아서들 하쇼!"

"아따, 그놈 참 말 많네. 알았다, 알았어. 넌 니 맘대로 마셔라!"

장추삼을 한번 꼬아보고 박옹이 북궁단야에게 칭얼거렸다. 이 훤칠한 청년이라면 자신의 말에 호응해 줄 거란 믿음이 얼굴에 역력했기에 북궁단야가 고소 지었다.

"저두 전에는 한 번에 잔을 비웠었는데 요 몇 달 간 저 친구랑 마시다 보니 어느새 끊어 먹게 되었습니다. 양해하여 주시길."

"뭐야! 이런 법이 어디에 있단 말인가! 그래, 대장부라는 작자들이 술 한 잔을 한 번에 털어내지 못하다니! 강호의 주도(酒道)는 정녕 땅에 떨어졌단 말인가!"

장추삼의 입이 비죽 튀어나왔다. 주도의 기본을 몸으로 실현하는 그에게 주도가 땅에 떨어졌다니! 이건 거의 욕 수준의 발언이다.

사실 무림인들은 스스로가 호쾌해야 한다고 생각하고 있기에 행동거지 하나하나에 불필요한 힘이 실리곤 한다. 음식 값을 계산할 때도 이거 내면 주머니가 텅텅 비지만 일단은 서로 내려고 하고 그것 때문에 싸움까지 난다. 점소이들에게 푼돈을 주는 건 생활화되어 있으며 술은 단지째 들고 벌컥벌컥 마셔야 주위 사람들에게 인정을 받는다고 생각한다. 노래를 불러도 주루가 떠나갈 정도로 큰 소리의 힘이 실린 것을 택하고 쓸데없는 참견은 기본이다. 그냥 넘어갈 일들도 괜스레 제삼자가 끼어들어 사건을 부풀려 놓아 칼을 뽑게 되고 급기야 개인 대 개인의 문제가 단체끼리의 다툼으로 비화되는 경우도 비일비재하다.

그런 시대를 거쳐 온 박옹이기에 장추삼과 북궁단야의 반응에 적응이 안 되는 건 당연하다고 하겠으나 근본적으로 두 사람은 무림을 안 지 몇 달이 되지 않았다는 걸 그가 알았더라면 고개를 끄덕였을 것이다. 그리고 장추삼이라면 무림을 알게 되더라도 자기 고집을 굽히지 않을 것이다. 그는 시대가 어떻든 누가 뭐라 하든 제 갈 길을 갈 것이고 제 고집을 꺾지 않을 것이다.

"줏대가 있는 놈이 사내지, 암! 박옹, 싫다는 애들 닦달하지 말고 나랑 한번 홍취에 젖어보세. 이렇게 둘이 술잔을 기울인 게 몇 년 만인가! 오늘 한번 별빛을 벗삼아 도도한 취흥을 누려보세나."

"그놈의 군자연하는 말투는 여전하구나. 좋다! 조금 모자르긴 하지만 너의 성의가 가상하여 잔을 부딪쳐 주기로 하지. 영광으로 알거라!"

"남궁 노선배님께선 몇 번의 영광을 누리시니 오늘의 일을 꼭 기억하셔야겠네요?"

단리혜의 맑은 웃음에 모두가 크게 한번 웃었다. 확실히 남자끼리의 술자리도 재미있지만 홍일점이 하나 끼어 있으면 분위기는 한결 부드러워진다. 물론 그 여자가 빼거나 거드름을 부린다든지 하는 멍청이가 아니라는 조건 하에서 말이다. 재치있는 여성의 시의적절한 한마디에 분위기가 완전히 살아나 좋은 풍광과 먹을 만한 술이 어루어져 신선이 부럽지 않은 도락에 빠져 시간은 쏘아낸 살처럼 빠르게 흘러갔다. 그리고 마침내 박옹의 무거운 한마디가 마냥 오르기만 하던 분위기를 현

실 세계로 인도하였다. 마치 하늘 높은 줄 모르고 마냥마냥 치솟던 새
가 마침내 힘을 잃고 지상으로 추락하듯 분위기의 반전은 그렇게 갑작
스러웠다.

"자, 이제 말해라. 비록 할 일은 없지만 여기저기 소요하기 좋아하는
이 늙은이를 비상 전서구까지 동원하여 불러낸 이유에 대해 말이다.
남궁의 성격상 남에게 부탁 같은 걸 할 때는 제삼 제사의 고려를 한다
는 걸 잘 아는데 전서 말미에 '제발'이라고까지 써야 한 연유를 듣기
로 하자. 그리고……."

박옹의 시선이 말없이 달을 바라보고 있는 북궁단야에게 똑바로 꽂
혔다. 여태 보인 적이 없는 심유한 눈빛이기에 그의 생각과 속내를 짐
작하기 어려웠으나 한 가지 분명한 건 지금 박옹이 얼마나 진지한 상
태에서 말을 하는지 알 수 있다는 것이다.

사람이란 존재는 양파와도 같다. 무수히 많은 껍질을 하나하나 벗겨
내며 그 속에 무엇이 있으리라 기대를 하지만 제일 마지막 껍질 뒤에
남는 건 텅 빈 잔해뿐, 처음부터 알맹이는 없다는 허무감에 당황하게
된다. 하나 바꿔 말하면 껍질 자체가 하나하나의 알맹이였음을 알고
나면 과연 알맹이의 의미에 대해 회의를 가지게 된다. 꼭 놀랄 만한 무
엇이 감추어져 있어야 안심하고, 자신이 했던 행위에 대해 보상받았다
는 만족를 느끼지만 그 자체가 하나의 가식임을 나중이 되어서야 알고
쓴웃음을 짓는다.

어린아이 같고 누구와도 잘 어울리지만 맘속을 열지 않는 모습도 박
옹이다. 지금의 진지함 역시 박옹이다. 그렇다면 박옹이란 존재를 굳
이 몇 마디 말로 정의 내려야 할까?

"아까 네가 노부에게 했던 말을 반드시 책임지리라 믿는다. 자신의

무공에 절대적인 자신감을 가지는 것처럼 바보 같은 생각도 없다. 그러나 내 무공이 길거리에서 약장수들이 펼치는 권각술 또한 아니기에, 무인이 갖는 최소한의 자존심 같은 하품나는 소리가 아니기에 이렇게 말한다. 너는 내 기대를 충족시켜 줄 수 있겠지?'

대답은 남궁선유의 입에서 나왔다.

"자네가 나에게 몇 번의 영광을 주었듯 나 역시 자네를 몇 번이고 놀라게 할 자신이 있다네. 결코 좋은 일이라 할 수는 없겠지만 말이야."

"뭐?"

크게 놀란 듯 눈을 돌려 남궁선유를 바라보고 박옹의 입에서 저절로 신음성이 터져 나왔다. 그의 오랜 지기는 단 한 줌의 농담을 불허한다는 듯 갑질(甲質)을 두른 얼굴이었고 저런 표정은 그들이 교우한 반백의 시절에서 몇 차례 보인 적이 없었기에 그 무게가 새삼스레 가슴을 눌러왔다.

"우선 사건의 요지에 관해서 남궁 노선배님께서 말씀해 주시지요."

"음……."

북궁단야의 청에 따라 지청술로 주위의 상황을 파악하고 인적이 없음을 확인한 남궁선유가 하남에 오게 된 동기에 대해 말하기 시작했다. 주루에서 우연히 장추삼들과 시비가 붙은 손주에 대해 말을 할 땐 기분이 언짢았는지 여러 번 헛기침을 섞었기에 괜스레 북궁단야가 별과의 눈싸움을 벌였고 야산에서의 결투를 말하며 장추삼을 치켜 올리자 얼굴이 빨개진 그가 모기를 잡는 시늉으로 민망함에서 벗어나려 했다.

박옹은 오악세를 뚫은 경위에 관해 들으며 다시 한 번 눈 찢어지고 성깔깨나 있어 보이는 청년과 한판 벌여보고 싶은 충동을 느꼈지만 가까스로 참아야 했다. 남궁선유의 말은 아직도 변두리를 벗어나지 않았다는 걸 느꼈기 때문이다.

"그래서… 이리 훌륭한 후기지수들을 알게 되어 내게 자랑하려고 전서구까지 띄웠다는 건 아니겠지?"

"물론일세."

알긴 알았다. 당연히 그 정도 가지고 이리 수선을 떨었을 리는 없다. 그러나 이건 너무 칼 같은 대답 아닌가? 박옹의 입에서 어떤 말이 튀어나오기 전에 남궁선유가 뱉어낸 한마디가 그의 의혹을 증폭시켰다.

"자네도 백 년 전의 무림십좌에 대해 알고 있을 것이네. 그들의 신비로운 실종에 관해서도 말이야."

"……?"

"그 뒤부터는 내가 말하지 않는 게 좋겠지."

남궁선유가 북궁단야를 바라보았고 북궁단야는 하운을 바라보았다.

"뭐야?"

"잠자코 있게."

하운은 말없이 자리에서 일어나 수중의 검을 빼 들었다.

'이런, 내 눈이 잘못되어도 한참은 잘못되었군. 어쩌다 이 아이를 놓쳐 버린 것인가!'

무리에 파묻혀 있어 의식하지 못했다. 솔직히 말해 그냥 지나쳤다고 해야 옳을 것이다. 그러나 특징없어 보이는 저 청년이 검집에서 칼을 꺼내자 그가 보아왔던 어떤 검수와도 다른 분위기를, 지독히 이질적이면서도 차분한 기도를 발산하지 않는가.

'호사가들이 말하는 반박귀진이니 어쩌구 하고는 차원이 다르다. 저 정도의 경지라면 깨달음없이는 감히 상상조차 할 수 없어.'

그런 인물이 칼을 들었다. 무엇을 보여주기 위해? 뭘 얘기하고 싶은 걸까?

"장 형, 일단 종이를 보여드리는 게 어떻겠소? 무작정 검무를 보여드리는 건 박옹 노선배에게 혼란만 안겨드릴 수 있으니 말이오."

품을 뒤적거리던 장추삼이 종이 뭉치 한 다발을 꺼내 박옹에게 내밀었다. 한 장 한 장 넘겨 보던 박옹의 얼굴이 밀랍처럼 굳은 건 지극히 당연한 반응이었고 그가 고개를 들자 달빛 아래 검을 비껴든 청년은 천천히 몸을 움직이기 시작했다.

쏟아지는 월광이 시리도록 아름다운데
침묵처럼 흐르는 핏방울이 눈물겨워서
들려 있는 장검에 한숨 같은 서리를 닦아
목적없는 살업에 면죄부를 부여해 봐도
두 손 가득 피 내음 별빛마저 외면하누나.

느리도록 느리고 빠르도록 빠른 그의 검무가 달빛 사이로 춤추듯 다가서자 저도 모르게 벌떡 일어선 박옹이 의식치 못한 감탄사를 터뜨렸다. 그는 여태껏 이런 검식이 존재한다는 걸 상상조차 해본 적이 없었다. 그 아니라 누구라도 그렇겠지만.

"저건… 저건 인간이 펼칠 수 있는 가장 완벽한 검초일지도 모른다!"

그리고 그의 머리는 빠르게 회전하였다. 무언가 잡힐 것 같다. 딱 꼬집어 설명하라면 먼 산을 바라봐야겠지만 실체화되지 않는 어떤 상념의 조각들이 그의 머리에서 맞춰지지 않는 채로 마구 뛰놀고 있었다.

변초

    모인 이들 중 무공이 가장 강한 인물을 말하라고 한다면 선뜻 대답하기 어렵겠으나 가장 견문이 넓은 이를 대라고 한다면 주저없이 작고 둥글둥글한 노인에게 손가락질이 갈 것이다. 가식적이든 뭐든 간에 그가 만난 사람은 엄청난 숫자였고 아홉 개의 큰 방파에서도 어느 정도 대우를 받는 편이기에 그의 활동 영역은 이들 중 가장 넓다고 하겠다.
    '제기랄, 뭐지? 무언가가 떠오를 것 같은데 꽉 막힌 무엇처럼 그 자리를 비키지 않는 게 있어. 그것만 치운다면 어떻게든 언어를 빌려 설명하겠는데 그저 뭉게구름처럼 피어나는 상념만이 머리를 뒤덮고 있어. 이거 미치겠구만.'
    그는 모르고 있지만 월광살무 제일초라 명명된 이 초식은 백 년 전의 무림 최강자 열 명 중 여덟의 목숨을 앗아갔다. 단리혜의 말마따나 악마의 초식이라 불리어도 손색이 없는 강렬함과 잔인함이 내재된 검무이련만 이 노강호가 느끼는 감정은 어디서 연유하는 것인가.

조용히 마지막 변화를 마치고 숨을 한번 고른 하운에게 보름달만큼이나 동그란 박옹의 얼굴이 눈에 띄었다. 무언가 단단히 고민을 하고 있다는 듯 오만상을 찌푸리고 있는 그의 얼굴은 희극적인 것이었으나 하운은 또 다른 감정을 가지게 되었다. '기대' 란 이름의.

'박옹 노선배는 이 초식에서 무언가 이면(裏面)을 본 듯하구나. 그게 무엇일까?'

자신보다 한 살이라도 나이가 많은 이에게는 적어도 한 가지 이상의 배울 점이 있다고 한다. 그가 아무리 비천한 입장이고 개망나니라고 한다고 해도 말이다. 경험이란 것은 억만금을 치른다고 해도 바꿀 수 없는 것이니까.

'풍부한 경험과 다양한 무공관을 접한 박옹 같은 분이라면 이 초식에 관해 어떤 해답을 줄지도 모른다. 치밀어 오르는 슬픈 감정의 파편마저도 꿰어 맞출 실마리가 나올지도 모른다.'

골똘히 생각하던 박옹이 장추삼을 돌아보았다. 그의 얼굴은 장난기 같은 거 하고 거리가 멀었기에 누구라도 농담 같은 걸 할 엄두가 나지 않으리라.

"네가 정말로 저 초식을 깨뜨렸단 말이지?"

고개를 끄덕이는 장추삼을 쳐다보지도 않고 박옹이 하운에게 말했다. 그의 음성은 위엄이 있었고 관록이 느껴졌기에 노강호의 참모습은 이런 것이란 걸 모두에게 각인시켰다. 역시 사람은 한 면으로 판단해서는 안 된다.

"다시 한 번 수고해 줘야겠다. 둘이 한번 어우러져 봐라. 단, 너의 손속은 그림 속의 인물처럼 한 점의 동요도 없어야 할 것이다."

"뭐야? 나더러 또 저 미친 칼바람하고 상대하라는 거야? 안 해! 절대로 안 해! 죽었다 깨어나도 안 해!"

"이놈이!"

"뭐가 이놈이야! 내 보물 제일호가 저거 땜에 찢긴 걸 알고나 말하는 거요? 싫어! 안 해! 싸워서 밥이 나와, 술이 나와? 정 상대하고 싶으면 영감이 직접 하면 될 거 아냐?"

웃고 있어 하고 말을 맺는 장추삼을 흰자위가 거의 다 차지한 눈으로 바라보던 박옹이 머리를 벅벅 긁었다. 강호 행보 반백 동안 이런 놈은 정말 처음이다. 위협도 안 먹히고 권위도 하품이다. 한 번 더 인상 쓰면 싸우자고 들지도 모른다. 내리눌러서는 치고 올라오기만 할 거다. 그렇다고 쥐어 팰 수도 없고, 사실 팬다는 보장도 없긴 하지만 말이다.

'에휴~'

마땅히 대처할 방법이 없어서 남궁선유를 힐끔 보니 그 역시도 별 방법이 없다는 듯 한가로이 섭선을 꺼내 부채질만 하고 있다. 이럴 땐 어떻게 해야 하나…….

훈수 삼단이라는 말이 있다. 뭔 얘기냐 하면 한 발자국 떨어져서 보게 되면 당사자들이 알 수 없고 놓치는 부분까지 집어내는 눈을 가진다는 거다. 바둑을 둘 때도 어깨 너머로 판을 들여다보면 자신들보다 상수들의 실착과 요처가 거짓말처럼 쏙쏙 눈에 띄게 되지만 막상 반상에 앉으면 그 역시도 아까까지의 혜안이 어디로 도망갔는지 평상시처럼 두게 된다.

소름 끼치도록 괴이하고 완벽에 가까운 변화를 보이는 검초이기에 직접 맞상대해 보고 싶은 마음이 없는 것도 아니다. 그 역시도 무인일진대 상승을 추구하는 욕구가 왜 없으랴. 이런 검법은 평생을 걸쳐도 한 번 보기 어렵다. 칼을 쓰는 무인으로서 피가 끓고 회가 동하는 순간이다. 그러나 참아야 할 때를 아는 것은 노강호로서의 직감과 예리함이 아니겠는가.

'이 검초에는 무언가가 담겨 있다. 그것이 무엇인지 어떤 의미인지 현재로는 복잡한 사슬만이 연결 안 된 채 이리저리 꼬여만 있어. 무얼까? 대체 뭐란 말인가!'

이걸 알려줄 사람은 저 심통맞은 녀석이리라.

검 대 검의 싸움은 아무리 고수라고 해도 눈으로 쫓아 검초를 헤아리기 어렵다. 한 번의 격돌에서 수많은 변화가 중첩되고 맞상대하는 이 역시도 그에 걸맞는 초식을 펼쳐야 상대가 되는데 그렇게 엉켜 버리면 싸움 자체에 눈이 가게 되고 또한 검식의 의미가 제대로 구현되기도 어려울지 모른다.

'저 녀석은 맨손 박투를 한다지?'

그걸 몸으로 부딪친다고 함은 엄청나게 강한 권력이나 장력, 또는 눈으로 따라잡기 어려울 만큼 빠른 몸놀림이 있어야 할 것이다. 전서구의 내용에 오악세를 뚫고 들어온 녀석이라고 했으니 일격필살의 위력이 담긴 손속을 위주로 싸우지 않는다는 말이다. 그가 생각해 봐도 하운이라는 청년이 펼친 검식을 힘으로 상대할 만한 권법이나 장법은 언뜻 떠오르지 않았다. 백보신권? 십단금? 모두 유명하고도 위대한 이름이긴 하나 그야말로 극성이 아닌 담에야 어렵다.

몸으로 검초를 뚫어준다면 검식이 갖는 의미가 가감없이 드러날 것이고 거기서 어떤 실마리가 풀려 나올지 모른다. 그래서 부탁한 건데 뭔 일이 있었는지는 몰라도 펄펄 뛰며 뒷걸음질이니 난감하다.

'끄응⋯⋯.'

장추삼은 고개마저 옆으로 돌린 채 외면하고 있었다. 표정만으로도 어림 반 푼 어치도 없는 소리 하지 말라는 기세가 역력했다. 웬만한 구슬림 따위론 먹혀 들어갈 것 같지도 않았다.

"한말씀 드려도 될까요?"

문득 단리혜가 입을 열었다. 첫마디 후 여백이 있었기에 순간적으로 모두가 그녀를 돌아보게 되었고 특히 장추삼의 안색은 눈에 띄게 굳어졌다. 그의 뇌리를 강타하는 세찬 울림이 있었기 때문이다. 워낙 본능적인 것이라 어떤 계기 같은 것으로 표현할 수는 없지만 하여튼 그런 게 있었고 너무도 직접적이어서 마치 옆에서 큰 소리로 귀에 지르듯 다가왔다.

그 말 들으면 무조건 자리에서 일어나야 한다구!

움찔 몸이 굳어졌지만 어쩔 것인가? 하지도 않은 얘기를 막는다면 그 뒷말을 풀어서 해야 할 터이고 그야말로 신선이 아닌데 무슨 재주로 그녀의 속마음을 짚어내겠는가?

"말하시오."

북궁단야의 목소리는 평소에도 매정한 감이 있었지만 오늘따라 그런 것과는 차원이 다르게 얄미웠다.

"우선 제 개인적인 일이 가미되어 여러분들께서 하남까지 힘겨운 걸음을 하신 것에 대해 진심으로 사죄 말씀 드립니다. 어떤 경로든 간에 저와 직접적인 연관이 있으니 마음에 부담이 가는 건 어쩔 도리가 없습니다."

'됐다, 됐어' 하고 제지하는 남궁선유에게 다시 한 번 깊은 포권을 하고 잠시 허공을 올려다본 그녀가 낮게 헛기침을 토해내었다. 여태까지의 얘기는 아마도 형식적으로 앞에 단 인사말이란 느낌이 강하게 들었으나 제지하는 이는 아무도 없었다.

"경위는 여러 가지가 있겠지만 일단 오게 되었습니다. 누구나 느끼고 계시니까 다시 언급하는 게 지극히 비생산적으로 다가옵니다만 한 번 더 말씀 올리겠습니다. 아마도 저희가 직면한 문제는 그리 간단치 않으리라 여겨집니다. 아니, 간단치 않은 정도가 아니라 어찌 보면 전 무림에 막대한 영향을 미칠 정도로 커다란 사건일지도 모르겠지요. 저간의 사정을 모르는 사람들이야 그 무슨 뚱딴지 같은 소리냐 생각하겠지만 직접 몸으로 느끼신 분들이기에 제 말이 그저 허언만은 아니라는 걸 아시겠지요."

장내의 분위기가 갑자기 침울해졌다. 엄숙을 넘어선 침전. 그들이라고 사안의 심각성을 왜 모르랴. 다만 서로에게 부담을 주고 싶지 않아, 또는 부담이 되기 싫어서 이렇게 언급하지 않았던 것이다. 누구나 알고 있으면서 말하지 않는 모순.

"그런데 여기 작다면 작을 수 있고 크다면 엄청난 열쇠가 될 수 있는 일이 있답니다."

'으윽!'

가슴을 부여잡는 장추삼이지만 아무도 돌아봐 주지 않았다. 그렇다! 불길한 예감은 늘 적중한다!

"그것이 뭐 얼만큼이나 대단한 실마리를 줄지 아무도 모르지요. 후련한 돌파구가 될지, 아님 변죽만 요란하게 울린 빈 수레가 될지 말이에요. 그렇지만 해봐야 하지 않을까요? 어찌 보면 동정호에 빠진 술잔

찾기보다 어려울 수 있는 일인데 한 가지라도 도움이 될 일을 마다한다는 건 분명 문제가 되겠지요. 세상 사람들이 비웃을 겁니다. 우린……."

그녀가 심유한 눈을 들어 장추삼을 똑바로 바라보았다. 거기엔 위엄이나 동정이라든가 기타의 감정이 담겨 있지 않았다. 한 인간이 다른 객체에게 표할 수 있는 최고의 신뢰가 깔려 있었다.

절대적인 믿음!

그리고 그녀가 자리에서 일어서서 그에게 정중히 포권을 했다. 마치 한 송이 국화가 봉우리에서 움터 만개하듯 아름다웠기에 모두가 깜짝 놀랐지만 장추삼에게는 도망가고 싶은 순간이었다. 그러나 어딜 가겠는가? 멍청히 일어서서 맞포권할 도리밖에.

"아이고, 왜 이러시오. 왜 이러느냐고요!"

왜 이러는지 다 안다. 하나 어떻게든 피하고 싶다.

"장 공자께는 입이 열 개라도 할 말이 없답니다. 못된 여자 아이가 제 오빠와 가문의 혈채만을 생각하여 이리 못되게 구니 무슨 말씀을 드리겠습니까? 그러나 박옹 노선배께서 장 공자를 지목하시어 비무를 말씀하시는 걸 보면 무언가 큰 뜻이 있다고 여겨져 감히 이렇게 부탁드립니다. 베어진 장갑은 어떻게든 제가 꿰매보겠으니 한 번만 더 힘을 쏟아주세요. 이렇게 간곡히 청하옵니다. 제발 한 번만 더……."

'으아아아아아악!'

비명은 가슴속에서만 울려 퍼졌다. 놀랍게도 그는 표정 하나 변하지 않고 담담하게 단리혜를 응시하고 있어서 누구라도 그 속내를 짐작하지 못했다. 그 비명까지도 말이다.

한참을 그렇게 서 있던 장추삼이 고개를 한 번 저은 후 품에서 천천히 장갑을 빼었다.

"히유~"

터져 나오는 한숨만큼은 참지 못했나 보다. 그의 한숨에 단리혜가 고개를 돌리고 바닥을 묵묵히 바라보았다.

'힘으로 누르면 절대로 응하지 않으나 진정한 부탁에 움직이는 사람. 강자의 억누름에 눈썹 하나 까딱하지 않으나 약자의 손길은 결코 외면하지 않는 사람. 투박한 말투지만 남을 무시하지 않고, 그렇다고 자신을 낮추지도 않는 사람. 경박한 듯하나 행동 하나하나에 힘이 있고 주위를 볼 줄 아는 사람… 장추삼이란 남자… 대장부이리라.'

그 말이 밖으로 새 나왔다면 부끄러워서 우헤헤 하고 웃었겠지만 단리혜는 가슴속 깊숙이 장추삼의 초상을 묻어두었다.

그사이 공터 한가운데로 들어서며 그의 몸은 변환을 끝내고 전투를 위한 본능만이 활활 타오르고 있었다. 시시하게 벌일 바에야 아예 하지 않지만 일단 상황이 벌어졌다면 최선을 다해야 한다. 그건 자신에게의 예의일 테니까.

"또 하게 되었소."

맥 빠진 음성으로 장추삼이 말을 건네자 하운이 빙긋 웃었다. 왠지 몰라도 이 친구와 겨루면 재미가 있다. 이런 기분을 뭐라고 해야 할까?

'지음(知音)?'

순간적으로 떠오른 단어. 왜 이 낱말이 생각났는지 반추하기도 전에 장추삼의 말이 그를 일깨웠다. 지금은 그런 달콤에 젖어 있을 시간이 아닌 것이다.

"합시다! 후딱 끝내고 술이나 한잔 더 해야겠으니 서둘러요."

끄덕.

하운이 검을 들어 달빛에 검신을 한번 비추었다. 앞으로 전개될 초식의 가공함을 알기에 관전하는 이들은 사소한 동작이건만 무언가 섬뜩함을 느꼈다. 이를 테면 독사의 눈에서 발산되는 살기라고 할까?

"가오."

하운의 검이 춤추듯 허공에서 흐느끼기 시작했다. 대상이 있을 때와 없을 때의 상대적 비교가 가능하다면 이럴 때 극명하게 드러나게 된다. 무엇보다 처음 월광살무를 펼쳐 냈을 때의 하운은 이렇게 강한 살기를 품지 못했다. 장추삼의 지적에 따라 두 번을 숙고하고 세 번째에야 검초에 담긴 뜻을 풀어냈지만 살기와는 별개의 문제다. 이런 건 누가 가르쳐 준다고 알게 되는 것하고는 거리가 먼 문제니까 말이다. 그렇게 볼 때 하운이 단번에 살기를 검에 담아낸 것은 분명 진보라고 할 것이다. 하운의 진보는 당연히 장추삼을 곤혹스럽게 하는 것이지만 그렇다고 겁먹을 장추삼은 아니다. 오기가 생기면 생겼지.

오랏줄처럼 퍼져 나오는 살기가 그를 덮칠 때 이미 천고의 추뢰무영으로 공격권역에서 탈출을 시도하자 불어난 신형과 함께 제각기의 장추삼은 사방을 동시에 점하고 나름대로의 움직임을 보였다.

"으악! 저놈 뭐야!"

기겁하듯 박옹이 소릴 질렀다. 아무리 산전수전에 별 괴이한 초식을 접해보았다 해도 사람 몸이 몇 개로 분열되는 건 본 적도, 아니, 상상조차 해본 적 없다. 거기다 일반적인 잔상의 그것은 그저 같은 모양새의 남은 형태일 텐데 눈앞의 녀석들은 생각이라도 하는 듯 따로따로 움직이고 있지 않는가!

"이봐, 남궁! 저 녀석 대체 뭐야! 지금 내가 꿈을 보는 거야?!"

"크하하하하핫!"

남궁선유가 득의만만하게 웃었다. 마치 자신이 칭찬이라도 받은 양 어깨에 힘까지 들어가서 호쾌하게 웃는데 아주 가관도 아니라서 멀뚱히 그를 바라보던 박옹은 고개를 갸웃거릴 수밖에 없었다.

'뭐야? 내가 언제 지 칭찬했나? 뭐가 그리 좋아서 실실거리는 게야?'

생각은 생각, 관전은 관전. 박옹은 자신의 선택이 얼마나 탁월했는지 몸소 느끼고 있었다. 장추삼의 맨손 박투는 비록 그의 예상과는 판이하게 다른 모양새로 전개되었으나 어떤 식으로든 하운의, 그가 펼쳐내는 검식의 극한을 끄집어내는 데 충분해 보였고 생각지도 못한 방식의 몸놀림은 그로 하여금 비무를 더욱 분할적으로 관찰하게 하는 데 도움을 주었다.

추뢰무영이 짙어지며 그의 신형이 점점 실체화가 되어갈 때 박옹은 인정해야 했다. 넓은 데서 만났다면 자신도 크게 망신당했을지 모른다는 사실을 말이다. 이것은 신법과 보법의 완벽한 조화이고 무엇보다 그 속도를 말한다면 박옹이 알고 있는 모든 상식 선은 가차없이 무너져 내린다는 사실에서 월광살무라 명명된 괴검초(怪劍招)보다 더 흥미를 끈다는 사실을 말이다. 그러나 어쨌든 잡고 있는 목표는 이것이 아니기에 그의 머리가 분주하게 돌아가기 시작했다. 당면 과제는 목표된 검초에서 받은 단상을 구체화하는 것이다. 이 마음이 전달되어서일까? 하운의 검극은 더욱더 독랄하게 변해가고 장추삼의 신형도 그에 따라 바쁘게 움직였다.

악마처럼 닥쳐오는 물살을 헤치는 연어의 몸짓…….

'이것은 최고의 대결이다! 내가 알고 있는 어떠한 무인들이라도 이렇게 박력있는 공수(攻守)를 주고받지는 못한다!'

그 이면에 담긴 의미, 그것은 정신과 육체의 극한에 이른 무인들의 한판 살풀이. 박옹에게 다가온 의미가 그렇게 구체된 의미가 아니기에 일단은 감탄으로 자신이 받은 감흥을 대신하였다.

박수라도 치고 싶었다!

그러나 넋 놓고 있지 못할 만큼 두 젊은이의 공방은 다급하게 치달았고 실타래같이 엉켜 있던 박옹의 단상도 어떤 형태로 가닥이 잡혀가는 듯했다. 그게 무엇일까? 머리로 느껴서는 안 된다. 마음으로 받아들여 감정 속의 편린들을 언어로 표출해야만 한다. 그런데 어떻게? 무슨 단어로 말해야 하는가?

파파팍!

옷깃 부딪치는 소리가 들리며 장추삼의 분신들 중 하나가 급작스레 튀어나왔다. 현실적으로 불가능한 움직임이지만 그가 표출하는 마지막 변화, 즉 가속추뢰가 제대로 발현된 것이고 이미 한번 겪어본 남궁선유도 지켜보는 것만으로 두 주먹을 불끈 쥘 정도로 흥분되었다.

그런데 그때와는 또 다른 움직임이 감지되어 북궁단야가 나직한 탄식을 토하며 그 움직임을 눈으로 쫓았다. 이건 그저 다른 또 하나의 분신만이 아니다. 빠른 또 하나의 장추삼은 달려나오며… 또 한 번의 분열을 보이려는 듯 희뿌옇게 신형이 변색되었다.

'이 녀석은 싸울수록 자신의 무기를 한 단계식 올려놓지 않는가!'

가속추뢰보에 이은 또 하나의 변화. 이를테면 가속추뢰무영이라 해야 할까?

반동을 받은 듯 급작스레 튀어나온 또 하나의 장추삼은 악마의 입술처럼 낼름거리는 하운의 검초를 거의 파괴시킬 것처럼 맹렬하면서도 눈이 감지하지 못할 정도로 빠르게 다가왔다. 이번에는 월광살무가 여지없이 깨지는 순간이리라!

'멋지군! 마지막의 몸놀림은 능히 강호의 십대절기에 넣어도 손색이 없을 것이야. 그나저나 아직도 잡아내지 못했으니 모두에게 뭐라고 얘기할꼬?'

박옹이 쓴 입맛을 다시며 머리를 긁을 때였다.

빙글─

하운의 검이 기이한 각도로 구부러지는 착각을 일으킬 만큼 급작스레 꺾였다.

"……!"

"……!"

"……!"

모두의 눈이 화등잔만큼 커졌다. 그도 그럴 것이 그림에 그려진 월광살무, 즉 하운이 전에 보였던 피의 검법은 마지막 변화가 끝난 상태였다. 그런데 우스운 건 하운이 보인 또 다른 변화가 앞 초식과 지극히 자연스레 어울려 누가 보아도 준비된 뒷동작처럼 여겨질 만큼 이질감 없이 이어졌다는 것이다.

이들 중에서 무학에 관해 가장 많은 경험을 한 이는 박옹이다. 명문 무가 중에서도 능히 강호 삼십대 무벌에 속한다는 산동악가의 셋째로 태어나 어릴 때부터 일류 수준의 권법과 장법을 보고 배웠으며 악가를 방문하거나 식객(食客)으로 있던 여러 무인들에게 한두 수 정도 귀동냥을 듣기도 했다.

본래 거대 세가의 강점은 무가(武家) 스스로가 지니고 있는 힘도 힘

이러니와 여기저기를 떠돌다 이제 지쳐서 쉴 곳을 찾아 세가의 그늘로 안주한 식객들이 풍부하다는 데 있다. 솔직히 말해 식객이라 자처하는 이들 중 구 할은 아무런 도움도 안 되는 어중이떠중이들이지만 전혀 예상치 못했던 한둘이 알고 보면 쟁쟁한 인물인 경우가 있기에 큰 무가들은 식객으로 찾아오는 이들을 마다하지 않는다.

세가를 벗어나서도 무의 꿈을 버린 적이 없었던 그이기에 나름대로 무학의 길을 걸었으며 '산동악가의 셋째'란 꼬리표를 떼내기 위해 역설적으로 검학에 매진하여 누구도 무시할 수 없는 실력을 가지게 되었다.

박옹이 무학 전반에 폭넓은 견식이 있다면 검에 관하여 가장 깊은 고찰을 한 사람은 남궁선유라는 데 이의를 제기할 이가 없으리라. 단일 세가로는 최고의 성세를 구가하는 명문 중의 명문 남궁세가의 장자로 태어나 검만을 생각하고 검에 어울리는 사람이 되고자 노력했으며, 가주 직을 맡고서도 검의 길이 좋아서 세가의 일은 대부분 동생들에게 일임하고 검의 마음을 얻기 위해 이리저리 여행을 다녔었다. 명백한 직무 유기였지만 세가 사람들은 그저 고소만 지었다. 가주가 저리 열심인데 뭐라 할 것인가? 그리고 남궁선유는 그를 말없이 성원해 준 세가 사람들에게 검정오존 중 수좌라는 이름이 아니라 남궁가의 검식을 십초식으로 체계화하는 것으로 화답을 했다.

말이 쉬워 체계화이지, 유구한 역사를 가진 세가의 독문검식을 자신의 눈에서 정리하여 누구라도 납득할 수 있는 모양새로 그려낸다는 게 어떠한 경지이겠는가. 최소한 검이 부르는 소리를 듣고 그에 맞추어 몸이 움직일 정도는 돼야 할 것이다.

그런 남궁선유의 안목으로도 하운이 불러온 변화가 너무 이질적이

어서 그가 말하는 검의 소리가 와 닿지 않았다. 검의 소리… 이 말은 굉장히 추상적이지만 일정 경지 이상에 오른 무인들 사이에서 널리 통용되는 얘기이기도 하다. 그리고 검정오존 중 수좌라는 파랑검객 남궁선유도 들을 수 없는 검의 비명이 하남의 작은 야산에서 아직 이름조차 알려지지 않는 청년검수의 검을 통해 표출되었다.

"이, 이건!"

벌떡 일어선 북궁단야가 순간적으로 검을 움켜쥐었다. 그 기세는 도발적이다 못해 지극히 사실적이어서 관전하는 이에게도 알 수 없는 위압감으로 닥쳐왔다. 승부사 기질의 북궁단야가 반발이라도 하듯 검자루에 손이 간 건 당연한 일.

그러나 뭐니 뭐니 해도 가장 놀란 건 직접 맞이하는 장추삼 본인이다. 그의 전투 방법상 접근을 해서 상대에게 직접적인 타격을 주어야 하기에 하운의 코앞까지 밀고 들어간 상태였고 가까운 거리이기에 그만큼 피할 여지도 적다는 얘기다.

'으학!'

머리가 삐죽 설 정도로 갑자기 찾아온 변화. 이건 예정에 없었던 일이다. 그렇다고 무를 수도 없다. 목검으로 맞아도 아플 판에 진검이라면 스쳐도 중상이다.

예정된 형태의 공격이라면 그것은 더 이상 공세라고 부를 수 없을 것이다. 때릴 곳 다 가르쳐 주고 막아보라는 싸움은 시장 뒤켠에서도 하지 않는다. 전능 지체의 효용은 인간이 보일 수 있는 가장 빠른 반응 속도와 다름없으니 익숙해진 너의 몸과 신경을 믿어라. 아무리 완벽한 무학이라 하더라도 인간이 생각하고 구현해 낸 이상 어딘가에 반드시 사각(死角)은 존재하기 마련이다. 너를 믿고 네가 감각해 낸 사각을 믿고 네 자신을 맡기거라. 무엇보다 너 자신을 믿는 것, 이것이야말로 모든 대전에서 널 승리로 이끄는 원동력이 되리니…….

'빌어먹을 사부! 뭐가 보여야 믿든가 하지… 어?'

찰나지간에 머리를 스치우고 간 사부의 말과 푸념 너머로 하운의 눈동자가 보인다.

어이없게도 그의 눈빛을 채우는 것은…

그의 전신에 알 수 없는 감흥이 흘러 전신을 관통하며 순간적으로 어떤 세계가 열렸다.

'장추삼아, 장추삼아! 너는 도대체 무슨 생각을 하고 있었던 것이냐!'

자책할 사이도 없다. 무엇이든 해야 하고 할 것이다. 언뜻 엿보인 '그 세계' 로 가야만 한다. 생각은 무슨 놈의 생각, 일단 믿고 가는 거다!

푸스스.

그의 신형이 스러져 갔다. 사상누각처럼 허물어져 내렸다. 너무 느리게 진행된 듯하여 평소의 장추삼이 보였던 탄력적인 움직임과 괴리된 느낌이었다. 그리고 하운의 검은 매정하게도 그 한가운데를 정확히 관통해 버렸다. 어느 누구라도 막아내지 못할 정도로 기묘한 각도에서 꺾여왔기에 알고도 막지 못할 판이었는데 갑자기 느려진 장추삼은 모든 걸 포기한 듯 그의 검에 몸을 맡겨 버린 것이다.

"말도 안 돼!"

북궁단야의 울부짖음과도 같은 목소리를 타고 하운의 검은 다시 한

번 독사의 꿈틀거림처럼 허공에서 각도를 바꾸며 장추삼의 희뿌옇게
흩어지는 동체를 난도질했다.

"그만둬!"

남궁선유마저도 소리를 지르며 공터의 한가운데로 뛰어들기 위해
튕기듯 일어섰다. 이건 비무다! 목숨을 담보로 한 생사결이 아니라는
거다. 비록 전력을 다하라는 박옹의 당부가 있었지만 그건 어디까지나
최선을 다해 겨루어보라는 인사치레 같은 것이었다. 목숨을 뺏을 만큼
싸우란 건 아니었다는 거다. 그러나 모든 건 늦어버렸다. 하운의 검은
너무도 냉정하게 그를 훑고 지나갔고 장추삼에겐 대항 수단조차도 없
었다.

"이렇게 멍청할 때가!"

으드득 이빨까지 갈며 걸음을 옮기는 남궁선유가 칼을 빼어 들려 손
을 검집에 가져가는데 그의 손등에 조용히 얹어지는 무엇이 있었다.

"놓게! 저 녀석을 가만둘 수는 없어! 아무리 제 흥에 겨웠다고 하나
동료의 피를 머금은 칼질을 두 번이나 반복하는 녀석은 무림의 안녕을
위해서라도 지금 싹을 잘라내야 한다구!"

박옹이 남궁선유의 손을 힘있게 잡았다. 평소의 장난기 어린 얼굴이
아닌 구도자의 그것으로 고개를 저으며 남은 왼손으로 장내를 가리키
는 그의 얼굴에 아까 장추삼이 지었던 얼굴과는 또 다른 감흥이 흘러
내리고 있어서 남궁선유가 일순 고개를 갸웃거렸다.

"뭔가?"

"저건… 뭐라고 생각하나? 내가 비록 하찮은 무부이지만 강호 견식
이 짧은 건 아니라고 자부했었거늘 오늘에 와서야 천외천이 있음을 알
았네."

"응?"

무슨 말을 하는 게야 하는 표정으로 고개를 돌린 남궁선유가 어떤 환상에 흠칫 굳어졌다.

모래알처럼 흩어지던 장추삼은 같은 공간에서 뭉게구름이 분산되었다 모아지듯 흩어졌다 하운의 옆 자리에 다소곳이 합쳐졌다. 이 알 수 없는 현상에 모두가 돌처럼 굳어 망연히 장추삼을 쫓고 있었다. 그리고 엉뚱한 소리가 장내를 아련히 맴돌았다.

파라락—

믿을 수 없게도 옷깃 부딪치는 소리가 들려왔던 것이다! 공터에 옷깃 소리가 날 만큼 격렬한 움직임을 보인 이는 주지하다시피 아무도 없는데 말이다! 그렇다면…

'극쾌의 마지막을 둔(鈍)이라고 했었다. 그럼 저 녀석이 멈춰져 보였던 이유가 쾌를 넘어선 둔형(鈍形)이었기에 발생했던 거란 말인가!'

남궁선유는 자신의 상식으로 그가 본 움직임을 정리해 보려 했다. 곧 그러한 시도가 얼마나 부질없는 생각이었는지 깨닫긴 했지만 말이다.

"자네도 봤지?"

"나도 눈 달려 있네. 아직 노안 같은 거 아니란 말이야."

가늘게 떨리는 박옹의 말에 눈길조차 돌리지 않고 넋 놓은 사람마냥 힘없이 대답하는 남궁선유의 심정은 허탈 그 자체였다. 검을 알고 무학의 세계에 빠진 60년이 오늘따라 왜 이리 부질없고 허망하게 느껴지는지. 누구보다 열심히 살았고 미련없는 인생이라고 여겼었거늘 저 어린 두 청년이 보이는 동작은 그의 삶을 보잘것없는 것으로 만들기에 충분하지 않은가.

불공평한가? 그렇다. 어차피 인간 사회에서 평등이란 말은 존재만 할 뿐 실현된 적은 없었다. 평등하다는 말 자체가 모순일지도 모른다. 그렇지만 이건 좀 너무하다. 평등을 나름대로 정립해서—그냥 어떻게든 말을 맞춘 것이지만—기회의 균등 정도로 생각한다면 두 청년을 해석할 방법이 없다.

천재라는 말로도 모자를 만큼 뛰어난 육체적, 정신적 감각은 몇십 년이고 무학만을 목표로 살아온 이들에게 좌절감을 줄 만큼 빛나는 것이지만 또한 잔인하기도 하다. 인간의 우열은 날 때부터 정해진 것이란 말인가. 열심히 노력해 봐야 천재들의 번뜩임 한번을 쫓지 못한다면 너무 슬프지 않은가.

'이 나이에 질투심이라니 아직도 멀었구나!'

부러웠다. 솔직히 말해 약이 오를 만큼 부러웠다. 무인에게 무보다 더 탐나는 건 없었지만 이제 보니 보석 같은 자질이야말로 최고의 선망이 됨을 처음으로 알았다. 나름대로 근골과 자질에서 자부심을 가졌었던 두 노인이건만 박웅의 말마따나 천외천이 있었고 그것이 눈앞에 펼쳐졌기에 말문이 막히는 것이다. 그것을 표출하지 못하는 것은 사회적 체면 때문이라기보다 마지막 남은 자존심의 발로일지도 모른다.

멍하니 서 있던 두 청년은 서로를 한 번 멀뚱히 쳐다보는 것으로 비무의 마지막을 대신했다. 어떤 수인사도 무슨 말도 없이 그냥 서로를 멀거니 바라만 보고 있었다. 관전하는 누구도 끼어들기 어려울 만큼 둘을 둘러싼 공기의 파동이 묘했고 또한 독특하여 과연 이들이 방금 전까지 그런 공수를 나누었다는 게 믿어지지 않았다.

하운의 시선은 잔잔한 가운데 경악을 감추고 있었고 그래서 심연에 감춰진 눈빛은 누구라도 읽어내지 못했다. 잠시의 정적은 칼을 한 번 보고 장추삼의 몸 상태를 확인한 후에 그가 날린 짧은 한마디로 깨졌다.

"아홉 번……."

모두가 어? 하는 표정으로 하운의 말을 새겼다. 자다가 봉창을 두드려도 유분수지 웬 아홉 번인가? 그렇다고 무슨 말이냐고 질문하기도 뭐해서 그저 뒷말만 기다리는 수밖에 없었다.

"도대체 말이 안 되는군, 아홉 번이라니."

쓰게 웃으며 고개를 절레절레 흔드는 하운이기에 모두의 궁금증이 증폭되었다.

"그걸 다 센 거야? 눈도 좋아, 정말."

장추삼의 대답. 여전히 아리송한 건 마찬가지라 안 듣느니만 못했다.

"눈이 좋은 게 아니라 감각적으로 느낀 거요. 대전 상대의 움직임도 인지하지 못하는 검수가 어디 있겠소?"

'많아, 임마' 하고 싶었지만 꾹 눌러 참은 박웅의 눈이 갑자기 동그래졌다. 그리고 다른 이들도 연쇄적으로 침음성을 입에서 흘렸다. 장추삼이 뿌옇게 변한 건 안개 때문이 아니라 그의 신형이 너무 빨리 움직여서 잔상이 남아 발생했다는 건 알았지만 이들의 대화 내용을 보면 그 수가 무려 아홉이었다는 거다. 말이 쉬워 아홉 번 신형을 움직이는 거지 잔상이 남았다 함은 그 위치를 점하는 여하한의 동작을 취했음을 의미하고 그렇게 아홉 번의 위치 이동이 순식간에 이루어진다는 건 말이 안 된다. 그리고 그들은 말이 안 되는 변화를 보지 않았는가.

"그럼 어쩌란 말이야? 피도 눈물도 없이 베겠다고 들이닥치는데 얌전히 목 내밀고 기다릴 수는 없잖아? 하 형이 내게 그리 감정을 품고 있었는 줄은 예전에 미처 몰랐는데 오늘 보니까 사람 하나 잡자고 두 세 번을 베더구만. 잔인해, 아주아주 잔인해."

"맞소, 잔인하지. 그래서 이 검식은 더 슬픈지도 모르오."

언제나 그러하듯 월광살무를 펼쳐 내고 달을 바라보는 하운의 눈매가 왠지 낯설지 않았다. 어디서 보았더라 하고 갸웃거리던 장추삼은 별로 기억하고 싶지 않은 얼굴이 떠올라 인상을 구겼다.

'맞다! 그 빌어먹을 노친네가 습관적으로 짓던 표정하고 똑같아. 어쩜 저리 빼다 박은 것처럼 닮은 거지?

그것은 아련한 슬픔.

이제는 존재하지 않는 어떤 과거에의 기억을 형상화하여 감정의 저편으로 떠나는 짧은 여행. 닿을 수 없기에, 잡을 수 없기에 더욱더 안타까운 손짓으로 불러보아도 메아리조차 없는 공허.

장추삼의 표정도 미묘한 곡선으로 하운의 검을 바라보았다. 월광을 반사하는 검극은 슬프도록 아름다웠지만 그곳에 어떤 추억이 간직되어 있는지는 알 도리가 없다. 단지 하운만이 느끼고 반추할 뿐.

그들의 생각이 각자의 길로 하염없이 달려가고 있을 때 봄 햇살에 녹아내리는 시냇물처럼 굳어 있던 관전자 일행들이 움직이기 시작했다. 말로 표현하지 못하고 있지만 이들이 얼마나 놀라 있는지는 서로의 얼굴에 그대로 새겨져 있었기에 무공이 가장 떨어져서 둘의 비무에 관한 설명을 기다리던 단리혜가 저도 모르게 웃음 지었다.

"저놈 진짜 괴물일세. 이거 봐, 장추삼이! 너는 네가 한 행동이 어떤 의미인지 알고나 있냐? 소림사에서 봤으면 세 번은 기절했을 거란 말이다. 어이가 없어서 내가 말이 다 안 나온다."

"소림사?"

장추삼이 툴툴거렸다. 뜬금없이 여기서 소림사가 왜 나오는가! 소림사라면 문전 박대를 당해도 제대로 당한 곳이고 사부를 만났던 곳도 소림사에 감자바위를 먹이고 분이 안 풀려 씩씩대던 때였다. 한마디로 그와 소림사는 썩 괜찮은 관계가 아니란 말이다. 사실 말이야 바른말이지 소림사 썩은 건 거지들도 다 안다. 한때야 무림의 정신적 지주이자 살아 있는 부처와도 같은 고승들을 배출했다지만 지금의 소림사는 돈만 밝히고 자리 보전에 급급한 땡중들이 장악한 지 오래다.

"소림사에서 날보고 왜 놀래? 땡중 집합소에 발 한 번 디딘 적 없구만."

"누가 뭐래냐? 내 말은 니가 보인 보법이 소림사의 연대구품과 너무 흡사해서 한 말이야. 들어는 봤겠지? 아무리 무식해도 연대구품 정도는 귀동냥을 했을 테고 넌 본 적은 없겠지만… 이런, 나도 본 적은 없구먼. 하여튼 들은 풍월을 종합해 보면 네 녀석이 펼친 보법과 변화와 속도가 아주 비슷한 게야."

"내가 한 몸 동작이 땡중들의 그것과 비슷했다구?!"

펄쩍 뛰는 장추삼이 어이가 없어서 모두가 그를 외면했다.

연대구품.

아무렇게나 언급된 이 보법을 겸한 공격식은 사실 달마삼검과 함께 이제는 전설이 되어버린 소림의 두 가지 극상승 절학이다. 왜 전설이 되었는가 하면 이 두 가지 무공 역시 화산의 암향부동화검과 무당의 무극시생태극변, 그리고 점창의 후예사일처럼 실전된 거나 다름없이 지난 몇백 년 간 펼쳐진 예가 없다는 말이다.

한 번 몸을 움직이면 동시에 아홉 가지의 변화를 보인다는 이론상으로나 가능할 것 같은 절대의 공격식.

　'세상에, 땡중의 움직임이라고? 소림 출신의 승려들이 들었다간 입에서 게거품을 세 번은 물 일이군.'
　남궁선유가 장추삼에게서 눈을 거두어 하운을 바라보았다. 장추삼이야 원체 사람을 잘 놀래키는지라 충격이 덜했지만 도인 비슷한 청년까지 그의 턱을 빠지게 할 줄 누가 알았겠나. 분명 저 청년은 월광살무라 불리운 괴검초의 제일식만 알고 있었다. 그럼 아까의 변화는 어떻게 설명해야 할까? 심심해서 해본 칼질이라고 하기엔 그 변화와 연결이 너무 매끄럽지 않은가?

◇ 제43장
신(信)

신(信)

"얘기를 좀 정리해 보도록 하지요."

북궁단야가 조용히 모두의 동요를 잘라냈다. 그는 칼뿐 아니라 말역시 시의 적절하게 구사하여 무리의 혼란을 잘라내고 깨끗이 정리해낸다. 지금의 어수선함도 북궁단야의 한마디에 거짓말처럼 정리가 되어 모두가 일련의 사건을 수습할 여유를 가지게 되었다.

"이럴 게 아니군. 모두 앉아서 천천히 사건을 정리해 보도록 하지. 서서 있자니 왠지 산만한 느낌을 받는구나."

남궁선유가 북궁단야의 말에 동의하여 일행을 환기시켰다. 누구나 그러하겠지만 대화란 게 모름지기 편한 상태에서 나누어야 술술 풀리는 법이다. 정신적인 안정에 자리가 얼마나 큰 몫을 차지하는지는 길게 설명하지 않아도 잘 알 것이다. 뭐, 그렇다고 너무 편안함을 추구했다간 얼마 후에 대화가 끊기고 코 고는 소리가 진동하겠지만 말이다.

"그래그래, 요즘 들어 영 다리가 안 좋은 것이 한 해가 다른 걸 느낀다. 젊은 너희야 모르겠지만 노인네들은 영 피곤하다구. 난 앉아야겠어."

털썩 주저앉으며 에구 다리야를 연발하는 박옹을 따라 하나둘 모여 앉은 이들은 첫마디를 꺼낼 엄두를 못 내는 듯 서로를 멀뚱멀뚱 쳐다보며 다른 이에게 무언의 압력을 가했다. 평소엔 잘도 주절거리던 장추삼이건만 분위기가 분위기인지라 괜히 술 한 잔을 따라놓고 딴전을 부리고 있었고 하운 역시 방금 전의 감흥에서 완전히 회복되지 않는 듯 멀거니 달을 올려보았다.

"이래서야 얘기가 안 되겠군요. 그럼 우선 제가 질문을 던지겠습니다. 하 형?"

"말씀하시오."

눈조차 돌리지 않고 하운이 대답했다. 그에게 지금의 상황은 무언가 비현실적인 느낌이라 아직까지 정신적으로 정립되지 않았기에 말조차 시큰둥했을지 몰랐다.

"이런 질문이 어떻게 들릴지 모르나 모두의 의문을 풀기 위해 감히 묻겠소. 하 형을 비롯한 우리 모두는 월광살무라 명명한 괴검초의 한 가지 초식밖에 알지 못했소. 그리고 하 형은 그 초식을 충실히 재현해 내었던 것이고. 여기까지는 누구나 예상했었고 예견된 수순이었소. 그런데 말이오."

북궁단야가 말을 한 번 끊고 주위를 둘러보았다. 모두의 동의를 구하는 눈빛이었고 그 대답은 가슴으로 전달되었기에 고개를 끄덕이며 그가 말을 이었다.

"하 형은 우리 중 누구도 예상하지 못했고, 알 수도 없는 두 번째 변화를 시작하였소. 그건 정말로 충격이었지. 나름대로 검의 길을 묻는 무인으로서 부러울 정도로 완벽한 검초였거든. 문제는 그 검초의 색깔이었소. 마치 제2초식을 알고 있는, 아니, 분명히 알고 있던 두 번째 변화를 구현해 내었다고밖에 볼 수 없었단 말이오. 나만의 착각이었을 것 같소? 아마도 아닐 것이오. 여기 검의 길을 우리 나이의 두 배가 넘게 걸어오신 두 분 노선배님들이 계시고 두 분의 생각도 아마 일치하지 않을까 하는데……."

"음, 나도 동의한다."

박옹이 거들고 나섰다. 아까부터 끼고 싶어서 좀이 쑤셨지만 별달리 기회가 없었는데 북궁단야가 그들을 거론하자 냉큼 대화에 입장한 것이다. 그는 지금 궁금한 게 너무나 많았고 하고 싶은 말이 넘쳐흘렀기에 어디서부터 풀어가야 할지 몰랐다.

"에구야~ 어디서부터 얘기해야 제대로 말 잘했다는 소리를 듣나… 그래, 우선 너에게 들어야겠다. 도대체 어떻게 된 거냐? 종이에 그려진 초식은 그게 아니었잖아. 그렇다고 알고 있었는데 이제야 밝힌 것 같지는 않고. 또 그렇다고 몰랐다고 하기엔 너무 매끄러웠다. 이걸 어떻게……."

"누구라도 펼쳤을 겁니다."

박옹의 말을 끊듯 툭 던진 하운의 말은 분명 의외였다. 누구라도 펼쳤다니?

"이놈아, 그게 말이나 되는 소리냐! 그래도 중원에서 검으로 행세깨나 한다는 나도 종이에 그려져 있는 칼춤의 반에 반도 이해가……."

"제 말은……."

또 한 번 말이 잘리자 얼굴이 울그락불그락해지는 박옹이었지만 하운은 괘념치 않았다. 무슨 말을 하고 싶은지 뻔히 알고 있었고 심정도 이해가 가기 때문이다. 그리고 이해를 못하는 것도 말이다.

"월광살무를 마음으로 이해한 누군가라면이란 단서가 붙겠지요."

"음……."

누가 뭐랄 것 없이 깊은 침음성이 흘러나왔다. 언뜻 이해하기 어려운 것 같지만 묘하게 납득이 가는 말이다. 무학에 어느 정도 길을 연 사람들답게 하운의 아리송한 말이 어떤 감으로 다가왔다.

"단리 소저."

하운이 단리혜를 부르자 고개를 숙이고 있던 그녀가 화들짝 놀라 고개를 들었다. 그가 자신을 부를 줄은 예상치 못했었으니까.

"전에 저더러 단리 노선배께서 제2초식에 돌아가셨다고 했지요? 그건 단리가에서 잘못 판단한 듯합니다."

"예에?"

그게 무슨 말인가. 조부는 분명 월광살무의 일합은 견디어냈다고 했다. 그녀가 직접 본 것은 아닐지라도 단리가에 내려오는 월광살무의 초식으로 볼 때 그 말은 분명 사실일 것이고 단리가에서 거짓말을 할 리가 없다. 그런데 그의 말은 묘한 느낌을 주었다. 판단을 잘못했다… 거짓말이나 착각 등과는 분명 다른 의미를 담고 있을 것이다.

"언뜻 이해하지 못하실 것이오. 그럼 모든 분들을 위해 제 생각을 단도직입적으로 말씀드리지요. 결론적으로 월광살무란 초식은 애초에 제2, 제3의 초식 따윈 없다는 겁니다. 무슨 말인지 아시겠습니까? 월광살무는 그 자체만으로도 가장 완벽한 초식이기에 뒤를 받쳐 주는 변화를 필요로 하지 않습니다. 아니, 더 정확히 말해 그 변화가 처음의 열아홉 장에 모조리 녹아 있다고 할까요? 한마디로……."

하운은 모두에게서 시선을 돌려 다시 한 번 달을 바라보았다. 시리도록 아름다운 달은 백 년 전에도 거기 있었을 것이고 지금 이 순간에도 여기에 있지만 사람은 바뀌었다.

"이 초식은 무형질입니다. 종이에 적힌 모양새는 말 그대로 그저 모양일 뿐 그 이상도 그 이하도 아니라는 거지요."

쿠쿵!

무형질의 검식!

그야말로 심검의 초입을 일컬음이 아닌가?

통상적으로 심검이라 함은 검을 잊고 나를 잊고… 이런 쓸데없는 낭설만으로 대변되는 신의 영역이다. 한 번이라도 시전된 적이 있어야 그것을 구체화시키든지 말든지 할 거 아닌가. 물론 소림의 달마삼검이나 무당의 태극혜검의 절초라는 무극시생태극변, 그리고 창궁우전검의 최후 초식인 창궁천추 등이 흔히 말하는 심검의 단계라고들 한다. 그러나 현실적으로 심검을 구경이라도 한번 하는 게 무인들의 꿈이라고들 하니 그 심오한 경지를 말로 해서 무엇 하랴. 그저 막연한 무림인들의 이상향.

여기 모두가 꿈꾸는 이상향을 슬픈 어조로 뇌까리는 청년검수가 하나 있고 열아홉 장의 빛 바랜 종이가 나부낀다. 종이 위에서 살기 어린 검을 놀리는 사내는 눈이 그려져 있지 않다. 그리지 않은 것인가. 아니, 어쩌면 그리지 못한 것일지도. 마음의 창이라는 눈이기에 그곳을 차지하는 내음을 감히 건드릴 엄두조차 내지 못한 것인지도.

그렇게 시간은 갔고 종이 위의 검수는 청년검수의 검끝에서 살아나 그의 마음속까지 보여주고 있는지도 모른다. 그의 삶과 행적을 당장 읽어내지는 못하겠지만, 완전한 이해도 어렵겠지만 어떤 느낌만은 전달할 수 있었는지도. 그것만으로도 만족하고 있는지도.

　말은 쉬웠지만 그 속의 의미가 너무 충격적이었기에 모두가 입을 닫았다. 그의 얘기인즉슨 백 년 전의 암살자는 실수 같은 게 아니란 말이다. 고도로 단련된, 무의 궁극을 바라보는 완성으로 치닫는 절정의 무인이었다는 얘기다. 그럼 그런 인물이 뭐가 아쉬워서 도둑처럼 야밤을 틈타 사람을 죽였다는 건가. 일인자를 꿈꿔서? 그건 아니다. 백 년 전부터 현재에 이르기까지 천하제일인은 나오지 않았다. 세간에서 절대오존 중 적미천존을 제일인의 위치에 올려놓고 입방아를 찧지만 절대적인 느낌 면에서 몇백 년 전의 인물들과는 많은 차이가 있다. 영향력에서 말이다. 그리고 제일인을 꿈꾸며 살업을 자행했다면 백 년 전에 그, 아니, 그들일 수 있는 자들이 왜 등장하지 않았단 말인가.

　남궁선유가 까닭 모를 한숨을 토해내었다.

　'심검이라… 허허허허, 그토록 원했건만 완강히 뒷등만 보이던 너였거늘 저 청년에게는 그리 쉽게 손을 내밀었더란 말이냐. 원망스럽구나, 참으로 원망스러워.'

　북궁단야의 눈빛은 심유하게 빛나기에 무슨 생각을 하는지 알기 어려웠다. 다만 한 가지, 남궁선유처럼 낙담하거나 하는 건 아니었다.

　"그걸 너도 이해했으니 심검을 펼쳤다는 거 아니냐. 그렇다면 너의 정체가 심히 의심이 간다. 아까의 얘기대로라 단 한 번 본 그림만으로 불가사의에 가까운 괴초식을 펼쳐 내었고 이제 그 속에 담긴 의미까지 짚어내고 있다. 네가 아무리 하늘이 내린 기재라고 한다고 해도 기본적인 밑바탕이 없으면 어림 반 푼어치도 없는 노릇. 충실한 기본기와 유능한 가르침이 깔려 있을 것이야. 너는 어디서 왔으며 목적은 무엇이냐?"

"사문을 밝힐 수는 없습니다. 만약 제가 못 미더우시다면 일행에서 빠지겠습니다."

하운이 자리에서 일어서려고 했다.

"내참, 웃기네. 이보쇼, 노인. 노인이 뭔데 하 형더러 이래라저래라 요? 굴러 온 돌이 박힌 돌 빼도 유분수지, 정 의심스러우면 노인이나 빠지슈. 하 형이 왜 일어나요? 앉아요, 앉아!"

"이놈이!"

"내가 뭐 말 잘못한 거 있소? 늙으면 자고로 의심만 많아진다더니, 그런 식으로 말한다면 북궁 형도 자기 얘기는 하나도 안 하니 마땅히 의심받아야 할 거 아냐? 오호라~ 그럼 우리 셋 중에서 의심받지 않을 사람은 나 같은 놈밖에 없단 말이네? 안 그렇소?"

둘 사이에 또다시 뜨거운 공기가 감돌았다. 그런데 박옹이 봐도 도인 냄새가 풀풀 나는 청년에게서 어떤 악한 마음 같은 걸 엿보지는 못했다. 그저 이렇게나마 말하면 어떤 단서라도 얻지 않을까 생각했던 건데 저 심통 녀석이 느닷없이 끼어든 거다. 하운에게 미안하기도 하고 장추삼의 말에 마땅히 대꾸도 못하고 그저 쥐 잡듯 노려보는 게 전부였다.

"이제 그만들 좀 하시게. 갈 길이 멀구만 일행끼리 이러면 어쩌겠는 가? 그리고 박옹, 아직 할 말이 남아 있지 않은가?"

"뭘 할 말?"

퉁명스럽게 반문하고는 남궁선유가 뭘 원하는지 안 박옹이 장추삼 을 한 번 더 꼬나보고 헛기침을 했다. 어쩌니저쩌니 해도 비무를 청한 건 박옹 자신이었고 그 결과 어떤 실마리 비슷한 걸 얻은 것도 사실이다. 그냥 놀라서 입만 벌리고 있었던 건 아니다. 심통스러운 놈을 보자니 얘기할 맛이 싹 달아나지만 어쩌겠는가. 그래도 무림명숙이라는 작자가 한 말은 책임을 져야지.

"뭐… 내가 어떤 대단한 결론을 도출해 낸 건 아니란 걸 우선 말해 두겠어. 그러니 너무들 기대하지는 말길 바란다."

걱정 마요, 기대 같은 거 안… 까지 나온 장추삼의 주둥이는 북궁단야가 한번 꼬나보자 잦아들었고 억지로 마음을 다잡은 박옹이 천천히, 그러나 또렷한 어조로 말을 했다. 눈을 감고 말을 하는 모습을 보니 아까의 비무를 머리 속에서 다시 한 번 되새기며 그때의 감상을 옮기는 게 역력했다.

"그 괴초식은 역시 놀라웠다. 방위든 속도든 기본적인 검초의 틀을 완전히 탈피했고 거기다 한 치의 허튼 동작도 배재되어 있는 그야말로 실전 검학이었어. 나보고 펼치라면 자신없지만 분명 뛰어난 검식이었지. 이걸 두고 보면서 묘한 느낌을 받았었어. 그게 구체화가 안 되어 둘이 싸워보라고 한 것이고. 사실 첫째 변화를 마칠 때까지도 그 생각은 정리되지 않았던 게 사실이야. 그런데 저 녀석의 검이 한 차례 더 변화를 보이며 허공을 가르자 문득 어떤 단어가 떠오르더군. 긴가민가 했지만 일단은 지켜보았지. 미꾸라지 같은 눈꼬리 사나운 녀석의 발놀림에 잠시 정신을 뺏겼던 것도 단상을 정리하는 데 방해가 되었었고. 그런데 아까 했던 말을 들으며 내 생각에 어느 정도 힘을 실어주게 되었어."

"무형질이라는 말… 그것 말씀입니까?"

그렇지 하며 고개를 끄덕이고 눈을 뜬 박옹이 하운을 똑바로 쳐다보았다.

"너는 이 초식이 무형질이라고 했다. 매우 적절한 표현이지만 그 속에 담긴 의미도 훑어낼 수 있겠느냐? 단 한 마디로 말이다."

"속에 담긴 의미를 한마디의 언어로 말씀입니까?"

반문하고 눈을 위로 치뜬 하운이 고개를 갸웃거리다가 웃었다. 마음을 이해하고 검으로 풀어내는 건 가능하겠지만 그 속에 담긴 의미를 한마디로 요약하는 건 아직 무리였다. 그래서 경험이란 걸 무시하기 어려운 거다.

"그래, 어쩌면 네 나이에 그걸 알길 바란 건 무리일 수도 있겠구나. 그럼 내가 말하겠다. 월광 머시기라는 괴초식은 무형질이란 말마따나 무형의 초식이고 그걸 만든 이는 최소한 두 개 이상의 무학을 섞었을 것이다. 그것도 강호를 떨쳐 울리는 것으로 말이다. 그러면서도 본래의 내음을 완전히 제거해 내고 그 안에다 또 다른 감상을 심어놓았으니 정말 엄청나다는 말밖에 나오지 않는다. 한마디로 월광 머시기는 창조된 무학이라 보기 어렵다. 물론 달마 이래로 창조된 무학이 없다고 한다면 할 말이 없겠지만 그건 궤변이고. 노부가 지금 무얼 말하고자 하는지 알겠느냐?"

하운과 북궁단야의 눈이 허공에서 얽혔다. 이 정도로 단서를 주었는데 어쩐지 쉽게 말이 나오지 않음은 지나칠 정도로 완벽하여 두 청년을 사로잡았던 월광살무에의 경외감이 큰 몫을 차지하기 때문일 것이다. 한마디 단어로 깎아내리긴 너무 아깝고도 훌륭하지 않은가? 특히나 무에 미쳐 본 두 청년이다. 풀벌레들만 무성하게 울어 그들의 심정을 대변하는 것 같았다. 그들을 바라보던 박옹의 심정도 착잡하긴 마찬가지였지만 할 말이기에 해줘야 한다. 지금 무학 토론하자고 모여 앉은 건 아니지 않는가. 그런데 대답은 엉뚱한 곳에서 터져 나왔다.

"뭐야? 그럼 짜깁기란 말이잖아? 그렇게 무시무시한 무학이 고작 해서 짜깁기란 말야? 정말 김새네."

투덜거리는 장추삼의 한마디 한마디가 아프게 이들을 후벼 팠다.

짜깁기… 여기저기서 필요한 걸 가져와서 짜맞추었다는 얘기가 아닌가?

"쉽게 말하자면 그렇지. 흠, 맞는 말이다. 짜깁기라… 아주 정확한 비유였어."

웬일로 자기를 다 칭찬하나 하는 얼굴로 박옹을 바라보던 장추삼이 곧 안색을 굳혔다. 그도 영 바보는 아니다. 일행이 상대해야 할 적들 중에 이런 짜깁기가 가능한 인물이 있다면—백 년 전의 인물이 살아 있다고 보기 어렵지만—그건 무서운 일이다. 하운의 검식도 마지막에 그의 눈을 보지 않았다면 피하기 어려웠을지도 모른다.

"가만? 그렇게 실력있는 인간이 뭐 하러 무공을 짜깁기한 거지? 뭐, 무인들은 실력을 키우기 위해 여러 가지 실험도 하고 그런다지만 지금 말하는 분위기로 보아서 그런 건 아닌 것 같고. 음… 설마……?"

장추삼의 눈이 오랜만에 번쩍 빛났다. 무언가 추리해 냈을 때의 번쩍임. 턱까지 오른손으로 쓰다듬으며 고개를 끄덕이는 행동이 영락없는 판관이다. 박옹이 뒷말을 재촉하자 검지손가락을 휘휘 저으며 말을 막길 몇 차례, 긴 한숨과 함께 그의 입이 열렸다. 이렇게 진지해 보긴 처음일지도 모른다. 빌어먹을 동굴 생활을 제외한다면 말이다.

"잘 봐요. 나 같은 경우도 윗동네 머시기랑 싸움이 붙으면 깨끗이 처리하겠지만 놈들의 뒤통수를 쳐야 할 때는 절대로 얼굴을 안 보일 뿐 아니라 그 녀석 얼굴은 손도 안 댄다구. 왜냐구? 나더러 칠공토혈이라고 다들 부르거든. 뭐, 크게 틀린 말은 아니지만 그렇다고 내가 면상만 패는 건 아닌데 그리 소문이 났더군. 그래서 기습해서 흔적 남기지 않고 치고 빠질 때는 절대로 얼굴을 치지 않는 거라구. 그러면 대부분의 바보들은 서로 의심하고 싸우다가 자멸해 버리지. 그걸 유식한 말로 일컬어 고정관념이 때론 독보다도 무섭다라고 표현하는 거지."

"그렇다면……."

남궁선유가 낮게 으르렁거렸다.

"그 말대로라면 무림에 잘 알려진 그, 혹은 그 단체가 자신의 독문무공을 알리지 않기 위해 그런 수고를 했다는 말인가? 그게 말이 될 것 같아? 본 대로 월광살무라는 초식은 짜깁기를 했더라도 엄청난 노력과 시간이 필요했었을 게야. 백 년 전의 혈사 이후에 크게 득 본 개인이나 세력도 없었고. 아무런 대가도 없이 평생을 바쳐서 그런 작업을 한다는 건 말이 안 된다고 보네."

다시 한 번 장추삼의 검지손가락이 허공에서 춤을 췄다. 이번엔 표정도 가관이었는데 그 얼굴을 보노라니 남궁선유는 아주 불쌍한 사람처럼 전락하는 듯하여 화가 나려 했지만 일단은 참았다. 물론 쓸데없는 말 하면 바로 혼을 내겠지만.

"방금 전에 말한 걸 또 까먹네. 다시 말해 줘요? 고정관념은 독보다도 무섭다고 했잖아요. 왜 그걸 일대(一代)라고 단정 짓는 거예요? 무학에 잼뱅이인 내가 봐도 월광 머시기는 정말 끔찍했거든. 무서우리만큼 오랫동안 준비된 초식이라고도 할 수 있잖아요."

그 뒤에 그가 윗동네 쓰레기 깡패 조직 둘을 혼자서 와해시키기 위해 며칠을 고뇌했느니 하는 말이 길게 이어졌지만 신경 쓰는 이는 아무도 없었다. 위의 말을 사마검군과 토론 중에 적괴가 했었다는 것은 물론 꿈에도 몰랐다.

그들은 비천무서에 관해 논했었다. 두 이야기의 공통점은 매우 뛰어난 무학이라는 것이고 차이라면 하나는 만들어내는 것이고 하나는 파훼한다는 거였다.

"일대라 단정 짓지 말라… 분명 흥미로운 말이네. 그렇다면 무엇 때문에 그, 혹은 그들이 이런 노력을 기울인 걸까?"

"아니, 내가 무슨 점쟁이인 줄 알아요? 그걸 어찌 알겠소! 그냥 말이 그렇다는 건데 뭘 그리 꼬치꼬치 캐물어요! 에잇, 이제 말 안 해!"

별로 기대도 안 한 물음이기에 남궁선유가 장추삼을 일별하고 스스로의 생각에 빠져들었지만 아무런 생각도 나지 않았다. 하운도 북궁단야도, 그리고 박웅 역시 머리를 굴려보았지만 부싯돌 부딪치듯 틱틱 소리만 날 뿐 어떠한 해답이 돌아와 주지 않았다.

"또 다른 가정이 있을 수 있지."

북궁단야가 차갑게 말을 꺼냈다. 어떤 해답을 찾은 건 아니지만 가정만큼은 머리 속에서 빙빙 맴돌았다.

"무공의 속성을 바꾸기 위해서 택한 고육지책. 예를 들면 유(柔)하고 정(正)한 초식을 강하고 피 내음 물씬 풍기는 살초로 전환하기 위한 경우 같은 거죠. 각 초식은 그 특성과 사상이 함유된 경우가 많고 그것을 일거에 바꾸는 건 무척이나 어렵다는 걸 잘 아실 겁니다. 그래서 여러 가지의 초식 중 그 부분부분을 모아 차원 높고도 살기 어린 또 하나의 초식으로 재편집한 게 아닌가 하는 가정도 나올 법하다고 봅니다. 억측이 대부분이긴 하지만 여러 가지 경우의 수를 놓고 본다면 이것 또한 가능한 것이 강호상에 이처럼 살기 짙고 이처럼 유연한 초식은 없었기에, 그리고 이런 초식이 짜깁기라면 제 가정도 일리가 있을 수 있겠지요. 월광살무는 분명 피를 갈구하는 초식이니까요."

그것 또한 나름대로 일리있는 말이라 모두가 고개를 끄덕였다. 장추삼의 가정과 북궁단야의 그것은 전혀 다른 듯해도 같은 궤를 그리고 있는지도 모른다. 말이 무성해지면 잡념만 많아지는 법. 해결된 것이 하나도 없으면서 가정만 늘어놓는다면 쏟아지는 의구심의 홍수에 빠져 숨조차도 쉬기 어려울 것이다.

문제는 정리가 안 된다는 거다. 어떻게든 해결해 보려 해도 마땅한 결론이 도출되지 않을 답없는 가정의 예정된 흐름이기에 알아차렸을 때 발을 빼는 편이 낫다. 그게 정신 건강은 물론 앞으로 전개될 사건의 맥을 짚는 데도 유리하다.

"밤도 으슥하고 했으니 이만 객방으로 가세들."

"어? 벌써?"

"뭐 더 할 말이 남았는가? 그럼 마저 해보시게."

멍석 깔아놓으면 못하는 게 사람 심리다. 무언가 미진한 것 같은데 막상 하라니까 괜스레 머리만 벅벅 긁던 박옹이 아쉬운 얼굴로 자리에서 일어나자 모두들 기지개를 한번 켠다든지 하는 동작으로 긴 대화의 종지부를 알렸다.

미진하고 또 미진한 토론이었지만 어쨌든 한 걸음 더 다가선 것이었고 그렇게 접근하다 보면 언젠가 중심부에 이르를지도 모른다. 한 걸음에 몇십 계단을 오르지는 못할 테니까.

아쉬움을 접어두고 산을 내려가며 괜히 박옹이 장추삼의 옆으로 왔다. 입이 좀 걸기는 해도 이런 놈이야말로 사내가 아니던가. 무림의 추악한 이면에 단단히 질려 있던 박옹이기에 장추삼처럼 가식없는 존재가 그리웠을 것이다. 싸우자고 달려들지는 몰라도 최소한 뒤통수를 치겠다고 숨어 있을 놈은 아니기에 왠지 모를 정이 간다.

"뭐예요? 더우니까 떨어져서 걸으쇼, 예?"

"임마, 어른이 옆으로 오면 황송해해야지 덥다니! 그래서는 나중에 이쁜 색시 못 얻는다. 노인을 공경하지 않는 놈치고 참한 소저 만나는 경우를 본 적이 없단 말이다."

"이제 보니 점쟁이는 노인 몫이었군. 그 구변에 점까지 본다면 얼마 안 가서 거부가 될 터이니 이 참에 은퇴하고 시전(市廛)에 자리를 까시오. 내가 좋은 목은 봐주겠소."

"그런 재미없는 노년을 보내느니 차라리 굶어 죽겠다. 그나저나……."

박웅의 눈이 그윽하게 젖어서 장추삼을 응시했기에 무언가 어색해진 그가 고개를 돌렸다. 저런 눈빛은 왠지 낯설다. 이효나 장유열이 보이는 거야 가족이니까 그러려니 하겠지만 이런 자리에서, 그것도 만난 지 하루도 지나지 않은 사람에게서 받으니 무언가 마주 대하기 어려워진다. 아주 오래전, 어디선가 본 적이 있는 것도 같은데.

"아까의 보법은 최고였다. 월광 머시기도 훌륭했지만 네 녀석의 그것처럼 감동을 주는 건 아니었어. 이 나이의 늙은이가 초식, 그것도 보법을 보며 행복해질 줄이야 누가 알았겠냐?"

"여, 역시 노인은 이상한 사람임에 틀림이 없소. 감동은 얼어죽을 무슨 감동."

얼렁뚱땅 대꾸하고 급하게 산을 내려가는 장추삼의 뒷등을 말없이 바라보는 노강호의 얼굴에 어떤 감정이 묻어났지만 아무도 주의 깊게 보지 않았다.

제각기 서로의 생각을 정리하느라 바빴고 우거진 나무들은 달빛을 차단하고 있었으니까.

'이제 우리 시대는 끝났는지도. 남궁의 말대로 이번 일만 정리하면

금분세수를 해야겠어. 저런 팔팔한 놈들이 날뛰는데 나 같은 늙은이가 기를 펼 수 있나.'

*　　*　　*

이렇게 얘기가 꼬일 줄은 몰랐다. 그저 사문의 밀명이었고―장추삼의 옆에 있으라니, 그것도 밀명 축에나 끼겠는가―용서받지 못할 어떤 방파에의 조사 차원에서 오른 강호행이었는데 사건은 여기저기서 얽히고설킨 나머지 처음조차도 구분이 안 갈 정도였다. 애초에 처음이란 게 있나 싶으니까 긴 말이 필요없으리라.

그리고 월광살무.

생소해야 할 이 괴검초는 맞춘 듯 그의 손에서 펼쳐지고 거두어진다. 도대체 왜? 어떤 이유에서 이런 일이 벌어지는가?

'모를 일이야. 하나도 모르겠어. 오직 알 수 있는 건 그 초식이 나를 부르는 것 같다는 느낌뿐.'

하운은 여전히 달을 바라보고 있었다. 모두들 피곤한 여정에 정신없이 코를 골며 단잠에 빠져 있을 새벽이지만 그만이 홀로 깨어 밤을 벗삼아 상념의 실타래를 풀어보려고 머리를 싸매고 있었다. 한 시진 남짓을 고민했지만 산에서 내려올 때보다 의문은 더 깊어져만 갔기에 차라리 잠을 청하는 게 나았을 거라 생각도 했다.

언제나 그렇지만 후회처럼 부질없는 두뇌의 소모도 없다. 그러나 인간인 이상 후회는 필수처럼 찾아오고 안 할 거라 마음을 먹어도 그건 부질없는 소리다. 한숨 자둔다면 불과 두어 시진 후의 햇살 아래서 편안해질지도 모르겠지만 말해 봐야 공염불이다.

속절없이 시간은 흐르고 여름 벌레들도 밤새 울다 지쳐 목이 쉰 것처럼 소리가 잦아들 무렵 그의 등 뒤에서 인기척이 들려왔다. 발소리만 들어도 누군지 알 수 있기에 답답한 마음을 애써 거두고 하운이 빙글 돌아서며 웃음으로 새벽의 동지를 맞이했다.

"하하, 장 형은 어인 일로 잠 못 이루고 이런 야심한 시각에 서성이는 게요? 아주 흉악한 악몽이라도 꾼 사람마냥 안색이 납덩어리처럼 굳어 있으니 말이오."

'윽!'

장추삼은 또 한 번 놀라야 했다. 농담으로 그가 말한 게 사실 맞았기 때문이다.

이름 모를 꽃밭에서 우건을 만난 것까진 좋았는데 무슨 이유에선지 사소한 다툼을 하였고 그녀가 고개를 숙이고 울길래 달래준답시고 살짝 어깨를 안았더니 긴 머리를 쳐든 얼굴이 변해 있었다.

북궁단야로 말이다!

지상 최악의 악몽 덕에 가쁜 숨까지 몰아쉬고 이마를 훔쳐 보니 식은땀이 흥건하고 머리가 다 어질어질하였다. 그리고 옆을 보니 바로 그 얼굴이 신나게 잠을 자고 있지 않은가. 이 상태에서 누워봐야 밤새도록 악몽을 동반한 가위 눌림에 시달릴 게 뻔했기에 피곤하지만 눈물을 머금고 자리에서 일어난 것이다. 북궁단야의 옆을 지나칠 때 한번 걷어차 주고 싶었지만 뒷감당을 할 자신이 없어서 조용히 꼬리를 말고 객잔 내의 연못가로 나섰는데 선객이 있었기에 내심 반가워서 살금살금 접근했건만 어떻게 알아차리고 먼저 인사를 건넨 하운이었다.

'어쨌든 재미없어, 이 사람은 말야.'

입맛을 쩝쩝 다시다가 연못가에 널려 있는 커다란 바위 하나에 대충 앉아서 멀거니 물고기 떼를 바라보는 장추삼은 바람이 찬지, 바위에 이슬이 얼마나 내렸는지 모를 정도로 비몽사몽이었다. 말이야 바른말이지 그들의 하남행은 강행군이라 불리워도 손색이 없었고 여행에 익숙하지 않는 장추삼은 아주 죽을 맛이었다.

"잠이 안 오시오? 아니면 물고기랑 긴히 할 말이라도 있었던 거요? 나는 장 형이 어류와도 통한다는 걸 오늘에야 알게 되었다오. 하하핫."

'아, 재미없어.'

농담이라고 한 거 같은데 안 웃기다. 이 사람은 우스개조차도 무언가 맥이 빠진다. 그리고 웃기기보다 그 말에 어떤 의미가 담겨 있지 않은지 하여 괜히 한번 더 머리를 굴리게 된다. 그래도 말을 하며 부담이 없는 건 그의 선한 마음이 알게 모르게 우리나와 모든 이들을 촉촉이 적셔주기 때문이리라. 바로 이런 사람이 앞에서 한잔도 안 마시면서 술자리를 함께할 수 있는 벗일 거라고 장추삼은 생각했다. 그러기에 재미가 없어도 바보처럼 빙긋이 미소 지어주는 게 아니겠는가. 딴 사람이 이렇게 썰렁한 농담을 했다면 어림도 없다.

"오, 오늘은 내 우스개가 그럭저럭 먹히나 보오! 장 형도 미소 짓고 말이오. 전에는 사제들에게 이런 말 하면 모두들 하늘만 바라보……."

흠칫.

말실수라고 생각했는지 하운이 급히 입을 닫았다. 그러나 장추삼에게 그런 건 하나도 들어오지 않았다. 단지 그의 과대망상에 헛바닥이 쑥 나왔을 뿐이었다.

'아이고~ 제발 딴 데 가서는 참아주시오. 나나 돼서 맞장구치는 거니까.'

어색한 침묵이 둘 사이를 가로질러서 넓게 퍼졌다. 장추삼은 별로 신경을 쓰지 않는데 하운 혼자 안절부절못한 것이 크게 말실수했다는 기색이 역력했기에 눈 찢어지고 심통맞아 보이는 청년은 저도 모르게 실소를 머금었다. 생각해 보라. 박옹의 말이 아니더라도 오관 번듯하고 행동거지 하나하나가 예의란 걸 실현시키는 하운을 보며 일반 세가에서 평범한 교육을 받으며 자랐다고 누가 믿겠는가? 아무리 눈치코치 없는 바보라도 그런 말은 도리질할 것이다.

"어허험… 밤바람은 역시 차구려. 여름이라고 해도 새벽 이슬에 몸을 드러내는 건 몸에 안 좋은 것 같소."

"그래요."

"내가 보기에 장 형도 많이 피곤한 듯하고 내일부터 꽤나 바빠질 텐데 눈 좀 더 붙이시지 그러오?"

"그럴까요."

정통 매가리없는 대화. 침묵하는 편이 차라리 나을 법한, 건성기가 물씬 묻어나는 말을 주고받으며 서로는 각자에게 지루함을 보이지 않으려고 노력했을지도 모르지만 아무튼 알맹이 없는 대화는 그럭저럭 이어졌다. 그러나 씨 없는 수박으로 후사를 기대하기 어렵고 겉도는 대화로 재미를 유지시킨다는 건 난망이다. 버틸 대로 버텨서 서로가 슬슬 따분해질 무렵 하운도 이 지겨운 대화를 종식시키고 싶었는지 작별성 인사를 던졌는데 장추삼이 낼름 삼켜 버렸다.

"이만 날도 축축해지니 건강상……."

"아아, 그런 재미없는 대화는 관두고. 하 형은 맘속에 숨겨둔 소저 없어요? 내가 여자라면 반합을 싸 들고 쫓아다니겠다. 인물 훤칠하지, 사람 신실하지, 거기다 능력까지 있으니 그야말로 금상첨화가 아니오?

이쁜 여동생만 있었더라면 볼 것도 없이 소개시킬 텐데."

"마, 마음에 둔 소저?"

일격을 당한 하운이 버벅였다. 얼굴까지 빨개져서 허둥대는 모습은 영판 '있소!'를 대변하기에 흥미가 발동한 장추삼의 유도심문이 집요하게 이어졌다. 이런 말 끌어내는 건 일도 아니다. 순진한 하운 같은 성격이라면 여반장보다 쉬울 것이다. 친구들끼리 술 한잔하면서 이러한 농담을 실전처럼 수없이 치른 장추삼이었다. 유곽 근처에서 새벽에 어슬렁거리는 하대보를 보았다는 첩보만으로 그가 어떤 기녀에게 넋을 잃고 총각딱지를 뗐을 거라는 추측 하에 반 시진을 넘게 꼬드겨서 끝내 토설하게 만든 전력도 있거니와 청빈로 사인방 중에 가장 먼저 여인네와 만나고 다니던 조명산의 취중 실언 한마디를 물고 늘어져 기어코 사건의 전모를 들은 적도 있다.

"없는 거요? 흠… 알았소이다. 이건 같은 남자로서 참을 수 없는 일이로군. 설마 하니 그 나이에 동정이라는 말을 하려는 건 아닐 테고, 그렇다면 내가 기가 막힌 아가씨들이 우글거리는 유곽을 하나 알고 있으니 기분 전환이라도 할 겸 가봅시다. 양귀비? 서시? 허, 거기선 그런 여자들은 미인 축에도 끼지 못한다오. 벌써부터 회가 동하지 않소?"

"유곽이라니! 당치도 않소!"

"아니, 왜 화를 내고 그러는 거지? 내가 무슨 못할 말이라도 한 건가? 마음에 둔 여자 없다니까 객고라도 풀어주겠다는 선의의 마음에서 말을 꺼낸 건데. 정말 섭섭하오. 상대방의 마음을 이리 무시해도 되는 것이오? 하기야, 나 같은 놈이 선의든 뭐든 가진 것 자체가 웃기지. 그냥 들어가서 자는 건데 무슨 복록을 누리자고 엉뚱한 말이나 늘어놓은 거야. 이럴 때 내가 너무 싫어진다니까……."

마지막으로 강렬한 한숨 한 방을 터뜨리자 괜히 하운만 나쁜 사람이 되었다. 본래 천성이 선하기에 이런 대화에 익숙지 않고 교활한 장추삼의 속내를 알 도리가 없으니 머리만 긁게 되는 것이다.

　휘이잉—

　짧고 강한 바람이 스치우듯 지나치자 새벽 이슬을 머금은 잎새들이 후드득 춤을 추며 작은 물방울을 뱉어내었다. 아직도 달은 처연히 빛나고 있었기에 그들은 하늘 속 어딘가에 있는 각자의 얘기를 가져올 용기가 생겼을지도 모른다. 장추삼이 하운에게 짓궂은 농담을 해서라도 그의 가슴속 이야기를 들으려고 한 것은 어쩌면 자신의 이야기를 하고 싶어서가 아니었을까? 마침 하운에게도 정인이 있었기에 말이 길어졌을 뿐 그의 사정은 장추삼에게 그리 중요하지 않았을지도 모른다.

　"내가 그녀를 처음 보았던 건 열 살 때의 겨울이었다오. 어린아이 눈망울처럼 커다란 눈이 펑펑 쏟아지던 날이었지……."

　아득한 기억의 마차를 타고 이십여 년 전의 동심이 된 하운은 고즈넉한 목소리로 그만의 사랑을 얘기하기 시작했다. 어찌 보면 밋밋하고 따분하기까지 한, 커다란 일이나 사건도 없었던 사랑 이야기. 그러나 장추삼은 알 수 있었다. 그녀와—이름을 얘기해 주지 않으니 이렇게 칭하는 도리밖에 없었다—그의 사랑은 어떤 요란하고 격정적인 그것보다 오히려 견고하고 충실하다는 것을. 말로는 야단법석하거나 순식간에 타오르고 이내 식어버리는 사랑의 공허와는 차원이 다른 무엇이 있음을 살짝 엿보게 되었다. 그래서 한편으로 서글프고 또 다른 마음에서 벅차오르는 기대가 있었다.

　하운의 말이 끝나자 장추삼도 나지막한 목소리로 자신의 치기 어린 소년기를 회상하기 시작했다. 무겁지는 않았으나 회한이 담겨 있었기에 그의 말은 절절했고 그래서 하운의 마음 깊숙이 와 닿았다. 너무나 사랑했었으나 우유부단하고 막무가내인 자신을 통제하지 못하여 날아가 버린 첫사랑의 추억은 조소령이란 목표가 생기고 그야말로 최선을 다한 삶을 걸었던 하운과 대비되었기에 더욱더 애절했을 것이다. 조금만 더 충실했었더라면, 조금만 더 미래를 바라볼 안목이 있었더라면.

"장 형, 그렇지만 미련을 남겨두기엔 장 형의 미래가 너무 아름답지 않소?"

미련을 남겨두기엔 미래가 너무 아름다워서…….

장추삼의 눈망울이 크게 흔들렸다.

아직도 미래를 보고 있지 못하는 건 아닐까? 같은 실수를 또 한 번 되풀이할까 봐 그리도 소극적인 것일까? 무엇이 그리도 마음에 걸려 다가오는 사랑을 애써 기억하려 하지 않는 걸까? 왜 그리 과거에 집착하는 걸까?

'난 지금 무엇을 바라보고 있는 것인가… 바라볼 대상조차도 뿌옇게 흐려진 지금, 남들이 그렇게 하니까 따라하듯 바라보는 시늉만 하는 건가. 과거를 추억해야만 이전의 못난 자신에게서 어느 정도 보상받는다는 착각을 하는 건 아닌가…….'

"그래도 옛 추억을 반추할 줄 아는 사람과 같이 앉아 있는 편이 이전 자신의 길을 부정하는 이와 있는 것보다 낫다고들 합니다. 장 형은 과거도 장 형이고 지금도 물론 장 형이지만 미래의 장 형도 반드시 장 형이란 걸 알았으면 하오. 과거의 자신을 부정하는 사람과는 상종조차 하지 말란 말도 있잖소?"

"내가 아는 누군가와 똑같은 말을 하네?"

장추삼이 빙그레 웃었다. 역시 사람은 끼리끼리 어울리나 보다. 그의 주위엔 정말 좋은 사람들이 많다. 부친과 표 국주를 제외한다고 해도 듬직한 누이동생 같은 정혜란과 넉넉한—이런 표현을 여자에게 쓰는 것이 왠지 걸리긴 하지만—당소소가 있고, 어떤 말을 해도 이해할 것 같은 하운과 그리고… 그녀. 이제 그녀를 명명할 때에 연연에서 우건이라 바꿔 부르게 되었다. 얼음덩어리는 일단 제외다. 왜냐하면 얼음덩어리니까.

하운의 말대로 앞만 봐도 바쁜 시간이 그의 귓가를 쏜살같이 스쳐 지나가고 있는데 자꾸 마음은 쉼터를 못 찾아서 허공을 선회하는 잠자리마냥 제자리를 맴돈다.

"현재의 그녀에게 미안한 거요?"

"엥?"

얘기한 적은 없었다. 그렇다고 이 도사 청년이 자신의 뒤를 밟았다는 건 더 더욱 말이 안 되니 어떻게 해석해야 할지 모르겠다. 정말로 점복술(占卜術)에 일가견이 있는 것인가? 그의 의아한 눈빛이 재미있었는지 하운이 낭랑한 웃음을 터뜨렸다.

"그리 놀랄 것 없소. 장 형의 말엔 과거에의 후회만큼이나 맞이할 미래의 불안이 짙게 깔려 있었다오. 내 비록 비상하리만치 빠른 눈치를 가지고 있는 것은 아니나 전후를 놓고 봤을 때 그 정도의 추론을 할 머리는 가지고 있소이다. 장 형은 누군가에게 계속 미안해하고 있었으니까 말이오."

맑은 웃음이 화원을 가득 메우자 엉뚱한 목소리가 화답을 했다. 똑같이 투명하기는 하나 앞서의 것이 푸근하고 안온하다고 한다면 뒤에 들린 목소리는 시리도록 맑고 더할 나위 없이 차가운 것이었다.

"이른 새벽에 뭐가 그리 즐거운 거요?"

'흑!'

냉랭한 목소리만큼이나 차가운 표정의 북궁단야가 그에 어울리는 달빛을 받으며 객잔 건물에서 화원 쪽으로 걸어오는 걸 보며 장추삼은 왠지 뒤가 켕겼다. 평소에도 그리 달가운 상대가 아니었지만 지금의 상황은 더 더욱 꺼림칙했기에 스스로에게도 왜 이러나 반문하고 싶었다.

"오늘따라 불면의 새벽을 맞이하는 사람이 왜 이리 많을까? 어쩌다가 이런 새벽에 기침하신 거요?"

"왠지……."

"아무튼 어서 오시오. 지금 장 형과 재미있는 얘기를 하던 중이었소이다."

"재미있는 얘기라?"

부드러운 새벽바람의 희롱이 간지러운 듯 찰랑거리는 긴 머리를 한 손으로 쓰다듬으며 북궁단야가 둘 사이의 바위에 걸터앉았다. 갑자기 말이 없어진 장추삼을 대변이라도 하듯 친절하게도 하운은 여태껏 했던 이야기를 요약해서 들려주었고, 간간이 고개를 끄덕이며 경청하던 긴 머리의 청년이 첫사랑과 끊어내지 못한 정신적 동거에 관해 말을 하자 눈살을 찌푸렸다.

"바보 같은 고민이지."

장추삼을 한번 보고 코웃음을 친 북궁단야가 길게 늘어져 있는 나뭇가지의 잎새를 하나 따내었다. 그것은 웬일인지 말라 있었기에 바스러지는 것 같은 소리를 내었다. 손바닥에 놓여 있는 마른 잎새를 보던 그가 주먹을 꼭 쥐어 생명을 다한 나무의 일부를 가루로 만들었다.

"과거를 모르는 체하는 놈도 문제지만 그것에 집착해서 한 걸음 앞으로 나가지 못한다면 사내가 아니다. 사람으로서도 실격이지."

'끄응~'

짠 것도 아닌데 왜 이들은 비슷한 생각으로 그의 마음을 들여다보는 걸까? 말이 쉽지, 과거라는 게 한순간에 잊혀지는 사건 같은 건 아닐진대 말이다.

북궁단야가 고개를 숙이고 있는 장추삼에게 들으라는 것처럼 말을 이었다.

솔직히 말하면 첫사랑의 아픔 같은 기억 따위가 없기에 그의 마음을 이해하지 못하는 것도 사실이다. 다른 건 모르지만 사랑의 감정 같은 문제는 직접 겪어보지 않고서는 말하기 어려운 문제다. 그러나 그는 꼭 한마디를 하고 싶었다.

"너의 머뭇거림에 또 다른 상대가 상처받는다면 같은 실수를 다시 한 번 반복하게 되는 거다. 알면서 또 틀리는 건 다섯 살짜리라도 안 한다."

점쟁이는 많았다. '장추삼의 새로운 상대' 라는 언질을 준 이는 아무도 없건만 북궁단야는 너무도 자연스럽게 말을 꺼냈고 이야기에 파묻혀 그들도 의문을 가지지 않고 받아들였다. 백 번 맞는 말이다. 그러나…

"재미있는 말도 아니었군."

북궁단야가 투덜거리듯 말하자 그런가요 하고는 하운이 쓰게 웃었다. 얘기를 이리도 진지하게 받아들일 줄이야. 예상도 못했는데 그는 마치 자기 일이라도 되는 양 딱딱하게 군은 안색으로 장추삼의 고민을 분석했다.

'언제나 진지하군. 저런 식으로 매사를 임하게 되면 피곤은 쌓이고 언젠가 후유증이 올지도 모른다. 북궁 형도 정신적으로 조금은 긴장을 늦춰도 될 터인데.'

하운이 딴생각을 하는데 북궁단야가 일어서더니 칼을 뽑아 들고는 나름대로 어떤 검로를 밟아보려고 시도하는 모양새를 취했다. 나름대로 노력은 하는데 잘되지 않는 듯 전체적으로 어색했지만 검풍에 담긴 패도적인 기운만은 여전했다.

한차례 몸을 풀고 나서 다시 바위에 앉으며 그가 씁쓸하게 검을 거두어들였다.

"잘 안 되는군."

"처음에 그 정도면 훌륭한 것이오. 특히 검에 담긴 힘만큼은 여전한 듯하오만."

하운의 대꾸에 그가 어이없는 표정을 지었다. 안면 근육을 잘 움직이지 않는 북궁단야로서는 다소 파격적인 표정. 그도 그럴 것이 몇 번을 보고 나름대로 해체해 본 검식이지만 펼치는 데 무리가 따름을 토로하고 있는데 그것을 한 번 보고 정확히 구현해 낸 사람이 옆에서 처음에 그 정도면 어쩌구 하니 어이없지 않은가.

그가 시도했던 검법은 물론 월광살무의 첫 번째 변화였다.

"그럼 한 번 보고 속에 담긴 의미까지 파악한 이는 천재란 말이로군."

"대단할 거 없어요. 그저 나와 파장이 맞은 것 정도로 생각하고 있다오."

웃는 낮에 침 못 뱉는다. 가시 돋친 말인데도 아무렇지도 않게 넘기는 하운이기에 별달리 할 말이 없어서 북궁단야는 아까의 살벌했던 비무를 되새겨 보았다. 처음의 변화야 사무귀일로 어떻게든 막아보겠으나 두 번째의 움직임이 찾아든다면…

"하 형은 무슨 생각으로 저 친구에게 그리 독수를 쓴 것이오? 잘못했으면 송장 하나 치울 뻔하지 않았소? 요행수로 피했기에 망정이지."

"북궁 형이었다면 하지 않았을 것이오."

"……!"

듣기에 따라 굉장히 실례되는 말. 그러나 하운은 별로 미안할 것 없는 사람마냥 말을 계속했다. 무학에 관한 문제라면 유하던 그도 전혀 다른 사람이 된다. 그래서 무림인인 것이다.

"말을 정정하겠소. 상대가 제아무리 누구라 해도 두 번째 변화를 예고없이 보이지는 않았을 것이오. 단 한 명, 장 형을 제외하고는 말이오."

골똘히 생각에 잠겨 있던 장추삼은 자신이 화제의 주인공이 되자 슬며시 고개를 들었다. 딴청 부리고 있어도 들릴 건 다 들렸기에 그들이 무엇에 관해 말하고 있는지도 잘 알고 아까의 섬뜩했던 순간도 생생히 떠오른다. 그리고 하운의 눈동자에 박혀 있었던 단어도.

믿는다[信]!

스스로도 자신을 회의(懷疑)하고 있을 때 상대방이 보여준 무조건적 믿음. 그것을 보지 못했더라면 어떤 일이 벌어졌을지 상상이 안 간다. 일방적이며 독선적인 하운의 믿음이 그를 또 다른 세계로 초대한 것이니 세상사는 역시 꼭 맞추어 돌아가는 것만은 아니리라.

"왜 나였소?"

이것만은 반드시 묻고 싶었다. 그토록 소름 돋는 검식의 첫 번째 견식자가 왜 자신이었느냐에 관해 말이다.

"장 형이니까."

간단명료한 대답.

순간적으로 북궁단야는 장추삼이 몹시도 부러웠다. 저만한 검수에게 그런 믿음을 받는다는 건 무인으로서 최고의 영광일 것이다.

내게도 언젠가는 저 말을 할까…….

"자자, 새벽 이슬이 차오. 모두들 들어가서 잠깐이라도 눈을 붙이도록 합시다. 밤을 샐 수야 없지 않소."

하운이 천천히 바위에서 일어서자 뒤따라 북궁단야가 일어섰다. 장추삼이 그대로 앉아 있는 걸 보고 하운이 재촉하기 위해 손을 내밀었다.

"억지로라도 눈을 좀 붙여야 하오. 지금이야 괜찮을지 몰라도 나중에 피로가 몰려온다오."

"고맙소."

짧게 말하고 벌떡 일어선 장추삼이 객잔을 향해 바삐 걸음을 옮겼다. 졸지에 남겨진 둘은 서로를 한번 쳐다보고 털레털레 그의 뒤를 쫓아왔다. 새벽 이슬을 맞은 화원은 어느 때보다 싱그러웠고 내일에의 불안과는 상관없이 밝아오는 여명 속에 세 명의 사내는 쉴 곳을 찾아 지친 몸을 움직이고 있었다.

나보다 더 나를 믿어준 동료여, 진심으로 고맙소.

◇ 제44장
　묘하는 법

날지 못하는 학

묵경루(默景樓)란 이름의 주점은 전혀 고요하지 않았다. 조용할 수가 없는 것이 번화가에서 '고요한 경치'를 기대한다는 것 자체가 말이 안 되고 화창한 날씨까지 곁들여지자 인파가 몰려서 주루가 미어 터질 듯했다. 여기저기서 손님이 점소이를 부르는 소리와 왁자지껄한 대화, 주문받은 점소이들의 경쾌한 재창까지 곁들어지자 이곳이 음식점인지 시장통인지 분간하기 어려웠다.

"손님께선 뭘 주문하시겠습니까?"

주점 경력 칠 년이 넘는 으뜸 점소이 오정달은 직감적으로 똥 씹은 표정의 이 손님을 잘못 건드리면 골치 아파질 거란 느낌이 왔기에 여느 때보다 조심스럽게 주문을 받으려 했다. 근자에 들어 이렇게 예의 차리고 손님을 맞이한 건 처음일 것이다.

그런데…

"아야, 시끄러우니까 절루 가. 음식 안 먹고 자리만 축내지는 않을 테니까 걱정 말고."

빠직—

이렇게 최선을 다해 대했거늘 돌아오는 대답이 고작해서 이따위란 말인가. 대부분의 점소이들이 그러하듯 오정달도 소싯적에 힘깨나 썼던 인물이다. 아직도 시장통의 뒷골목에 가면 어느 정도 대접을 받는다. 성깔은 더러워 보이지만 무인 티는 자라 발톱만큼도 보이지 않는 놈이 어디서 감히 이따위로 말을 해대는가. 오정달은 점소이들 중에서도 장급에 속하기에 다른 녀석들이 봤을까 걱정되어 얼른 주위를 둘러보았다. 다행히 이쪽을 신경 쓰는 이는 아무도 없었다.

"이봐요, 손님."

잔뜩 불량기 어린 목소리로 오정달이 불손한 손님을 불렀다. 이 정도의 위압감이면 웬만한 장한들이라도 지레 겁을 먹고 고분고분해진다. 그의 커다란 덩치와 험악한 인상도 무시할 수 없는 자산 가운데 하나였다. 턱을 괴고 탁자를 응시하던 손님이 고개를 들었다.

"가는 말이 고와야 오는 말이 곱다고 했는데……."

엄청 내리깐 음성에서 뒷골목 특유의 음습한 내음이 짙게 배어져 나왔다. 과연 효과가 있었는지 손님은 눈이 동그래졌고 오정달의 입가엔 회심의 미소가 걸렸다. 곧 손님은 꼬리를 말고 대충 음식을 주문해서 급히 먹고 도망치듯 자리를 떠날 것이다. 아니나 다를까, 손님은 오정달을 불렀다.

"이봐, 점소이."

"옙!"

패기있게 대답한 오정달은 손님의 다음 말에 핏기가 싹 가신 얼굴이 되었다.

"죽을래?"

"뭐요… 헉!"

엉겨보려 눈살을 찌푸리려던 그는 손님의 눈가에서 스산한 살기를 보고 급히 입을 틀어막았다. 무인일지 아닐지는 몰라도 저자는 진짜였다. 덩치나 외모로 한몫해 보려는 얼치기들과는 차원이 다르다는 거다. 저런 사람은 절대로 건드려서는 안 된다.

"가라… 오늘 기분 더러우니 앞에서 알짱거리지 말란 말이다."

"예엡!"

눈썹이 휘날리도록 도망가는 점소이의 뒷등을 멍청히 바라보며 저도 모르게 한숨을 토해내는 손님은 다름 아닌 장추삼이었다. 방금 전에 그가 말한 대로 기분이 매우 안 좋은 상태라 평소에 즐기지 않는 낮술에 대해서도 심각하게 고려 중일 정도였으니 그 상태가 짐작 가는 바였다.

"빌어먹을 영감쟁이……."

아침에 어찌어찌 일어나 모여 앉은 일행은 간단한 탕 한 그릇을 비우며 어떻게 움직일까 상의를 했다. 아무래도 나이가 많은 쪽에서 결정이 나게 되었고 각자 맡은 임무가 하나하나 정해졌었다.

"그럼 긴 머리 너는 무룡숙 주변의 매복 사항이라든가 하는 주변적인 상황을 검토해야 한다. 명심해야 할 것은 네 기도가 눈에 띄므로 절대 무룡숙 근처 십 장 내로는 접근하지 말아야 할 것이다."

박옹의 말에 북궁단야가 묵묵히 고개를 끄덕였다. 늙은 생강이 맵다는 것을 증명이라도 하듯 박옹은 모두의 특성에 맞는 일을 제시해 주었고 일행들도 군소리없이 따르는 것이 암묵적으로 그의 식견을 존중하는 모습이었다.

"하운이라고 했던가? 너는 긴 머리가 접근하지 못하는 그 안쪽에서 무룡숙의 경비 형태와 교대 시간 등을 알아보거라. 너는 묻히기 쉬운 외양과 드러나지 않는 기도를 가지고 있으니 큰 문제 없이 일을 처리할 수 있을 것이다. 네 역할이 얼마나 막중한지 설명을 안 해도 될 거다."

"알겠습니다, 노선배님."

모두의 표정에서 비감함이 넘쳐흘렀고 덩달아 고무된 장추삼도 괜히 젓가락을 꼭 움켜쥐었다. 바야흐로 무언가 벌어지려 하는 것이다. 아직 밝혀진 건 아무것도 없었지만 이제 곧 보게 될 것이다.

"나와 남궁은 해야 할 일이 따로 있다. 단리가의 아이는 우리와 같이 다닐 것이니 그리 알도록 해라."

"예."

"그럼 이만 일어나자. 벌써 해가 중천이다. 야심한 시각은 그들도 경계를 늦추지 않을지도 모르니 가급적이면 빠른 시간 내에 일을 처리하는 게 낫다."

"어? 나는?"

장추삼이 자신을 가리키며 황당해했다.

"엥? 네 녀석이 있었구나?"

'엥, 네 녀석이 있었구나? 이 노인네가 사람을 뭘로 보고 이러는 거야!'

늙으면 사람이 이렇게 잊어버리는 게 많다니까 하면서 박옹이 장추삼을 멀뚱멀뚱 바라보았다. 그도 할 일이 없어서 박옹을 쳐다보았다.

고개를 갸웃거리던 박옹이 뒷목을 손으로 두어 번 꾹꾹 누르고는 입이 찢어져라고 하품을 했다. 많이 피곤했으리라.

"말을 해요, 말을! 난 뭐 하냐구요!"

"가만 좀 있어봐, 이 녀석아. 생각하잖아."

번뜩!

위의 말을 볼 때 애당초 박옹은 그를 염두조차 하지 않았다는 거다. 좀생이 같은 노인네가 분명 어제 일을 담아두었다가 지금 분풀이하는 게 틀림없었다. 동글동글한 것은 액면만이고 마음속은 삐죽삐죽 날이 서 있을 것이다.

정의의 응징을 위해 막 입을 열려는 순간 박옹이 한마디 했다.

"너, 뭐 잘하냐?"

"엥?"

"뭐 잘하냐고 묻잖냐."

"으음……."

"매복? 은신? 그렇다고 어디 큰 세가에서라도 지내봐서 전체적인 상황이라도 잘 파악하냐?"

"으윽……."

"말귀를 못 알아듣냐? 뭘 잘하냐고 묻잖아?"

"그, 그게……."

행 하고 코웃음을 치며 박옹이 실실 웃었다. 그 모습이 너무 얄미워서 멋지게 반박을 하고 싶었지만 불행히도 할 말이 없다. 원통하고 절통한 일이지만 현실은 지독히도 냉정한 것이다. 단리혜가 입을 가리고 웃는 게 보여서 얼굴까지 빨개졌지만 박옹은 공세의 고삐를 늦추지 않았다. 어제 당한 수모를 이자까지 쳐서 받겠다는 의지가 뚜렷이 보였다.

"쌈질 좀 하나 본데 지금 상황에서는 아무런 도움이 안 되거든. 뭐, 말발이 좋다면 정탐이라도 시키겠지만 시비 거는 거 외엔 별 볼일 없는 주둥이 같고. 문젤세, 문제야."

입이 열 개라도 할 말이 없다란 말이 가슴 깊이 실감나는 순간이었다.

참혹하게 인상을 구기고 있는 장추삼에게 적당히 놀렸다고 생각했는지 온화한 목소리로 박옹이 의견을 제시했다. 그러나 목소리와 내용은 전혀 다른 색깔이었다. 그래서 장추삼은 더 슬펐다.

"하지만 우리 모두가 바쁘게 일을 하는데 네 녀석 혼자서 객방을 지키라고 하긴 뭐하니 무엇이든 해야겠지. 지금 기발한 생각이 떠올랐다. 너는 무룡숙 근처 아무 주루—되도록 큰 곳이면 좋겠지—에 가서 하루 종일 죽치며 사람들이 그곳에 관해 뭐라고들 하나 청취하거라. 본래 여론 수렴처럼 중요한 일도 없는 법. 적을 알고 나를 알면 필승이라고 하였으니 근처 사람들이 평하는 무룡숙을 알아두는 것도 우리에게 큰 도움이 될 것이다."

"끄응~"

말이 좋아 여론 수렴이고 적을 아는 것이지, 이건 하루 종일 주루에서 멀거니 앉아 있으란 말 아닌가. 너무 기가 막혔지만 도대체가 할 말이 없다. 완패다.

"자, 그럼 각자 맡은 일을 하러 가자고!"

다섯 명이 힘차게 일어섰고 강시 비스무리한 것 하나가 비틀거리며 의자에서 엉덩이를 뗐다.

'끈 떨어진 연이 따로 없네. 젠장!'

참혹한 현실에 내던져진 장추삼은 어떻게든 인격체로서의 존엄을 유지하려고 노력을 했다. 잠깐 흥분해서 덩치 큰 점소이 녀석을 갈궈 주었지만 천천히 냉정을 찾고 맡은 바 임무(?)에 충실하려고 노력했다. 온 신경을 청력에 집중시키고 오가는 말속에서 무룡숙이라는 말을 잡아내어 보았다. 흥분하기 잘하는 장추삼의 성격을 고려하여 주변 업무에서 제외시킨 박옹의 배려였건만—할 일이 없는 것도 사실이긴 하다—그는 곧이곧대로 믿고 어쨌든 시킨 일을 완수하겠다는 의지로 불타올랐다.

그리고 반 시진 후…

'젠장! 알아들을 수가 없잖아! 말이 여기저기서 엉키고 먼 곳에서 떠드는 인간들과 가까이 있는 인간들의 소리가 섞이니 뭐라고 하는지 알 수가 있나! 자리를 바꾸던가 해야지, 원.'

그는 아까 기죽인 덩치를 불러서 주루의 중앙에 위치한 탁자로 자리를 옮겼다.

또 반 시진 후…

'으아아악! 아예 이놈 말과 저놈 말이 합쳐지잖아! 됐어! 안 해! 애초에 이따위 말도 안 되는 업무를 내린 늙은이의 잘못이야. 난 최선을 다했다구!'

머리를 쥐어뜯던 장추삼이 퀭한 눈으로 점소이를 불러서 화주에 간단한 안주를 시켰다. 술이라도 붓지 않고서는 날뛰는 가슴이 진정되지 않을 성싶었다. 낮술을 금기시하는 그였으나 이번만은 예다. 열통이 터져서 죽겠는데 어쩌란 말인가. 아무것도 하지 않고 마냥마냥 주루에 죽치고 앉아 있을 순 없다.

막상 술이 나오자 왠지 손이 가지 않았다. 낮술에 취해본 경험이 있는 사람이라면 그 압도적인 공포에 관해 잘 알 것이다. 하루 종일 시체가 됨은 물론 빠개지도록 아파오는 머리며 입에서 터져 나오는 술 냄새에 잘못 걸리면 다음날까지도 발목이 잡힌다. 숙취의 해소 방법은 오로지 잠일 만큼 무시무시한 위력의 낮술.

청빈로에서 한참 힘주고 다닐 무렵의 장추삼 역시 객기로 한번 먹었다가 된통 걸려본 경험이 있었기에 금기시하여 여태껏 '낮술은 세 잔만'의 신조를 잘 지켜왔던 터였다. 그래서 눈앞에서 방긋방긋 웃고 있는 술병이 못 미더운 것이리라.

'에이~ 이거 어쩌지? 확 먹고 퍼져 잘까? 아냐, 괜히 그랬다가 내일까지 헤롱거리면 이 무슨 망신이겠어.'

일시켜 놓았더니 술이나 먹었다고 방방 뜰 박웅이 떠올라 더 손이 안 간다. 그렇다고 안 먹자니 너무 맹숭맹숭하다. 할 일이 없으니 괜스레 한 잔 따라놓고 여기저기 눈동자를 굴리게 된다. 많은 수의 사람들은 그만큼의 색을 가지고 서로가 가지고 있는 내음을 뿌리느라 여념이 없었다. 침울했던 장추삼의 입매에도 어느새 힘없는 미소가 어렸다. 언제나 느끼는 거지만 사람들에겐 자기가 가지는 고유의 모양새와 그 각자의 느낌이 있고 숨기려 해도 자연적으로 드러나지 않는가.

'재미있군. 구경 중에 가장 흥미로운 것이 동종에의 관찰이란 걸 알고는 있었지만 이건 아주 제대로가 아닌가. 에라~ 느긋하게 관전자나 되어볼까나?'

그런데 그도 모르는 게 있었다. 관전자의 입장이라고는 하지만 그 위치는 언제나 바뀔 수 있다는 사실을 말이다. 남들이 바라보는 지금에도 누군가가 똑같은 입장에서 자신을 관찰하고 있을지도 모른다는 사실을 말이다. 그래서 인생은 알 수 없는 것이라 했던가?

다행히 장추삼은 눈치가 빠르다. 아주 빠르다. 그래서 그를 응시하는 어떤 시선이 있음을 곧 잡아내었다.

'뭐야? 어느 놈이 감히 나를 쳐다보고 있는 거야?'

그의 눈이 스산하게 빛났다. 말을 하지 않아서 그렇지, 눈치 하면 청빈로 칠공토혈! 어디서도 틈을 주지 않는 장추삼이었다.

어디서 감히 그를 훔쳐보고 있다는 건가!

눈길을 잡아내는 데는 두 번의 목 움직임이 필요없었다. 오른손잡이의 특성상 좌측으로 한 번 좌중을 훑었던 그의 고개가 우측으로 이동하자마자 바로 시선의 주인을 발견하게 되었고, 무언가 사건을 기대했던 장추삼은 맥이 다 빠졌다. 그곳엔 파리하고도 여린 사내가 하운만큼이나 맑은 미소로 그를 지그시 바라보고 있었다. 사건? 솔직히 말해서 시비를 바랬었던 것이다. 제대로 한번 어우러지길 바랬다. 기분도 꿀꿀한데 몸 한번 풀면 기분 좋게 땀도 흘리고 마음속까지 상쾌해질지도 모른다고 생각했다. 뒷골목 시절 자신보다 약자는 절대로 건드리지 않는 게 철칙이었지만 먼저 시비를 거는 놈들에게는 관대히 예외를 베풀어 몸소 지도를 내려주곤 했다. 그나마 자신이 손봐주면 병신은 만들지 않았으니까.

그런데 저런 얼굴엔 인상도 쓰기 어렵다. 악의라곤 찾아보기도 어려운데 어디서 시비인가?

눈이 마주치자 빙긋 웃으며 잔까지 쳐드는 사내에게 바보처럼 마주 잔을 드는 장추삼의 입에서 한숨이 푹푹 새어 나왔다. 오늘 일진? 보기

드문 최악의 날 중에 하나리라. 그러고 보니 병약해 보이면서 무슨 놈의 낮술인가? 의원은 아니지만 기본적으로 주워들은 것도 있고 안색만으로도 판단한 상태가 느껴지기에 잔을 든 사내가 결코 정상이 아니란 건 바로 알 수 있었다.

대저 저런 사람은 술을 마셔선 안 된다. 아니, 술을 좋아한다면 몸이 약한 사람이라도 조금씩 즐기는 건 뭐라고 할 맘이 없다. 그런데 천하의 장추삼마저 꺼리는 낮술이라면 문제가 달라진다. 낮술이 왜 그리 인체에 치명적인 타격을 주는가에 대해 정확히 밝혀진 건 아무것도 없지만 장추삼 본인의 경우나 수많은 주변 사람의 경험담으로 미루어볼 때 밤에 즐기는 그것보다 더 효과적(?)임에는 틀림없다. 남의 일이라고 무시하려 해도 그가 보여주었던 맑은 미소가 왠지 마음에 걸려 자꾸 뒤를 돌아보게 되었다. 길거리에서 혼자 울고 있는 아이를 유기(遺棄)하고 바삐 제 갈 길을 가다가 찜찜해서 뒷목이 따끔거리는 느낌이랄까?

'남이야 대들보로 이를 쑤시던 내가 무슨 상관이람? 거기다 성인 아닌가? 다 큰 아저씨한테 이래라저래라 하는 것도 웃기는 일이지. 관둬라, 관둬. 또 쓸데없이 끼어들었다간 본전도 못 찾는다.'

라고 무시하고 한 잔을 주욱 들이키니 식도를 타고 내려간 액체는 용암이 되어 배에서 치고 올라와 전신을 싸하니 감싸고 돈다. 빈속도 아닌데 즉각적인 효력이 나타나는 한 방! 과연 낮술이라 하겠다. 한 잔을 더 들이키니 알딸딸한 것이 기분은 좋은데 머리 속에서 벌써 신호가 들어온다. 주사가 없다고 장추삼이 취하지 않는 건 아니다. 다만 술을 끊어서 마실 줄 알고 자제를 한다는 것이 다른 이들과 다를 뿐.

'어이쿠, 이거 아니다. 한 방 더 맞았다가는 그대로 주저앉겠다. 역

시 낮술이다!'

목을 한번 소리나게 꺾고 정신을 가다듬은 장추삼의 눈이 자연스럽게 뒷자리의 남자를 향했다. 온화한 청년은 장추삼이 계속 자신을 힐끔거려도 여전히 웃음으로 마주해 주었다. 기분이 나쁠 법도 한데 말이다. 남자들은 기본적으로 자신을 다른 남자가 계속 주시하면 시비를 걸려는 경향이 있다. 그 법칙에서 자유롭지 못한 장추삼이기에 청년의 반응은 분명 의외였다. 가슴팍에 새겨진 학 문양처럼 고고한 품성이 있는 건지, 아니면 바보인지. 모자라다 보기 어려운 생김새와 분위기를 종합한다면 바보는 아닌데.

"쿨럭! 쿨럭!"

웃던 청년이 갑자기 격한 기침을 토해내었다. 폐부 깊숙한 곳에서 터져 나온 울음처럼 그의 기침은 격렬하고 근원적인 무엇이 있었다.

쨍그랑—

청년의 손은 온몸의 진동을 버티지 못하고 들고 있던 잔을 놓쳤기에 바닥에 부딪친 그의 취옥색 술잔이 산산이 깨졌다. 그 순간 장추삼은 자신의 무언가가 깨진 것 같은 느낌을 받았고 그런 기분을 분석할 여유도 없이 어느새 청년의 등을 어루만지는 자신을 볼 수 있었다. 그냥 반사적으로 움직인 몸과 마음이기에 생각이고 뭐고가 없었다.

"괜찮소, 괜찮소이다. 좀 쉬면… 쿨럭, 쿨럭… 괜찮아져요."

"그러게 몸도 안 좋아 보이는 사람이 대낮부터 술을 마시고 그래요? 에구… 형장은 척 보기에 맑은 공기 마시며 요양 좀 해야 할 거 같구만. 낮술이 얼마나 안 좋은지 알아요?"

한참을 괴로워하던 청년이 수중에서 단약을 꺼내 삼키고는 조금 안정을 되찾았다. 들썩이던 어깨가 잦아들고 가쁜 숨이 안정을 찾자 손을 들어 자신의 등에 놓여 있는 장추삼의 팔목을 잡았다.

"이제… 됐습니다. 초면에 폐가 되었는지 모르겠군요."

그 손이 너무 가냘프고 파리하여 저도 모르게 한숨이 터져 나오는 장추삼이었다. 정상적인 남자가 움켜쥐면 끊어져 나갈 것 같은 팔목은 연약함을 넘어선 처량함이었다.

"에휴~ 팔뚝이 이게 뭐요? 자고로 남자 팔뚝이라고 하면 이 정도는 돼야지. 자, 보시오."

소매를 어깨까지 숭숭 걷어내고 알통을 보이며 장추삼이 웃자 청년도 따라 웃었다. 그 뒤에 애잔한 과거로의 추억이 담겨 있었지만 장추삼의 입장에서 알 도리가 없었다.

"좋은 몸입니다. 잘 닦여져 있어요. 평소에 운동을 많이 하시는군요."

"음?"

단지 팔뚝만 보여줬는데 어찌 그런 걸 알까? 외관상 장추삼은 지극히 평범한 용모와 몸을 가지고 있다. 어깨가 딱 벌어진 것도 아니요, 그렇다고 강렬한 기도를 쏘아내지도 않는다. 전신 근육이 발달해서 몸 밖으로 삐져 나오는 형태가 아닌데 학 문양의 청년은 그의 몸이 좋다고 한다.

'하기야, 그리 파리하다면 이 정도의 외관도 부럽겠구나.'

간단하게 생각하고 자리에 돌아가려는데 청년이 불렀다. 마치 오래된 지인이 늘상 그렇게 청하는 모양으로 말이다.

"별다른 약속이 없으시다면 이리로 오시지요. 술과 안주가 남을 것 같습니다."

"엥?"

가만 보니 청년은 안주와 술에 거의 손도 대지 않는 상태였다. 그런데 안주를 보아하니 최상급의 요리였고 술도 화주와는 거리가 멀어 보였다. 그의 코가 개의 그것처럼 발달해서 아는 것이 아니라 술을 담은 병부터 품격이 느껴지기에 하는 말이다. 화주나 죽엽청 같은 경우는 평범한 단자나 병에 담겨 나오지만 비싼 술은 병부터 차원이 다른 법이다.

　"괜찮은……."

　"이보게, 점소이! 새로 한상 차리거라!"

　하고 싱긋 웃으며 '돈 자랑 하자는 거 아닙니다' 라고 말하자 장추삼도 그냥 자리에 앉았다. 그도 알 수 있었다. 이 사람은 그저 말동무가 필요한 것이고 의도도 순수한 것임을. 마땅히 할 일도 없고 심심하기도 했기에 그의 제안이 나쁠 이유는 없다. 인상이 마음에 들지 않았다거나 돈 자랑 하는 졸부였다면 무시했겠지만 그런 기미는 없기에 별다른 생각 없이 합석을 허락했다.

　"뭐 하러 새로 차려요? 여기 음식도 남았는데……."

　"식었소이다. 음식은 자고로 식으면 맛의 절반이 달아나는 법이라오."

　"호오~ 그건 그렇지요. 형장도 미각이 발달하신 것 같소이다? 사실 요리라 함은 본연의 맛이 차지하는 비중이 전체의 4할도 미치지 않는 법이지요."

　요리 얘기라면 신이 나는 장추삼이기에 눈을 빛내며 화제에 빠져들었다. 과연 그의 예상대로 청년이 마시던—한 잔도 하지 않았으니 시켜놓았던이라고 해야겠지만—술은 고급 중에서도 상위권인 금존청이었고 이 정도로 잘 만들어진 술이라면 낮에도 한두 잔은 먹을 만할 것이다. 박옹의 말대로 여론이란 무시할 수 없다. 무룡숙과 거리가 먼 얘긴데, 장추삼이 묵경루를 들어오게 된 경위가 사람들에게 이 근처에서 가장 괜찮은 음식점을 물어본 경과 거의 일치된 견해로 추천받은 곳이고 안주로 나온 음식은 그를 실망시키지 않았다.

묵경루의 요리와 장추삼이 평소 가지고 있던 요리론, 그리고 청년이 나름대로 생각하고 있던 음식에의 이야기가 어우러지자 분위기는 자연스레 친숙해졌다. 격의없이 상대를 대하는 장추삼과 맑은 이슬 같은 청년의 품성은 매우 죽이 잘 맞았고 좋은 술과 맛있는 안주가 이들의 흥취를 북돋아줬음은 물론이다.

"그런데 어쩌다가 그리 몸이 상한 거요? 초면에 이런 거 물어봐도 괜찮은지 모르겠지만서두 아까 기침하는 걸 보니 예사 병은 아닌 듯하더이다."

"아아……."

고개를 치켜든 청년이 망연한 얼굴이 되어 먼 곳을 바라보았다. 그 모습이 너무도 아련하여 괜히 미안해진 장추삼이 연거푸 술을 두 잔 마셨다. 역시 쓸데없는 질문이었나 보다.

"대답하지 않아도……."

"의도한 대로 살아진다면 얼마나 좋겠소. 나도 형장처럼 건강했던 시절이 있었다면 믿지 못하겠지요? 이제는 돌아올 수 없는 이야기지만 한때는 모든 걸 할 수 있을 것도 같았다오. 자신감의 확대는 만용을 부르고 만용의 뒤끝은 늘 안 좋은 결과를 초래하곤 하지요. 나처럼 말입니다."

청년의 쓸쓸한 말에 뒷머리를 벅벅 긁던 장추삼이 수습책을 생각하려 머리를 굴렸다. 어쨌든 말을 꺼낸 이상 수습을 해야겠고 축 늘어진 분위기는 정말 싫다. 이럴 거면 합석 같은 거 안 했다!

"용이 만 마리나 있으면[萬龍] 당연히 안 좋은 결과가 나올 거요. 생각하기도 끔찍하군. 만 마리의 용이라니… 한 마리만 출몰하더라도 끝장인데 구천구백구십구 마리가 더 있다면 완전 암흑 아닌가!"

순간적으로 찾아든 정적.

청년은 언뜻 무슨 말인지 몰라서 당황했고 장추삼은 자신이 뱉어놓고도 너무 유치하고 재미없는 농담에 어쩔 줄을 몰랐다. 엉겁결에 튀어나오긴 했는데 이리도 썰렁하고 재미없을 수가……

"잘 이해가 안 가는데 다시……"

"헛소리요. 잊어버려도 되니까……"

"풋!"

말을 꺼내던 청년이 바람 빠지는 소리를 냈다. 이제야 이해가 된 모양이었다.

"하하하하하핫!"

낭랑하게 웃던 청년이 장추삼의 안색을 보고 더 웃었다. 그에게는 이런 우스개가 신선한 것이었고 충분히 재미있었기에 말을 꺼내놓고 당황해하는 장추삼의 표정도 우스웠다. 그에 비례하여 장추삼의 안색은 점점 빨갛게 변했다.

"그게 웃기오?"

"충분히 웃기오. 크크!"

'이 사람에게는 하 형의 우스개도 먹히겠구나. 역시 세상에는 많은 사람이 사는군.'

그가 어이없어하는데 청년이 웃음을 멈추고 통쾌하게 한 잔을 넘겼다. 너무 급작스러워서 미처 제지할 틈도 없었다.

"모양으로 시켜놓는다면서 왜 마시오! 아무리 좋은 술이라도 형장에게 좋을 건 없소! 몸 생각을 해야지!"

"아, 너무 즐거워서 그만."

말술이었던 적도 있었다. 밤새도록 마셔도 얼굴색 하나 변하지 않고 여명을 맞이하여 아무 일 없이 다음날의 일과를 준비했던 과거의 어느 때가 오늘따라 사무치게 그립다. 만약 그 시절이 돌아온다면 심통스러워 보이나 속마음은 아침 햇살만큼이나 따사로운 이 친구와 대취(大醉)해서 밤새도록 얘기도 하고 노래도 부르며 온 성을 쏘다닐 텐데.

"과거가 못 견디게 그리웠던 적이 있었소?"

"……?"

"난 말이오, 십수 년 전의 어느 날이 문득문득 생각이 나곤 한다오. 문득문득… 후후. 아니, 미친 듯이 생각이 나서 머리가 터질 지경이라오. 그러나 누구에게도 말하지 못한다오. 아픈 건 나 하나로 족하니까."

첫사랑 어쩌구가 끼어들 틈조차 보이지 않았기에 입 꼭 다물고 그의 말을 경청하는 것으로 장추삼은 위로를 대신하기로 했다. 어줍잖게 나서서 떠드는 것보다 가만히 얘기를 들어주며 공유 가능한 만큼 마음을 같이 느끼는 것이 상대에 대한 배려이자 최선의 선택일 수 있다는 걸 알기에 그저 잠자코 듣기로 했다.

"사형들은 이런 내가 딱하여 무엇이든 해주려고 애쓰시지만 난 알고 있다오. 다시 과거로 갈 수 없다는 걸. 그래서 그분들의 노력이 더 마음이 아프지만 아무런 말도 하지 못하지요. 만약 내가 그런 생각을 하고 있다는 걸 아신다면 너무 슬퍼하실 테니까. 하루하루에 최선을 다해보자고 마음을 먹어보지만 갑자기 밀려드는 서러움만은 어쩔 도리가 없어서 홀로 이렇게 배회를 하곤 한다오. 여러 사람들의 활기 찬 일상을 구경하노라면 한순간이나마 살아 있다는 충동과 더 열심히 살고자 하는 욕구가 움트기도 한다오."

한순간이지만 하고 말을 맺은 청년이 깊게 한숨을 몰아쉬자 따라 한숨이 나올 것 같아 헛기침 몇 번으로 입을 막았다. 건강하다는 것이 소중하다는 걸 모르지 않았지만 이렇게 뼈저리게 느껴본 적은 없었다. 단순히 몸이 안 좋은 것은 아닐 것이라 생각은 했다. 그는 사형을 말했고 과거에의 집착을 보였다. 모진 병에 시달린 사람이라면 이렇지는 않으리라. 그런 경우는 정신마저 피폐되기에 저런 식의 밝음과 어둠이 공존하지 않는다. 확실한 암흑만이 천지를 뒤덮을 듯 대상의 몸과 마음을 휩쓸어서 자아 따위는 남아 있지도 않을 것이다.

"몸의 병은 어찌할 수 있다지만 마음의 병은 백약이 무효라고 했다오. 형장은 비록 몸이 안 좋은지 모르지만 마음만은 포기하지 않았구려. 그건 대단하다 아니할 수 없다오."

"그런가요? 하하하……."

웃음의 여운이 너무 쓸쓸했다. 이런저런 얘기를 해봤자 그의 마음을 절반이라도, 아니, 반에 반이라도 이해하지 못한다는 걸 알기에 마주 웃어주는 게 전부였다. 아마도 그의 사형들도 이런 감정이리라.

"형장의 사형 분들은 분명 좋은 사람들임에 틀림없소. 그러기에 몸이 아무리 아프더라도 남을 배려할 수 있는 마음이 형장의 가슴속에서 아직도 살아 숨 쉬는 거라오."

내 코가 석 자라는 말이 있다. 아무리 선한 사람이라도 자신에게 무슨 일이 닥치면 주위를 돌아볼 겨를 없이 스스로의 문제에 빠진다는 것이고 그래서 '인간'이라 불리우는 것이다. 일반적으로 말이다. 그렇다면 병색이 완연한 이 청년은 분명 일반적이라고 부르기 어려우리라.

환경은 사람을 지배한다. 환경은 그 대상의 정신 전반에 걸쳐 막대한 영향력을 행사하기에 누군가를 알고 싶으면 그 주위를 둘러보는 편이 빠른 경우도 있다.

"아아, 내 사형들을 말하는 거라면 오늘 하루를 지새워도 모자라겠지요."

갑자기 그의 안색에 화기가 돌았다. 숨길 수 없는 자부심. 별 생각 없이 꺼냈건만 안 물어봤으면 매우 섭섭했을 거라는 듯 청년은 신이 나서 그의 사형제에 관해 늘어놓았다. 정인에 관해 자랑을 해도 이보다 더 생기가 날까 싶으리만치 들떠서 열을 올리는 모습에 무조건 맞장구를 치며 고개를 끄덕이던 장추삼도 어느 순간부터 그들을 한 번쯤은 만나보고 싶어졌다. 그만큼 청년이 언급하는 사람들은 인간적인 매력이 있어 보였으며 그들이 추구한다는 이상(理想)도 마음에 들었다.

"그러니까 형장의 형님들은 부도덕한 길에 대항한다는 거 아니오? 설마 하니 의적을 빙자한 도둑 같은 건 아닐 테고… 도무지 요즘 세상에도 그런 사람들이 있다는 게 좀체 믿어지지 않는군."

"아무나 생각할 수 있었다면 이상이라 부르지 못하겠지요. 어렵고 힘들고 그래서 모두가 감히 엄두조차 내지 않는 것에 도전하기에 이상이라 부르는 거 아니겠소?"

"말은 분명 멋진데… 지금 현실이 그렇게 부도덕했던가? 잘 모르겠는걸?"

청년이 심유한 얼굴로 장추삼을 바라보았다. 여러 얘기를 나누어보았지만 이자는 무림인이 아니다. 무인이 아닌 사람에게 강호를 말해봤자 아무런 소용 없는 일이고 관심을 두지도 않을 것이다. 무인이라고 하더라도 말해 주지는 못하지만.

"악(惡)이란 게 무엇이라고 생각하시오?"

"악?"

느닷없는 질문에 장추삼이 어리둥절하여 청년을 한번 바라보고는 턱을 괴었다. 악이라… 심각하게 생각해 본 적 없다.

"뭐… 나쁜 게 악이겠지. 좋은 걸 악이라고 부르지는 않으니까. 악은 그냥 악이 아닌가?"

참 일반적인 사람이다. 무엇이든 긍정적으로 생각하고 행동하는 존재라는 걸 잘 말해 주는 한마디다. 심각할 때 심각하고 모르는 것에는 깨끗하게 손을 털기에 쓸데없는 언쟁에 휘말릴 이유도 없으리라. 느끼고 생각한 것 그대로를 받아들여 머리 속에서 사고를 끝내고 아는 만큼만 얘기한다. 더 이상의 어떠한 과장도 없기에 말하는 이도 듣는 이도 부담이 없을 것이다.

"형장, 나 역시도 지금 하는 말에 어떤 확신 같은 것은 없다오. 단지 이런 게 아닌가 하는 생각이니까 듣는 즉시 잊어버려도 상관은 없소. 악의 개념적인 문제니까 그렇게 생각할 수 있고 아닐 수도 있다오. 악이란 선의 반대 개념이겠지요? 그럼 우선 선(善)에 대해 생각해 봅시다. 뭡니까? 선이란 것은. 그 당시에 느끼는 보편적으로 옳은 감정 아닙니까? 보편적… 이 말 역시 개념적으로 생각한다면 무척이나 주관적인 단어겠지요?"

무슨 말을 하는 걸까, 아니, 무슨 말을 하고 싶은 걸까?

장추삼은 지친 표정으로 차분하게 말을 잇는 청년의 얼굴을 바라보았다. 어디서 되찾았는지 놀랄 만큼 힘이 있으며, 분석적이고, 자신감에 차 있는 얼굴이기에 한 점의 의심도 발견하지 못했다. 자신을 믿고 자신의 생각한 바를 맹목적으로 따를 수 있는 것, 이건 아무나 하지 못한다. 그는 확신하지 못한다고 했지만 말뿐이라는 걸 온몸으로 보여주는 듯 타오르는 눈동자를 빛내며 장추삼을 응시했다.

"여론이 주관을 주도한다는 걸 알고 있습니까? 사람들은 지독히 나약한 존재이기에 그가 생각하고 판단한다고 믿는 사실의 대부분이 누군가에 의해 조종되고 있다는 걸 모른다는 겁니다. 보편적인 가치 기준이라고 생각하는 우리의 관념은 스스로가 판단하고 주변의 다수와 '함께' 결정된 결과라고 착각을 하지만, 힘없고 생각하기 귀찮아하는 다수는 의식하지 못하고 있지만 극소수의 지배 계급이 가지고 있는 선택적 논리에 의해 좌우되고 있는지도 모르오. 그들은 지배층답게 힘이 있으며 교활하고 그것을 드러내지 않을 정도의 가면도 쓸 줄 알 것이오."

마땅히 할 말도 없고 해서 장추삼은 청년의 얘기를 듣기만 했다. 그에게 지배층의 논리든 다수의 우경화(牛傾化)든 현실적으로 와 닿지 않기에 뜬구름 논리에 다름이 없었다.

잘 알고 있겠지만 다수의 서민들은 자신의 생활 이외에 세상 돌아가는 건 별 관심이 없다. 실생활에 별 도움도 되지 않고 관심을 가져 봐야 참여의 기회가 극히 제한되어 있기에 지레 포기하는 경우가 많다. 한두 번 무시당하면 좌절을 하게 되고 그것이 장기화되면 무관심으로 흐르게 된다. 그러던 어느 날 세상사와 무관한 자신을 발견하게 되겠지만 그때 정도라면 만사가 귀찮아지고 사는 것에 바쁜 일반인이기에 중심이 어떻게 흐르든 상관없는 사람이 되어 있는 것이다.

"재미없지요?"

끄덕끄덕.

"미안하오. 별로 상관없는 분에게 이런 말을 하게 되었구려. 날개 꺾인, 아니, 깃털만 가다듬다가 날아보지도 못한 병아리의 넋두리라고 생각해 주시오. 그래도 형장에게 이런 말 하니까 속이 다 후련하구려."

"어차피 병아리는 닭이 되어도 날 수 없잖소? 그런 표현은 듣기 거북한걸?"

"허!"

가끔가다 사람을 놀라게 하는 재주가 있는 친구다. 별로 중요하게 여기지 않은 얘기였고 아무렇게나 비유했거늘 그 속에서 어떤 모순을 발견하고 끄집어낸다. 평범하지만 아무도 예상하지 못하는 가시를 숨기고 있고 누구나 흘려들을 말의 약점을 지적한다. 한 방 맞았다는 듯 기분 좋게 웃던 사내가 건배를 권했다. 입만 대라며 마주 잔을 드는 장추삼의 배려가 청년의 가슴에 깊게 새겨졌다.

'그래요. 이런 것 따위 신경 쓰지 않고 사는 인생이 더 행복할지도 모르오. 그래서 형장이 부럽구려.'

어스름히 노을이 깔리고 청년도, 장추삼도 돌아갈 곳이 있기에 자리에서 일어나야만 했다. 잠깐을 만나도 서로의 마음이 맞는 경우가 있고 평생을 교류하며 절친한 듯 보였지만 뒤만 돌아서면 서로를 헐뜯기에 여념이 없는 만남이 있다. 각양각색의 사람들이 호흡하며 사회를 이루기에 체계화된 교우의 정의 같은 건 없지만 그렇게 얘기하자면 일반론은 설자리를 잃게 된다.

"아까 말하던 악에 관해 마저 얘기해 봐요. 뒷간 갔다가 와서 뭐 안 닦으면 찝찝한 것처럼 말이란 것도 마무리 짓지 못하면 영 그렇거든."

"하하, 그럴까요? 재미없는 얘기라 안 하려 했는데."

오랜만에 마신 술 탓일까? 빨갛게 물든 볼을 한번 쓰다듬고 청년이 식어 빠진 안주를 한 절음 우물거렸다.

"흐음, 어찌 들을지 모르겠으나 악이란 게 어찌 보면 지배자의 논리에서 반대되는 모든 가치를 배타시하기 위한 단어가 아닐까 생각하오. 우리가 흔히 말하는 범죄를 제외하고 말이오."

지배자의 논리에서 반대되는 모든 가치를 배타시하기 위한 단어.

골똘히 머리를 굴리던 장추삼이 히죽 웃으며 술 한잔을 털어 넣었다.

"역시 내게 힘든 용어요."

"하하하하하!"

청년도 기분 좋은 웃음을 터뜨렸다.

헤어지며 청년이 장추삼의 손을 한번 잡았다.

언제 다시 볼 수 있을까.

마음속 이야기는 반도 해주지 못했는데.

이렇게 이별한다면 기약조차 없다.

이 몸이 언제까지 버틸 수 있을지…

만약 다시 볼 날이 있다면 그때까지 건강하시게.

"왜 나를 계속 힐끔거린 거요?"

"후후후……."

"웃지만 말고 솔직하게 말해 봐요. 왜 날 계속 쳐다본 거요?"

"말하면 기분 나쁠 텐데?"

"기분 안 나쁘니까 말해 봐요."

"촌닭 같았소. 주위를 연방 두리번거리는 모습이 어찌나 우스웠던지 소리 내어 웃지 않느라 노력했다오."

"윽!"

"하하하!"

떠나는 사내의 등 뒤로 장추삼이 크게 소리쳤다. 얼마나 큰 소리였으면 주위가 웅웅거릴 만큼 울려 퍼졌다.

"다음번에도 이렇게 골골거리면 한 대 올려붙일 거요! 촌닭의 주먹이 얼마나 매운지 알고 싶으면 계속 헤롱거리시오!"

지지 않겠다는 듯 미약하나마 낭랑한 목소리로 청년이 화답했다.

"닭한테 쪼인다면 기이한 학[奇鶴]의 체면이 말이 아니겠지요? 걱정 마시오, 어디 닭이 학을 쪼는 걸 두고 보겠소? 다음번엔 술 마시다 도망가기 없기요!"

"제발 도망 좀 가게 해주시오, 제발!"

◇

제45장
조인을 지키기 위한 선택

존엄을 지키기 위한 선택

타타타탁!

급박한 발걸음 속에 한 사내가 바삐 걸음을 옮기고 있었다. 날렵한 몸짓으로 보아 능히 신법을 전개할 수 있어 보이는 데도 조심스러운 기색이 완연했다. 급하지만 조심스럽게 몸을 움직이던 그가 이르른 곳은 달빛이 아름다웠던 한 사내의 방문 앞이었다. 잠시 멈칫하던 사내가 몸짓만큼이나 조심스레 입을 열었다. 방이라고는 하나 단독 별채였기에 그는 달빛을 마주하며 서 있었다.

"회주(會主)님, 속하 비령(秘令)이옵니다."

그러나 굳게 닫힌 방문에선 차가운 정적만이 떠돌았다. 사안은 급전을 요했고 필요한 정보는 대충 취합을 했다. 강호에서는 아무도 모르고 있지만 이곳 하남에서 풍운이 불 것이고 그 바람은 그들에게 매우 안 좋은 영향을 주게 될지도 모른다. 어떻게든 막아야만 한다. 아직 늦지 않았는지도 모른다. 하여간 시급하다.

"회주님, 비령이 왔습니다. 분부하신 정보를 가져왔나이다."

역시 묵묵무답. 비령이라 스스로 칭한 자의 얼굴에서 굵은 땀방울이 흘러내렸다. 결례를 무릅쓰고 그가 문고리를 잡을 무렵 등 뒤에서 인기척이 들려왔기에 돌아선 그가 깊숙이 읍(揖)을 취했다. 회주의 사제인 이 청년은 병약하고 힘없어 보이나 한때 모두의 우상이었던 적이 있었기에 자발적인 존경의 표현이기도 했다.

"속하 비령이 학 교두(鶴敎頭)를 뵈옵니다."

"아직도 그대들은 나를 교두라고 부르는군."

기학은 파리하게 웃으며 비령의 어깨를 감싸 안았다. 낮에 먹은 술은 역시 좋지 않았고 장시간의 외유였기에 피곤한 몸을 가누기 어려웠다. 아무리 마음이 상쾌하다고 해도 육체의 피로까지 어찌하지는 못하였다.

"회주께서는 출타 중이시라네. 그래, 무슨 일이길래 흘리지 않던 땀까지 소모하며 그러고 있는 건가?"

"아무것도 아닙니다. 그럼!"

"잠깐!"

기학의 목소리가 무거워졌다. 이제는 병들고 지친 몸이지만 예전의 관록을 무시하지는 못한다. 언젠가의 하늘에서 저 청년이 보였던 기백과 위용을 잘 알고 있는 비령이기에 순간적으로 경직되는 몸은 자연반사적인 현상일 것이다. 사람은 가더라도 그 이름이 남듯 이제 아무것도 못할 것 같은 청년에게 예전의 위용이 그대로 남아 있었다.

"자네는 얼마 전에 회주께 어떤 밀명을 받은 걸로 알고 있다. 그 결과겠지? 표정을 보니 급히 전해야 할 보고인 것 같고. 맞나?"

"……."

왠지 이 청년 앞에선 거짓을 고하기 어려웠다. 무언의 대답은 긍정을 의미하는 것. 기학의 선한 얼굴이 급격히 굳어져 갔다. 아마도 사형들은 병든 자신을 위해서라고는 하지만 모두가 결의하고 행동하기로 한 일에서 소외되는 건 싫다.

그도… 살아 숨 쉬는 인간인 것이다.

"왜 내게 숨기는 거지? 내가 그만한 자격도 없어 보이나?"

"그게 아니라……."

"회주의 명령이라면 내가 책임진다. 기학이란 이름을 걸고 한번 뱉은 말을 어긴 적은 없었다. 기억하고 있겠지? 자네도 그 자리에 있었으니."

"속하는 명령을 이행……."

"기억하느냐고 물었다. 대답하라!"

잠시 기학을 바라보던 비령이 무겁게 고개를 끄덕였다.

어느 해의 겨울이었다. 무공 수련 시간에 기학이 한번 검식을 펼쳐 보이며 이것을 한 번에 따라하는 사람이 있다면 령대(令隊) 전체에게 술을 사기로 했었다. 추운 날씨와 집중력이 떨어지는 오후라서 아무런 생각 없이 한 말이었지만 놀랍게도 령대원 중 하나가 따라했다. 누구도 예상하지 못한 것이 그 검식은 매우 고절하고 어려웠기에 령대 전체가 고전하던 부분이었다.

기학이 졸도할 만큼 놀란 건 당연했으나 알고 보면 아무것도 아니었다. 전혀 깨닫지 못하던 검식을 돈오도 아닌데 한번에 이해해서 펼쳐낸다는 건 말이 안 되는 일. 그건 무학의 길에 갓 입문한 바보나 속아 넘어갈 눈속임에 불과했다.

 이들은 무공 수련이 힘들고 지겨워서 모두 알고 있는 초식을 반복해서 수련한 것이다. 물론 대원 전체가 합심해서 전혀 이해하지 못한 것처럼 말을 맞췄음은 당연했다. 무학이란 한 고비를 넘었다고 생각하면 더 힘든 고개가 가로막고 그만큼 어려운 수련이 기다리기에, 날씨가 너무 추웠기에 이대로 겨울을 나보자는 얄팍한 계산이었던 것이다.

 약속은 약속. 기학은 일언반구 대꾸도 없이 령대 전원에게 회식을 베풀었고 령대원들은 바보 짓을 한 대원을 쥐 잡을 듯이 노려보며 차마 술과 안주에 손을 가져가지 못했기에 술자리는 지독히 썰렁했다. 그렇게 한 식경이 흐르고 모두의 꺼림칙함을 짐작한 기학이 빙그레 웃으며 한마디 했다.

 "나는 여러분과 내기를 했고 졌기 때문에 약속대로 술과 안주를 산 것이다. 여러분들은 내기에 이겨서 당연히 받는 권리이니 부담 가지지 말아라. 그뿐이다. 변하는 건 없다. 마음껏 즐기고 마셔라. 우리는 맹우(盟友)다. 누구나 실수를 하지만 그건 용서받기 위해서 있는 것이다. 다만 내일부터 여러분이 연마할 초식의 이름이 바뀌기는 하겠지만 그건 아주 사소한 일 아닌가?"

 회주에게 보고되었다면 어떤 결과가 왔을지 모를 일이었다. 그러나 다음날 령대원들이 모였을 때 기학이 취한 행동은 조용히 다음 초식의 구결을 일러주고 그에 맞는 보법을 한차례 시범 보인 게 전부였다.

 왜 기억하지 못하겠는가? 그당시 바보처럼 초식을 따라했던 대원이 바로 비령이었거늘. 아직도 술자리에서 기학이 했던 말은 그의 마음속에서 생생하게 살아 숨 쉰다. 기학은 그의 우상과도 같은 존재였다. 이제는 비록 그때의 위엄과 자태를 보이지는 못하겠지만 그에게는 기학보다 위대한 인물이 없다. 설령 회주라도 말이다.

갑자기 신형을 꼿꼿이 세우며 비령이 대답했다. 철부지 검수는 세월을 약으로 삼아 서른 명의 령대원을 이끄는 비(秘)의 령이 되었고 그들의 신화와도 같았던 인물은 이제 그들의 일 초도 받아내지 못할 것이다. 하나 그들이 무학을 지도한다고 하여도 그들의 영원한 교두는 이 사람이다.

"속하 비령 교두님께 아뢰옵니다. 회주께서 부탁하신 밀령을 방금 전 이행하여 보고드리려던 차에 회주께서 부재 중이라 아직 전달하지 못하였습니다. 하명 바랍니다!"

얼핏 기학의 입가에서 미소가 어렸다. 이 몸만 완전했다면 이들과 좀 더 많은 일화를 엮어 나가며 강호를 질주했을 텐데… 같이 땀을 흘리고 숨 쉬고 술 마시고 노래했을 텐데… 웃고 울며 서로를 보듬어 안아 목적지까지 치달았을 텐데…….

"보고는 구두(口頭) 형태인가, 서신(書信) 형태인가?"

"서신입니다."

"이리 다오."

"옛?"

"달라고 했다!"

말 그대로 밀령이다. 회주가 친히 내린 명령이고 회주에게만 가야 하는 체계이다. 순간적으로 비령의 몸이 굳어졌다. 그는 한때 교두로 모셨던 사람의 눈동자를 바라보았다.

나는 아직 죽지 않았다…….

망가진 건 그의 몸뿐이다. 냉엄한 눈동자에서 호기심이 아닌 의지를 엿보았기에 그는 품속에서 봉서를 내놓았다.

"속하가 이 봉서를 내놓는 것은 교두께서 회주님과 사형제지간이기 때문은 아닙니다. 학 교두님은 저희 령대의 영원한 지주이시기 때문입니다."

무슨 생각을 하는지 비령을 내려다보던 기학이 말없이 봉서를 건네받았다.

화주님께 비령대가 보고합니다.
이름: 단리혜.
나이: 22세.
성별: 여.
출신: 북경 단리세가의 둘째.
가족: 어릴 때 부모를 여의고 오빠와 단둘이 살았음. 현재 독신.
무공: 중중(中中).
특기 사항: 현재 검정오존 중 수위를 차지하는 남궁선유와 역시 검정오존 중 하나인 박옹, 그리고 검도고수인 북궁단아와 하운, 세우 삼십육도 중 혼자 열여덟을 감당한 장추삼과 동행 중.

봉서를 뒤적이던 기학이 의아한 얼굴로 고개를 갸웃거렸다. 이 정도가 밀령이라면 세상천지 보고 중에 밀령이라 이름 붙지 않을 것이 어디 있겠는가. 내용 중에 놓친 것이 있나 다시 한 번 살펴보았지만 도저히 밀령이라 부를 내용은 존재하지 않았다.

"이게 전부인가?"

비령이 서신을 받아 들고 힘을 주었다. 그러자 앞서의 내용이 옅어지며 양피지에는 전혀 새로운 내용의 글귀가 수놓아졌다. 삼매진화를 주입해야만 숨겨진 내용이 드러나는 고절한 속임수. 과연 비령대다운 전달 방식이었다.

"기발하군."

온기가 감도는 양피지를 받아 든 기학의 눈썹이 역팔자를 그렸다.

비(秘).

단리혜의 오라비는 다름 아닌 비발쌍부 원재혁으로 무룡숙에 잠입하여 야행 중에 비각주 이하 무룡숙 무사들에게 발각되었으나 오히려 그들을 도륙하며 탈출하던 중 운조님과 조우하여 가까스로 제압당함. 원재혁의 시신은 화골산으로 처리하였기에 흔적조차 남지 않았으나 그의 품에서 전서구용 모이가 발견된 점을 미루어볼 때 어떤 식으로든 외부와 연락이 가능했을 경우도 배제할 수 없음.

마지막 구절을 읽어내려 갈 무렵 양피지는 본래의 글자로 돌아가기 시작했다. 이것이었다. 여섯 명이 무얼 하려는지 이제야 알게 되었다. 양피지를 꽉 움켜쥐고 망연히 서 있던 기학이 입술을 깨물고 빙글 몸을 돌렸다.

"어디 가십니까?"

"그걸 질문이라고 하는가?"

"안 됩니다! 보내드릴 수 없습니다!"

기학의 앞을 막아선 비령의 표정은 단호한 가운데 걱정이 어려 있기에 이마에 불끈 힘줄이 섰던 그가 웃음으로 비령을 달랬다. 걱정해서, 염려스러워하는 행동에 화를 낼 수야 있나.

"괜찮다. 자네가 걱정할 만큼 비리비리하지 않아. 만약을 대비해서 회의 경계를 철저히 하고 사형들께 소집령을 올려라. 내 이름으로 말이다. 한시가 급하다."

"직접 소집령을 작성하여 주십시오. 속하들은 명을 받들겠습니다. 무룡숙 문제라면 자체 내에서도 처리가 가능할 것이기에 교두께서 친히 가실 필요는 없습니다."

"나도 무인이었고 직감이란 게 있다. 어서 비켜라."

"용서하십시오."

비령은 마치 거대한 돌덩어리처럼 기학의 앞을 막아서서 한 치도 움직이지 않았다.

예전처럼 고요한 목소리로 무공구결을 일러주지 않아도 좋다. 지친 령대원들에게 한 잔 술로서 노고를 치하해 주지 않아도 좋다. 그 유려하고 현란한 무예를 펼쳐 보이지 않아도 좋다.

언제까지가 될지는 모르나…

'이 사람과 함께하고 싶다. 그것이 이상이든 파멸이든 말이다.'

"할 수 없군."

낮게 한마디 하고 그가 지그시 눈을 감았다 떴다.

휘르릉—

기학의 장포가 금세라도 터져 나갈 듯 부풀어 오르며 온화하던 그의 눈에서 줄기줄기 신광이 뻗어 나왔다. 이 모습은…

"교두!"

비명처럼 소리 지르는 비령의 눈에서 눈물이 흘러나왔다. 그건 절대로 감격의 눈물이 아니었다. 무공의 회복? 그런 거라면 집공맥에 뚜렷한 변화가 있어야만 한다. 기가 온몸을 돌고 돌아 피부 밖으로까지 발산되는 상태에서 연결 통로에 아무런 변화가 없다는 건 말이 안 된다.

그리고 기학의 집공맥은… 아무런 변화가 없었다.

'꼭 이래야만 하는 겁니까? 그렇게도 절실한 겁니까?'

기학의 몸은 단전의 기능이 거의 멎어 있기에 공력을 불러일으키기 어려운 상태다. 이 정도의 기운을 발산하는 단 한 가지 방법은 진원진기의 폭발밖에 없다.

인체에 머무는 기운은 크게 두 가지로 나뉘어진다. 수련을 통해 얻어진 내공과 내공이 심후해져서 그것을 생명줄과 잇닿아놓는 진원진기. 다른 말로 본원진기라고도 불리우는 이 기운은 일류고수라도 가지기 어렵다. 어느 정도 경지에 이르러야만 얻을 수 있고 그 분출이 가능해진다. 문제는 회수할 방법이 전무하다는 것이다. 또한 생명줄과 연계선상에 있기에 사용하면 사용할수록 목숨을 갉아먹는 약점이 있다. 그래서 아무리 고수라고 해도 절체절명의 순간이 아니라면 진원진기에 손상이 가는 일체의 행동을 하지 않는다.

"나를 막을 수 있겠나?"

"교두……."

"가도 되겠나?"

"한말씀만 드려도 되겠습니까?"

"물론."

하염없이 흘러내리는 건 더 이상 눈물이 아닐 것이다. 우상의 마지막 비상은 너무 처절했기에 더없이 아름다웠으나 필연적인 추락이 예고된 행보였다.

그렇다고 이대로 보낼 수는 없다. 빈말이라도, 거짓이라도 한마디를 들어야겠다.

"돌아오시면 오십 일 간은 무조건 정양을 하셔야 합니다. 드신다고 하고 버리던 탕재들도 이제는 남김없이 비우셔야 하고 사오 일에 한 번 가시던 나들이도 백 일 간 금지입니다. 약속해 주시겠습니까?"

"자네……."

무어라 한마디 하려던 기학이 피식 웃었다. 생각보다 이 친구는 잔소리꾼이지 않은가?

"장가가면 여자가 피곤할 것이야. 남자는 그렇게 사소한 것까지 신경 쓰면 사랑받지 못해."

"교두!"

"알았네, 알았어. 내 이름을 걸고 맹세하지. 오십 일 간 정양하겠으며 버리던 탕재……."

이 부분에서 그는 또 한 번 실소를 머금어야 했다. 감쪽같았을 거라 생각했는데 모조리 알고 있지 않은가?

"그래, 탕재도 다 먹을 것이고 백 일 간 회 밖으로는 나가지 않겠네. 됐나?"

기학을 똑바로 쏘아보던 비령이 무겁게 고개를 끄덕였다.

"일동!"

벼락 치듯 비령이 소리 지르자 어디선가 수많은 인영이 솟아올라 두 줄로 가지런히 섰다. 그 수는 정확히 서른. 이들은 다름 아닌 비령대 전원이었다.

"검례(劍禮)!"

촤촤촤촹!

일제히 검을 뽑아 든 대원들이 명치 부근에 검자루를 갖다 대고 하늘로 검극을 이르게 했다. 그 모습은 일사불란하면서도 무언가 사나이만의 멋이 배어 있기에 보는 사람의 눈시울이 붉어질 만했다.

"죽으러 가는 것도 아닌데 왜들 수선인지……."

그도 눈가가 뜨거워져서 잠시 하늘을 올려다보았다. 그곳엔 그의 사형이 그리도 좋아하던 달이 두둥실 떠 있었다.

'이제야 사람 노릇 한번 하나 봅니다. 이런 나를 이해하시겠지요?'

저벅저벅.

양 옆으로 도열한 비령대원들의 사이를 걷자 그가 지나간 자리의 대원들은 순차적으로 검을 빠르게 사선으로 비껴 내렸다.

추추추축─

마지막 대원을 통과하자 서른한 명의 우뢰와도 같은 목소리가 밤하늘을 갈랐다. 가식이라곤 일 할도 섞이지 않은 사내들의 가슴속 언어. 그래서 음성은 공진되어 언제까지나 메아리칠 것만 같았다.

"교두님, 몸 건강히 돌아오십시오!"

마지막 '오' 자가 하염없이 메아리칠 때 기학의 모습은 어디에도 보이지 않았다. 그는 단 한 번도 뒤를 돌아보지 않았고 대원들도 그 이상 어떠한 말도 뱉어내지 않았다. 두 눈에서 한줄기 루주가 짙게 흐르고 있을 뿐. 그가 사라지고도 언제까지나 서 있을 것처럼 그들은 그렇게 제자리를 지키고만 있었다.

고맙다, 비령대, 아니… 맹우들이여…….

◇ 제46장
오! 하늘이여!

오! 하늘이여!

박옹의 한마디에 모두들 펄쩍 뛰어올랐으나 개의치 않겠다는 듯 고개를 모로 돌린 그가 툴툴거렸다.

"전술의 기본도 모르나? 속전속결 아나? 들어본 적 없어? 속전속결."

"아, 글쎄, 아는데……."

장추삼이 머리를 벅벅 긁었다. 아닌 밤에 홍두깨도 유분수지 늦은 밤에 와서는 '자! 치러 가자!' 라니. 이건 완전히 멋대로 아닌가? 처음 봤을 때부터 뚱딴지 같은 영감인 줄은 알았지만 이렇게 무대뽀 정신에 투철할 수가 있나? 사정은 하운과 북궁단야도 별로 다를 바가 없어 말은 못하지만 의아함과 당혹감이 어우러져 기묘한 얼굴이 되었다.

이론적으로야 무슨 말인들 못하랴. 성동격서도 있고 출행랑도 있다. 손자병법을 탈탈 털면 사자성어 기백 개는 뽑아내리라. 속전속결만이 전술의 기본은 아닌 것이다. 그런데 저 영감은 어디서 주워들었는지 오로지 속전속결타령이고 세 청년의 안색은 점점 어두워졌다.

"노선배, 그래도 어느 정도 토의를 하고 나서 잠입을 감행해도 늦지 않을 듯합니다. 솔직히 너무 갑작스럽다는 느낌을 지울 수가 없군요."

북궁단야가 한마디 거들고 나섰다. 언제나 장추삼의 의견을 뭉개 버리던 그의 행태로 비추어볼 때 분명 의외로운 행동이었고 그 뜻은 박옹의 말이 그만큼 무리수를 둔다는 의미였으나 통통한 노인은 살찐 손을 살래살래 흔들었다.

"토의고 나발이고 필요없어. 지금이 최적기다. 오늘을 놓치면 언제 기회가 있을지 몰라."

"글쎄, 오늘이 최적기란 이유를 세 가지만 대보라구요!"

가슴을 쾅쾅 치며 장추삼이 절규하듯 소리 질렀다. 어제는 사상 최악의 악몽으로 설잠을 잤고, 오늘은 하루 종일 학 문양의 청년과 담소하느라 몹시 피곤한 상태였다. 훌쩍거린 낮술도 그 특유의 성격상 이제야 효과가 나타나기 시작해서 눈꺼풀이 몇만 근은 된 것 같다. 아무 생각 없이 퍼져 자고 싶다. 오늘 꿈나라로 간다면 하남 땅 전체가 흔들릴 만큼 거대한 지진이 일어난다고 해도 꼼짝하지 않을 자신이 있다. 그러나 박옹은 씨도 안 먹힌다는 표정으로 냉랭하게 콧방귀를 뀌었다.

"대라면 못 댈 줄 알구? 네 녀석이 노부를 무시해도 한참을 아래로 봤다. 오냐, 대주마, 세 가지 이유."

입꼬리를 살짝 비틀어 올리는 것으로 장추삼에의 조소를 충분히 표현한 박옹이 검지손가락을 우뚝 세웠다.

"첫째, 우리는 어제 하남 땅을 밟았다. 시간적으로나 정신적으로나 최적기란 얘기지."

"그게 어떻게……."

"야야, 노인네 말하는데 끼어들지 마. 지금부터 설명할 테니까 잠자코 귓구멍이나 확장하라구. 시간적인 강점은 적들이 우리 움직임을 포착할 시간이 거의 없었다는 얘기다. 북경부터 꼬리가 밟히지 않는 이상 놈들은 우리를 아직 인식하지 못했을 거란 말이다. 생각해 봐라. 이렇게 우르르 몰려다니면 어디서든 눈에 띈단 말이야. 얼굴 알려진 남궁과 내가 같이 있으니 더 심하겠지. 며칠만 지나면 하남 땅에 소문이 쫙악 퍼질지도 모른단 말이다. 검정오존 중 두 명이 하남 땅을 활보하고 다닌다는 사실이 말야."

그의 지적은 분명 정확한 것이다. 평생 한 번 보기 어렵다는 검정오존 중에 두 명이 붙어 다닌다는 소문이 돌면 뒤가 켕기는 단체들은 문단속부터 하려고 들 것이다. 그만큼 둘의 이름은 충분히 위압적인 것이니까. 준비된 적과 정비되지 않은 상대와 싸운다는 두 가지 가정을 한다면 어느 쪽이 쉬운지는 불문가지다. 그 정도는 바보도 알 것이다.

"정신적인 걸 말하자면 우리의 마음가짐인데 지금처럼 사기가 충만한 경우가 없어. 아직까지 적의 전력이나 기타의 상태를 모르기에 일단 부딪쳐 보자는 의욕이 강하거든. 싸움의 절반은 사기가 좌우한다고 했다."

이것도 딱히 반박할 말이 없었다. 기세에서 눌리면 실력이 한 수 위라도 매가리없이 깨지는 경우를 종종 보게 된다. 싸움은 실력만으로 좌우되는 게 아니기 때문이다.

장추삼들이 꿀 먹은 병아리마냥 경직되어 있자 회심의 미소를 짓던 박옹이 천천히 중지를 세워 검지와 나란히 했다. 분위기는 이제 완전히 박옹 쪽으로 흘렀고 기세를 탄 그의 목소리에 힘이 실렸음은 물론이다. 이런 게 바로 사기라고 할 것이다.

"둘째, 창문 밖을 봐라."

박옹이 가리킨 곳엔 휘영청 달이 떠 있었다. 언제나 그 위치에서 그렇게 놓여 있는 달. 도대체 뭘 말하자는 건가.

"달이네 뭐."

"그래서 니가 바보라는 거야, 무식한 녀석아."

"뭐요! 이 영감이 진짜!"

"달은 맞다. 근데 그냥 달이냐?"

말없이 달을 바라보던 하운이 탄식처럼 한마디 내뱉었다. 사람들은 사물을 볼 때 그 중심적인 것에 취해서 주변부의 자잘한 요소들을 놓치곤 한다. 그 이유는 어떤 대상을 바라볼 때 머리 속에서 이미 대상을 정의 내리고 그것을 확인하려는 경향이 있기 때문이다. 장추삼이 늘상 얘기하던 고정관념이 그것인데 그 역시도 아직 자유롭지 않은 탓인지 그만 간단한 걸 놓쳤다.

"달무리……."

"그나마 네가 제일 똑똑하구나. 맞다, 달무리가 지어 있지. 달무리가 진 다음날은 뭐가 내리냐?"

답을 알고는 있었지만 어느 누구도 대답하지 않았다. 이제 기세는 대세가 되어 박옹이 일행을 완전히 장악한 형국이 되었다. 역시 생강과 사람은 오래될수록 매운 법인가 보다.

"비가 내리겠지? 일반적으로 생각해 보자. 휘영청 달 밝은 날 침입하면 들킬 염려가 높다고 생각한다면 그놈은 하나만 알고 둘은 모르는 멍청이다. 주위가 어둡고 침범당하기 쉽다고 생각하는 날일수록 경계는 강화되는 법이다. 멀리 볼 것도 없이 변방을 지키는 성문에서도 날이 흐릴수록 경비를 삼엄하게 한다. 그런 기본적인 걸 놈들이 간과할 리 없지. 같은 이치도 한 번을 더 생각하면 전혀 다른 길이 보인단 말이다, 이 멍충이들아!"

거의 결정타에 가까웠다. 박옹이 남궁선유보다 무공 면에서 열세일지는 모르지만 강호 견식이나 대국을 바라보는 눈은 확실히 더 높았고, 그래서 부득불 초빙한 것이다. 경험처럼 소중한 건 어디에도 없다. 심지어는 무학보다도 요긴하게 쓰이기도 한다. 지금 같은 경우가 좋은 예라고 하겠다. 세 청년의 고집대로 하루를 지체했다면 어떤 일이 그들을 맞이하고 있을지는 모르지만 오늘의 경우보다 좋지는 않으리라.

"됐지? 이제 군소리하지 말고 따라와라."

자신만만한 어조로 모두에게 명령하고 박옹이 벌떡 일어서자 애당초 서 있던 남궁선유가 말없이 고개를 끄덕였다. 그 작은 몸짓에 친구에 대한 신의와 고마움, 그리고 설명할 수 없는 많은 감정이 묻어 있었기에 한마디의 단어로 표현하기 어려웠지만 박옹 또한 싱긋 웃어주는 것으로 화답했다.

오래되면 매운 것이 생강과 노인이라면 오래될수록 좋은 것은 술과 친구이리라.

각자 전투를 위해 분주히 움직이는 동안 한 가지 일만으로 준비를 마친 장추삼이 연방 고개를 갸웃거렸다. 무언가 빼먹은 게 분명히 있는데 그게 뭔지 당최 기억나지 않는다. 어쨌든 굉장히 억울한 걸 놓친 것 같은데 말이다. 순간적으로 잊어먹은 일은 생각해 내려 하면 할수록 땅강아지마냥 숨어버린다.

"모두 준비가 되었다면 가자."

평소와 다르게 비감한 목소리로 박옹이 한마디 하자 모두의 고개가 천천히 끄덕여졌다. 이제 실전이다. 피를 봐야 함은 물론이고 그 양이 얼마인지 아는 사람은 아무도 없다. 누구도 캐본 적 없는 복마전으로의 돌입이기에 청년 층은 손마디에서 축축이 배어 나오는 땀을 손가락으로 살살 문질렀다. 약하게 보이긴 싫었지만 긴장은 다른 곳이 아닌 그들의 손, 즉 공격 수단에서 즉각적으로 반응하게 된 것이다.

"앞을 막아서는 놈들은 이유 여하를 막론하고 베어라. 죽이지 못하겠거든 최소한 동작 불능의 상태로 만들면 된다. 우리가 할 일은 무룡숙의 파괴가 아니라 그 실상을 폭로하는 것이니 무리하여 깊숙이 접근할 필요는 없다. 명심해라, 최단시간에 치고 빠지는 것을. 우린 아직 그들을 전혀 모르고 있다는 걸 알아야 한다. 준비는 다 되었겠지?"

"아! 이제 생각났어!"

엄지와 중지를 맞부딪쳐 경쾌한 음향을 내고 으르렁거리듯 장추삼이 입을 열었다. 하도 심각한 기세이기에 그의 시선을 한 몸에 받은 박옹이 흠칫할 정도였다.

"뭐, 뭐냐?"

"세 가지 이유를 댄다고 했잖아! 왜 두 가지만 대는 거야!"

"음?"

박옹의 얼굴에서 순간적인 당황이 감지되었지만 그것은 애당초에 없었던 것처럼 금세 사라졌다.

"별 시답잖은 말로 분위기 깨기는…….."

"대란 말이야! 못 대는군. 홍! 거짓말쟁이 영감. 내일부터 박옹은 천하의 구라쟁이라고 방방곡곡 소문 내고 다닐 테다! 원래 입소문처럼 무서운 건 없는 법이지. 거기다 검정오존쯤 되는 인물의 얘기라면 모르긴 몰라도… 홍! 삽시간에 퍼질 거다!"

이까지 벅벅 갈아대는 녀석의 상태를 보아하니 정말로 주절거리고 다닐 것 같았다. 세 가지 이유? 그런 거 생각해 본 적 없다. 그저 오늘 이어야 하는 이유를 설명해 준 것뿐이고 다른 청춘들은 잘 이해하여 부드럽게 진행되었는데 심통스러운 놈이 그걸 물고 늘어지는 것이다. 별거 아니라고 넘기려 하여도 박옹 정도의 위치와 나이에 그런 소문이 돈다면 그보다 망신스러운 일이 어디 있으랴? 머리가 다 아파왔지만 어느 정도 녀석을 파악했기에 절대로 약세를 보이지 않아야 한다는 걸 박옹은 본능적으로 느꼈다. 여기서 밀리면 두고두고 얘기하며 놀려댈 것이다.

"정말 알고 싶은 거냐?"

잔뜩 무게 잡고 입을 열자 그 기세에 이번엔 장추삼이 흠칫했다.

'뭐야? 정말로 있는 거야?'

"정 알고 싶다면 말해 주지. 훗!"

박옹이 손을 들어 장추삼의 볼을 톡톡 두드렸다. 귀여운 손자를 어르는 할아버지의 그것 같았기에 재빨리 한 발 뒤로 물러서며 뭐라고 하려 하는데 허공을 맴도는 손을 거둬들이며 쓸쓸하게 웃는 박옹이 중얼거리듯 한마디를 던졌다.

마지막 이유는… 나쁜 일일수록 피하지 못할 바에야 차라리 일찍 겪는 게 낫기 때문이란다.

무룡숙은 뒤에 야산을 끼고 병풍을 두르듯 넓은 담으로 장원 전체가 가로막혀 있었다. 위치 선정을 한 이가 누구인지는 모르나 분명 탁월한 선택이었고 또한 그들이 표방한 대로 기초 무술 교육을 위해서라면 이런 식의 입지 조건은 별반 필요가 없어 보였다. 하운이 제공한 위치도—그의 사부와 네 명의 사숙이 기억한 대로 그래서 지금과는 다를지도 모르나 원체 거대한 전각들이기에 허물고 다시 짓는 건 무리가 따르고 그래서 더 신빙성이 있었다—를 숙지한 일행이 무룡숙의 전방 오십여 장쯤 떨어진 풀숲에서 마지막으로 토의하고 있었다. 왜 하운이 그런 지도를 가지고 있는지는 별로 중요하지 않았다. 일단 눈앞의 일만 생각해도 정신이 없기에 그런 문제는 나중으로 미뤄도 괜찮을 것이다.

"내가 보기에 세 번째 전각의 경비가 지나치게 삼엄하다. 보다시피 이 건물은 다른 건물들이 품 자로 에워싸는 형국이고, 이곳이 아마도 우리가 노려야 할 요처가 아닌가 싶다. 어차피 여러 군데를 다닐 수도 없는 형편이고 힘이 분산되어 봐야 좋을 것 없으니 모두가 이곳을 잠입해 들어가기로 하자. 우리가 힘을 합친다면 경비 몇몇쯤은 별반 힘들이지 않고 따돌릴 수 있을 듯하나 그래도 만전을 기울여야 할 것이다. 그리고……."

남궁선유가 말꼬리를 늘이며 단리혜를 바라보았다. 그녀는 윗이빨로 아랫입술을 꼭 깨물고 있었기에 볼에 보조개가 패어서 귀여웠으나 이건 나름대로의 전의를 다지는 얼굴이었다.

"너는 일행의 중간에 늘 위치하다가 여차하면 아까 내가 주었던 봉서를 들고 지체없이 이탈하여 남궁세가로 가야만 한다. 결코 우리의 사정 같은 걸 봐서는 안 된다는 말이다. 한번 머뭇거림이 돌이키지 못할 실수가 될 수도 있음을 명심하거라. 알았느냐?"

"예."

그녀의 어깨를 한번 두드린 남궁선유가 고개를 무룡숙 쪽으로 꼬자 일행은 야음을 틈타 조용히 움직이기 시작했다. 정문의 수비는 이들의 움직임을 감지해 내지 못했고 하운의 인도에 따라 일행은 야산과 정문

사이의 담으로 이동했다. 네 시진 가까이 배회하며 그가 보아둔 위치였는데 화산이라는 너른 장원(?)에서 월장 같은 걸 해본 소싯적의 경험에 따라 경비와 경비 사이의 위치가 가장 많이 벌어져 있는 이른바 사각지대였다.

경비하고자 한다면 이런 곳도 막아설 수 있겠으나 그들이 세인의 이목을 숨기기 위해 교육 기관을 표방했고 허깨비 같은 교육생들도 얼마간 있었기에 드러내 놓고 야초를 세우지 못한다는 약점을 파고든 침투였다.

담장 너머로 인기척을 한번 확인하고는 박옹의 손짓에 따라 비조처럼 담을 넘는 일행에게선 옷자락 부딪치는 소리 하나 들리지 않았다. 그럴 소지가 있는 부분은 각반 따위로 철저히 동여매었고 최대한 조심히 신법을 전개한 탓도 있으리라.

서로가 인식하고 있는지 모르지만 이들은 서로가 무림 역사상 최강의 동료들과 함께하고 있는 것이고 수백 년의 무림사에서 이 정도의 고수들이 단체 행동을 한 예는 명교지사 이후 최초이리라.

잠입의 기초는 그림자 속에 자신을 묻는 것이다. 가장 큰 그림자를 형성하는 것은 두말할 나위 없이 전각이고 달의 위치에 따라 기울어져 있는 그림자의 방향을 정확히 짚어내며 일행은 전각과 전각 사이를 널 뛰듯 접근하여 마침내 목적한 전각에까지 이르게 되었다.

여태까지는 싸움 한 번 없었지만 전각 내로 진입을 하는 순간부터 그런 요행수는 생각하기 어려울 것이다.

그걸 확인이라도 시키듯 남궁선유가 칼을 한번 들어 보였고 모두는 말없이 고개를 끄덕였다.

전각의 문 사이로 고개를 기울였던 박옹이 손가락 다섯 개를 가리켰다. 대전을 지키는 이들이 다섯이라는 말일 테고 그 뒤로 각자의 위치를 지정해 주었다. 증거를 잡기 전에의 살상은 피해야 한다. 상대편에서 칼을 휘두른다면 부담없이 베겠으나 그런 상태라면 이미 일행이 노출되었음을 의미하는 것이다. 호위들이 알아차리기 전에 제압해야만 한다.

단리혜를 눈짓으로 제지한 남궁선유가 약속한 수신호를 보냈다.

하나, 둘, 셋!

파파팍!

일제히 뛰쳐 들어가며 각자 맡은 인물을 향해 쇄도하는 순간 호위 무사들의 입이 벌어지려 하였으나 그들의 손이 조금 빨랐다. 남궁선유와 하운과 북궁단야의 검은 검집째 무사들의 목젖을 가격하였고 그들은 숨소리 하나 내지 못하고 거꾸러져야 했다. 박웅은 뚱뚱한 몸과 어울리지 않게 유연한 수도로 맡은 인물을 잠재웠다. 가장 불쌍한 인물은 장추삼이 맡았던 무사였는데 녀석은 무려 아홉 방을 순식간에 얻어맞으며 지면에 나동그라졌다. 일 타에 이미 기절해 있었지만 유성우는 그런 거 가리지 않는다.

뚱한 표정으로 장추삼을 바라보던 박웅이 고개를 절레절레 젓고는 세심히 전각 내부를 살피기 시작했다. 이곳은 분명 무언가가 있다는 확신이 박웅의 머리를 강하게 때렸기에 그의 눈이 매처럼 날카로웠던 것이다. 반항 한번 못하고 쓰러졌다고는 하나 이들 중 두 명의 검은 반쯤 뽑혀 있었다. 박웅과 북궁단야가 맡았던 인물들인데 둘 다 쾌검을 전문으로 하지는 않으나 모든 길은 하나라는 입장에서 놓고 본다면 이들의 무학이 결코 만만치 않았음을 알 수 있었다.

불을 켤 수 있는 입장이 아니었기에 자연 행동은 더뎠으며 목표한 무엇이 없었기에 일행의 조바심이 깊어갈 무렵 박옹이 조용히, 그러나 급박한 손짓을 보냈다. 그곳은 선녀가 그려진 커다란 족자 뒤였다. 족자를 걷어내자 위로 들어내야만 하는 철문이 보기 흉하게 드러났고 서로를 쳐다보던 이들이 어떤 행동을 하기 전에 쓰러진 무사들의 품을 뒤지던 장추삼이 커다란 열쇠 꾸러미를 들고 왔다.

위에서 고리를 잡고 들어 올리기에도 버거워 보이는 두꺼운 철문. 일행은 무언가 섬뜩한 느낌이 각자의 마음을 관통하여 절로 어깨가 떨렸으나 내색하지는 않았다. 이제부터가 시작일 것이다. 철문이 주는 불쾌한 감정을 떨치겠다는 듯 이번에도 장추삼이 나서서 문고리를 잡았다.

그런데 문고리와 손바닥이 마찰하는 순간 너무도 기분이 묘해져서 순간적으로 화들짝 손을 떼고는 스스로의 손바닥을 바라보았다. 손바닥은 아무런 이상이 없었다. 이상할 리가 없는 것이 묵예갑의 생김새 자체가 손바닥만큼은 확실히 가려주기에 그가 받은 느낌이 결코 마찰에 의한 것이 아니란 얘기다. 어리둥절하여 뒷머리를 긁는 장추삼을 바라보던 북궁단야가 거검을 뒤로 두르고는 문고리를 잡고 힘을 주었다.

요지부동!

부궁단야의 팔 힘은 거검을 사용하는 데서도 알 수 있듯이 이들 중 최강이라 불러도 손색이 없는 것이다. 그런데도 철문은 미동조차 하지 않았다. 자존심이 상한 그가 아랫입술을 나오게 하여 입바람으로 오른쪽 눈을 덮고 있던 머리를 한번 올리고 다시 문고리를 잡아당겼다.

기긱―

미약하게 들려 올라가는 철문은 이 세상에 있을 것 같지 않은 마물의 울음소리를 내며 천천히 그 입을 벌리기 시작하였다. 늘 그러하지만 한번 벌어진 틈은 더 이상 난공불락이라 불리우지 못한다. 그의 목에 굵은 힘줄이 두어 개 아로새겨지자 철문은 더 이상 버티지 못하고 천천히 개방되었다.

'훅!'

쏟아지는 악취. 참을 수 없으리만치 지독한 내음이 기다렸다는 듯 철문을 타고 흘러내렸고 모두가 눈살을 찌푸리는 순간 비호처럼 계단을 뛰어넘으며 장추삼의 두 발이 허공을 갈랐다.

퍼퍽!

뛰쳐나오던 검수 두 명이 그의 선풍각에 턱을 강타당하고 볼품사납게 나뒹굴었다. 그의 등을 타고 넘으며 박웅의 손이 번쩍이자 입가에 호각을 가져가던 무사 하나가 가슴을 부여잡고 쓰러졌다.

지면에 착지한 박웅이 삼엄하게 주위를 경계하다가 위쪽을 향해 고개를 끄덕였고 나머지 일행들도 발자국 소리를 최대한 줄이며 계단을 내려왔다. 너무도 심한 악취에 단리혜가 헛구역질을 하자 하운이 손수건을 내밀었고 예를 갖출 사이도 없이 받아 든 그것으로 코를 틀어막은 그녀가 천천히 입으로 호흡하기 시작했다. 그만큼 이곳의 냄새는 참기 어려운 것이었다. 당연히 냄새가 없는 쪽으로 가고 싶었으나 박웅은 악취의 진원지 쪽으로 발걸음을 옮겼고 그것이 정답일 것이다.

지하는 의외로 넓었기에 이 장 정도를 돌아도 악취의 근원지를 찾지 못했다. 화섭자조차 없어서 한 치 앞을 분간하기 어려운 어둠. 벽을 더듬던 박웅이 어떤 면을 두어 번 두드리더니 장추삼에게서 열쇠를 건네받았다. 전직이 의심스러울 정도로 어둠을 요리조리 헤치는 그의 능력에 모두가 감탄하고 있을 무렵 '딸깍' 하는 소리와 함께 무언가가 열리고 박웅의 수신호에 따라 모두가 코를 막자 벽면처럼 생각되었던 곳이 빙글 돌며 인세에서 찾아보기 어려운 광경이 그들 앞에 펼쳐졌다.

"아아……."

지독한 내음도 잊은 듯 단리혜가 저도 모르게 손수건을 떨어뜨리고 손을 입가로 가져갔다. 박웅과 남궁선유에게서 분노가 가득 담긴 신음성이 흘러나왔고 세 청년은 아예 말문을 닫았다.

아비규환!

구정물이 내처럼 흐르는 이곳은 다름 아닌 감옥이었다. 관아에도 감옥은 있고 각 문파에도 징벌 방이 있다. 그러니 이곳은 감옥이 아니라 지옥이었고 그래서 이들은 넋을 놓은 사람처럼 제자리에서 굳어진 것이다.

"어찌… 어찌… 이럴 수가 있단 말인가. 이게 사람이 사람을 대하는 방식이란 말인가."

남궁선유가 잠꼬대처럼 한곳을 가리켰다. 한 팔과 두 다리가 없는 수인(囚人) 하나가 미친 사람마냥 머리를 처박고 구정물을 들이키는 모습. 반대 편으로 눈을 돌리니 피골이 상접하여 사람인지 해골인지 모를 존재가 쇠창살을 부여잡고 무어라 웅얼거리고 있었다. 다른 곳의 사정도 이것보다 나쁘면 나빴지 좋은 형태가 아니었기에 일행의 눈에선 화마(火魔)가 불끈 일었다.

지옥? 차라리 지옥도 이곳보단 나으리라. 별 한 줌 들지 않는 곳에서 구정물과 배설물을 섭취하는 게 이들이 일상인 듯했다. 이럴 거면 숨통을 끊어주는 편이 그들에겐 축복일 것이다. 이곳에는 열하나의 짐승이 존재할 뿐 단 한 명의 사람도 보이지 않았으니까.

가장 비천한 동물…….

"으드득—"

이를 갈아붙이던 장추삼이 심연 밑바닥에서 끌어올린 소리로 낮게 포효했다. 청빈로의 뒷골목과는 차원이 다른 문제다. 이건 사람의 탈을 쓰고 저지르는 최악의 범죄일 것이다.

"다른 곳에 알릴 필요 없어요. 우리가 끝장내자고. 이곳을 책임지는 놈은 더 이상 사람이 아니야."

"서두르지 말게. 우리는 아직 적의 전력 같은 건 아무것도 모르고 있지 않나?"

"이런 걸 보면서 그런 계산이 나와요? 겁나면 빠지슈. 나 혼자라도 이곳을 박살 내버릴 테니."

이것을 걱정하였다. 분명 천인공노할 광경이지만 남궁선유는 조금 더 신중하게 사건을 대하고 있었기에 타오르는 분기(憤氣)보다는 앞으로의 대처에 관해 생각하였다.

"감정적으로 대할 문제가 아닐세. 이것은 전 무림의 문제일 수도 있으니……."

"전 무림은 무슨! 빠지고 싶으면 빠지라니까요!"

"이보게, 추삼이!"

답답하여 남궁선유의 음성이 조금 커졌다.

"됐시다. 노인은 노인 갈 길 가고 난 나대로 행동하면 되는 거 아니겠소!"

그가 큰 걸음으로 성큼성큼 문가로 가다가 짜증난다는 듯 목을 한번 꺾었다.

"그만 불러요! 아무리 뭐라 해도 소용없으니 맘대로 해요!"

신경질적으로 돌아서던 장추삼의 안색이 묘하게 굳어졌다. 일행의 안색도 따라 굳어졌다.

이들 중 그를 부른 이는 아무도 없었기 때문이다.

"나… 부른 사람 없어요?"

장추삼이 홀린 듯 일행을 쳐다보았다. 처음에는 남궁선유, 그 다음은 박웅, 다음은 하운… 그렇게 단리혜에게까지 시선이 머물고 나서 모두가 고개를 젓자 실없이 한번 웃고 그가 다시 한 발을 딛는데 어디선가 미약한 음성이 들려왔다.

획―

힘차게 고개를 돌려 일행을 다시 한 번 쳐다보기는 하였으나 그도 바보가 아니기에 목소리의 방향성 정도는 잡아내었다. 다만, 다만 그런 말도 안 되는 경우를 거부하고 싶었기에 괜스레 일행을 닦달하고 있는 것이다.

"장난치지 말아요. 한 번 더 그러면 진짜 화낼 거요. 알았소?"

잘못 들었으리라, 잘못 들어야만 한다. 이건… 말도 안 된다. 그런데 모두의 시선도 그가 잡아낸 방향으로 향해 있었기에 일순간 현기증 같은 충격을 받았다.

'뭐야? 환청 같은 게 아닌 거야? 그런데 말이 안 되잖아? 하남 땅에서 날 알아볼 사람이 누가 있어? 거기다 이딴 짐승 우리에 갇혀 있다는 건 더 더욱 얘기가 안 되지. 암, 안 되고말고! 이런 참상을 보고 충격 먹어서 환청을 듣고 있는 거야.'

일행의 눈길은 우연의 일치로 여기면 된다. 못된 놈들을 혼내주러 가야 한다. 생각이 많으니 정신까지 혼미한 상태인가 보다.

"따라올 사람 없는 거야? 정말 나 혼자서 다 때려부순다?"

여전히 일행은 한곳만을 바라보고 있었기에 발을 한번 구르고 장추삼이 뒤돌아섰다.

"좋아 맘대로 해! 나는 내 방식대로……."

추삼아…….

너무도 미약하여 알아듣기조차 어려웠지만 자기 이름을 못 들을 사람은 없다. 그리고 목소리의 주인은 장추삼의 일행 중에는 없었다. 탁하게 갈라져 발음도 불분명한 음성은 사십 대가량의 남자 목소리였으니까.

아주 서서히 그의 고개가 돌아가서 일행이 바라보는 수옥(囚獄)에 이르러 멈추었다. 그곳엔 얼굴을 알아볼 수 없으리만치 산발한 사내 하나가 허우적거리며 바닥을 기고 있었는데 축 처진 양다리는 전혀 기능을 하지 못하고 덜렁덜렁 흔들거렸다. 그리고 오른쪽 팔은 어깨부터 잘려 나가서 왼 팔뚝으로 어떻게든 철창살까지 이르려 기었기에 살갗이 찢어져 뿌연 구정물 사이로 빨간 핏물이 작은 강을 이루며 흘렀다. 힘줄이 잘리우고 하나밖에 없는 팔로 한 자의 거리를 닿기 위해 벌레처럼 꿈틀거리는 저 사내가 왜 자신의 이름을 부르는가!

휘청—

이를 악물고 한 걸음을 떼었다. 어쩐지 겁이 났다. 저 사내가 아는 사람은 장추삼이 아니라 곽추삼이나 조추삼이 아닐까?

그러는 동안에도 사내는 미친 듯이 발버둥치며 어떻게든 철창살께로의 접근을 시도했기에 흐르는 핏물의 양은 점점 많아졌다. 핏물이

구정물의 색을 빨갛게 물들일 정도로 홍건해질 무렵에야 사내는 가까스로 철창살을 움켜잡을 수 있었지만 무릎을 굽히지 못하고 하나밖에 없는 팔 때문에 그의 얼굴은 구정물에 반쯤 잠겼다.

추삼아…….

입을 열면 구정물이 들어가기에 이상한 억양으로 사내가 다시 한 번 추삼을 불렀다. 갑자기 머리털이 쭈뼛 서는 듯한 전율이 와서 장추삼은 뒷목을 지그시 눌렀다. 저 사내는 누구인데 추삼을 찾는 것일까?

여전히 수옥으로 접근하지 못하고 멍청하게 서서 사내를 쳐다보던 그가 조심스레 입을 열었다. 말 한마디를 잘못하면 큰일이 날 것만 같아서 아주 침착하게 말을 꺼냈다.

"저를 아세요?"

사내의 입이 열렸다.

"추삼아……."

"이보세요. 저는 호북 양양에서 온 장추삼이라고 합니다. 저를 아세요?"

문득 사내가 모든 움직임을 멈추었다. 고개를 갸웃거리던 장추삼이 내심 안도의 한숨을 쉬며 몸을 돌리려는 순간 어떤 소리가 들려왔다.

"동일 형은……."

우뚝.

반쯤 몸을 튼 상태에서 몸이 굳어버린 그가 빠르게 머리를 굴리려 했다. 그는 자신을 알고 첫째 형인 장동일의 이름까지 안다. 동네에서 장추삼과 장동일을 같이 알아볼 사람은 거의 없다. 장동일은 이십여 년 전에 전사했기 때문이다. 그러나 그를 아는 사람이 있기는 있다. 그 사람은 장동일의 부고를 듣지 못하고 가출을 했으며 그러기에 장동일의 안부를 묻는다 해도 하등 이상할 것이 없다.

　그는 장추삼이 일곱 세가 되던 가을에 집을 나섰다.
　그는 돈을 많이 벌어오겠다고 했다.
　그는 상인이 될 거라고 했다.
　그는 여기 있을 이유가 없다.
　그는…….

어금니를 꽉 물고 무언가를 참던 장추삼이 이빨을 마구 부딪치며 한 자 한 자를 힘겹게 꺼냈다. 단 세 글자를 토해내는 데 만근 거석을 들어 올리는 것보다 힘이 들었다.
　"하이 형?"
　사내의 숨결이 가쁘게 뛰었다. 격렬하게 온몸을 뒤틀며 어떤 소리를 토해내었는데 울음 섞인 광소가 바로 이런 것이리라. 그 속에 섞인 언어는 판독하기 어려웠으나 오로지 같은 말만 되풀이하고 있었기에 어떻게든 알아들을 수 있었다.
　"추삼아… 추삼아……."
　"으으윽……."
　미친 말의 투레질처럼 가쁘게 숨을 몰아쉬던 장추삼이 갑자기 튀어나가 두 주먹으로 철창살을 마구 내려쳤다. 움푹움푹 들어가는 창살은 비록 휘어지기는 하였으나 끊어지지 않았기에 장추삼은 더 미친 듯이 날뛰었다.

서경—

한줄기 빛이 일렁이고 창살은 거짓말처럼 절단되었다. 그때까지도 전력을 다해 창살을 치고 있었기에 갑자기 사라진 대상물에 지지를 못 받은 그가 나뒹굴듯 수옥 안으로 들어갔다.

"하이 형! 하이 형 맞아?"

시체 같은 사내를 안아 들자 너무 가벼워서 순간적으로 멈칫했으나 긴 머리를 걷은 순간 장추삼의 얼굴은 사람의 형상이 아니게 되었다. 사내의 두 눈동자가 있어야 할 자리는 휑하니 비어 있었고 그곳에서 구정물인지 눈물인지 분간이 안 가는 무엇이 쉴 새 없이 흘러내려 장추삼의 옷을 적셨다.

"대답하란 말이야! 하이 형이 맞는 거야?!"

그건 어디까지나 형식적인 질문. 한순간 알 수 있는 혈육만의 느낌. 그는 누구보다 장추삼을 귀여워했고 돈 많이 벌어서 금의환향하겠다던 장하이였다.

"추삼아… 추삼아……."

"뭐야! 돈 많이 벌어오기로 했잖아! 돈 벌어서 매일매일 돼지고기 볶음 먹게 해주겠다고 했잖아! 그런데 여기서 뭐 하고 있는 거야!"

발악하듯 장하이를 안고 오열하던 그가 나지막이 속삭였다. 연인에게 청혼하듯 소곤거리는 음성에 악마라도 얼려 버릴 것 같은 한기가 흘렀다.

"누구야? 누가 형을 이렇게 했어? 도대체 어떤 새끼야……!"

"아버지는… 잘 계시겠지?"

"개떡 같은 소릴랑 집어치워!"

상처 입은 맹수처럼 사납게 소리 지르고 그의 형 얼굴에 자신의 볼을 마구 비비던 장추삼이 장하이의 머리칼을 쓰다듬었다.

"헤헤… 청빈로 최고의 머릿결이라고 자랑하던 형이 이제는 나보다도 푸석푸석하잖아. 뭐? 안 감아서 그렇다고? 그래, 좋아. 감겨줄 테니까 그 다음에 비교하자구. 우리 부친이야 늘 정정하시지. 재취라도 보시면 열 달도 안 돼서 미역국을 끓여야 할걸?"

장하이의 입가에 잔잔한 미소가 어렸다. 그의 코흘리개 동생이 이렇게 자라 어느새 형을 안을 수 있게 되었다. 끌어안은 팔뚝은 강건했으며 목소리에 힘이 넘쳐흘렀다. 어엿한 대장부가 된 것이다.

"우리… 추삼이, 매일매일 돼지고기 볶음에… 밥 먹여주기로 했는데……."

숨이 가쁜지 헐떡이며 말을 잇는 장하이의 안색이 급격히 까맣게 변했다. 과도한 심력을 소비했고 한순간에 모든 긴장이 무너져 내렸기에 삶을 지탱해 왔던 가느다란 실이 끊어지려 하는 것이다.

"나 돈 많이 벌어. 지금은 잠깐 쉬고 있지만 언제든지 받아준다는 직장이 있거든. 웬만한 장사치는 성에 차지도 않는다구. 여기서 나가면 형이 먹고 싶은 건 뭐든지 사줄게."

"추삼이… 우리 착한 추삼이……."

"착하긴 뭘 착해. 공으로 밥 먹여줄 것 같아? 몸만 회복되면 나가서 돈 벌어와야 해. 형이 전에 그랬잖아. 세상에 공짜는 없다구."

눈물을 철철 흘리면서 미소 띤 얼굴로 이것저것 얘기하는 장추삼의 모습이 너무 처연했기에 단리혜가 돌아서서 끝내 울음을 터뜨렸다. 고개를 푹 숙인 하운은 표정을 알 수 없었고 두 주먹을 너무 힘있게 쥐어 한 방울씩 피가 떨어지는 북궁단야가 바라보는 곳은 암굴의 천장이었건만 어쩐지 흐릿하게 보여 눈을 한번 감았다 뜨자 딱 한 줄기의 눈물이 그의 볼을 타고 흘렀다.

"형, 그거 알아? 우리 부친 무지하게 출세하셨다. 양양에서는 신견용쟁 모르면 바보라고 불리운다고."

오랜만에 만난 형이기에 그리도 하고 싶은 말이 많았을까? 장유열이 신견용쟁이라 불리우게 된 사연부터 장추삼 본인이 칠공토혈이 되어 청빈로를 휘어잡은 일, 그리고 첫사랑과 이별, 가출… 그의 얘기는 끝도 없이 이어질 것만 같았다.

"재수없는 사부를 만나서… 듣고 있어?"

문득 장추삼이 그의 형을 내려다보았다. 형은 더 이상 대답하지도, 묻지도 않았다. 그저 편안한 미소로 장추삼을 바라만 보고 있었다.

"내참, 눈도 없으면서 뭘 그리 열심히 보는 거야? 헤헤헤… 동생이 잘나긴 잘났지? 나도 이 얼굴이 때로는 부담스럽기는 하거든. 하지만 역시 형보다는 많이 모자라네. 그러니까……."

그의 말이 이그러지며 격렬하게 어깨를 떨었다.

"그러니까… 그러니까……."

이제는 그만 보고 편안하게 쉬어도 돼…….

가만히 눈꺼풀을 내려 빈 눈동자를 덮어주는 그의 볼에서 핏물이 뚝뚝 떨어졌다.

"자냐? 헤헤헤… 형은 잘 때 깨우면 무지하게 싫어했었지. 어릴 때 놀아달라고 깨웠다가 많이 얻어터져서 잘 알고 있어. 이젠 그런 바보짓은 안 할 거야."

가만히 형을 쓰다듬던 그가 고개를 숙였다.

“욱욱욱……!”

소리없는 통곡이 가슴을 가득 채우고 돌고 돌아 나갈 구멍을 찾아 헤매이다 끝내 목 천장을 타고 넘어왔다.

“으아아아아아악!”

◇ 외전(外傳)
　전능지제

전능지세

"모든 싸움의 근본에는 그 주체라 할 수 있는 인간이 중심에 자리 잡아야 한다. 현 무림의 상황은 한심하기 그지없어서 선후가 뒤바뀌다 못해 무공만으로 모든 걸 해결하려는 웃지 못할 일들이 왕왕 벌어지고는 한다. 잡돌조차 골라놓지 않은 상태에서 아무리 좋은 종자의 씨를 뿌려봐야 무엇 하겠느냐. 이런 걸 두고……."

"후아아암~"

탈속한 기세의 노인이 청년을 앉혀두고 열심히 말을 하고 있었으나 눈이 쫙 찢어져 다소 사나운 인상의 사내는 여름 볕에 취해서 입이 갈라지도록 하품을 하는 고양이의 그것처럼 한심한 표정으로 뒹굴거리고 있었다.

두 노청(老靑)이 자리한 이곳은 동굴임에 틀림없었지만 특유의 습기를 제외한다면 전반적으로 깨끗하고도 잘 정돈된 느낌을 받기에 지저분하고 더러운 인상은 전혀 없었다. 동굴을 가꾼 손에 담긴 세심함이 절로 느껴지는 부분은 벽면에 부조(浮彫)되어 있는 여러 상(像)들의 아름답고도 조화로운 모습인데 웬만한 장인들 저리 가라 할 수준의 치밀한 묘사가 돋보여서 조각 속의 인물들이 금세라도 뛰쳐나올 것만 같았다.

가끔 천장에서 습기가 모여 물방울로 합쳐진 상태에서 바닥으로 또 옥또옥 떨어져 청량한 소리가 동굴 전체에 낭랑히 울려 퍼졌다. 초막을 짓고 은거한 무림명숙이라면 이곳을 보고 힘으로라도 얻고 싶으리만치 아름다운 정경이었고, 그림처럼 난성히 앉아 있는 신선풍의 노인은 주위와 완벽하게 호흡하고 있기 때문에 동굴을 위한 노인인지, 노인을 위한 동굴인지 개념적인 우위를 말하기 어려웠다. 분명한 것은 두 전혀 다른 개체가 잘 어울린다는 사실이다.

그런데 여기에 전혀 안 어울리는 이물질이 하나 숨 쉬고 있으니 바로 고양이마냥 권태로운 얼굴로 하품을 연발하는 청년이었다. 그는 생김새부터 범상치 않아 이런 동굴 따위와 전혀 어울리지 않았다.

동굴이라니! 당치 않았다. 그는 적어도 사람이 아주 많은 곳에서 부대끼고 숨 쉬며 낄낄거려야 생기가 돌아오는 인물의 전형으로 보였고 사실 그렇기도 하다. 깜깜한 동굴에서 꿈에서나 등장할 법한 노인이 뱉어내는 우울한 소리를 듣는 것은 전혀 어울리지 않았다!

그는… 이제 23세의 팔팔한 청춘이었고 아직 할 일이 너무나 많은 인생이다. 덧붙여 그의 성격은 과히 좋은 편이 아니었기에 여차하면 무공이고 장유유서고 싹 무시하고 이 자리를 떠날 용의가 있었다.

"지루하냐?"

노인이 그를 쳐다보았다. 그의 표정은 며칠이 지나도 변화가 없었기에 무슨 생각을 하는지, 아니, 생각을 하기는 하는지조차 알 수 없었다. 그것이 청년의 마음을 은연중에 압도하는 원인이 되어 깝깝하지만 군소리 한번 못하고 그렇게 자리를 지키는 한 요소로 작용하였다.

"그럼, 생각해 보쇼. 노… 아니지, 사부라면 무공의 '무' 자도 모르는 놈에게 난데없이 공수가 어쩌네, 쌈의 기본이 어쩌네 하면 '우와, 그렇군요' 내지는 '이건 신세계야'라고 할 놈이 어디 있겠소? 만약 그런 놈이 있다면 지독한 아부꾼이거나 세상에 다시없는 거짓말쟁이일 것이오. 엉덩이 아파 죽겠구만."

당연하지 않느냐는 청년의 말에 노인의 눈빛이 더욱더 심유해졌다. 어차피 각오한 일이다. 천방지축에 버르장머리없고 배운 거 적은 놈이란 건 감안하였다. 그가 생각한 조건에 합당한 인물이라면 이보다 나은 인생이겠지만 사람이 한번 바라기 시작하면 끝도 없는 법이다.

그렇다, 잘 알고 있다. 노인 정도의 나이가 되면 희망보다 포기가 무엇인지 잘 알고 있고 쓸데없는 집착 같은 건 버릴 수 있는 마음을 가지게 된다. 세상이란 게 원한다고 얻어지는 것도 아니고 바란다고 해서 모두 이루어지지 않는다는 사실은 이미 옛날에 체득한 터였다.

한숨을 마음속에서 쉴 줄 알고 얼굴에 생각을 드러나게 하지 않을 줄도 안다. 그러나 아쉬움을 느끼는 감정까지 죽어버린 건 아니다. 아무리 나이가 들고 생각이 깊어진다고 해도 사람인 이상 순간적으로 스쳐 가는 사고의 단상까지 막을 재주는 없는 것이다.

다만 드러내지 않을 뿐.

"그래, 지루하겠지. 처음 접하는 세계에 한 번도 생각해 본 적 없는 개념이니 네가 그런 생각을 하는 건 당연하다. 하나 일단 시작하기로 했으니 잡념을 버리는 것이 좋겠다. 네 말마따나 무공의 '무'자도 모르는 주체에 딴생각까지 한다면 어찌 사부의 말을 이해하겠느냐."

흠칫.

청년의 표정이 싹 바뀌었다. 사부는 자기가 딴생각을 하고 있었다는 걸 다 알고 있었다는 걸 강하게 암시하고 있지 않은가. 역시 노인들의 눈치는 가공할 위력이 있는 것이다.

하나 어쩌겠는가! 눈을 감아도 떠오르고 눈을 뜨면 더욱더 생생하게 다가오는 그녀의 얼굴을 어찌 잊는단 말인가! 신선 같은 사부는 이런 맘을 이해하지 못할 것이다.

"에휴우~"

통한의 한숨이 흘러나왔다. 무공? 천하제인의 신체? 그런 거 다 필요없다. 그에겐 오직 그녀의 한마디가 소중했다. 그러나 그 말은 두 번 다시 들을 수 없을 것이고 생각해 봐야 아무 필요 없으리라.

그의 절망 같은 숨결은 노인의 마음에 아프게 다가왔다. 그 나이의 고민을 모두 이해하지는 못하겠지만 느낌이란 게 있다. 제자가 품고 있는 마음의 상처가 얼마나 지독한지 안 보고도 알 정도였다. 노인의 나이에서 이십 대 초반의 고민 같은 것은 우스운 정도로 보일 수도 있겠지만 각자가 처한 상황에서 그가 겪고 있는 것이 그 당시에 가장 어려운 일이란 걸 알기에 잠자코 바라보는 것이다.

이런 경우에는 아무 생각도 하지 못하도록 몸을 움직이게 하는 편이 가장 낫다. 극한의 육체적 피로는 종종 정신을 지배하게 되고 미친 듯

이 흐르는 세월 속에 마음의 아픔은 어떤 성격으로든 그 형태가 변질되기 마련이다.

체념이든 망각이든 말이다.

잠시 생각을 하던 노인이 고개를 끄덕끄덕하더니 청년에게 열어나라는 시늉을 했다. 평소보다 적은 교육 시간에 희희낙락하며 벌떡 일어선 사내가 신나서 돌아서는데 차분한 노인의 한마디가 그 기분에 찬물을 끼얹었다.

"푹 자두도록 해라. 내일부터는 막 바로 실전이니 단단히 각오하여라. 백 마디 이론보다 몸으로 느끼는 한 번이 얼마나 소중한지, 또 얼마나 힘든지 알게 될 것이다."

"몸으로 하는 일이라면 어느 정도 자신있어요!"

"어느 정도 자신이 있다라……."

그 딴 말 안 할 걸 그랬다. 다음날부터 시작된 실전은 무공을 빙자한 고문이었고 벌써 열흘째 삭은 것 같은 물만 마신 몸으로 도저히 견뎌낼 수준의 강도가 아니었다. 그래도 남자 자존심에 한번 꺼내놓은 말을 책임지지 않을 수도 없고 사나이가 한다고 했으니 무조건 해야…해…….

"이제 정신이 드느냐?"

아련한 가운데 늙수그레한 소리가 들려와서 억지로라도 몸을 일으키려는데 아예 팔다리가 따로 논다. 얼마나 근육이 뭉쳐 있는지 조금만 움직여도 수백 개의 바늘로 찌르는 것 같다. 절로 신음성이 흘러나와서 어금니를 앙다물었지만 이빨 새로 새어 나가는 소리까지 차단하지는 못했다.

"어떻게 된 거요? 내가 왜 누워 있는 거요?"

"어떻게 되긴, 멋지게 뒤로 넘어가더구나. 통나무가 쓰러져도 그렇게 반듯이 낙하하지는 않을 거야."

이렇게 창피할 때가! 기절이라니! 오래 살았다고 말하긴 뭐하지만 기절을 해본 적은 없었거늘!

초점을 잡아서 경물을 겨우 가늠해 보니 빌어먹을 동굴과 사부의 얼굴이 눈에 들어왔다.

"다, 다시 합시다… 너무 만만하게 본 모양이오. 제대로만 하면 저까짓 거야……."

"초령(草靈)을 안 먹고 있지?"

'헉!'

귀신 같은 노인네, 그걸 어찌 안단 말인가! 식사 같은 건 따로 하고 있었거늘. 초령인지 뭔지 하는 이끼는 너무 무성하여 얼마를 뜯어내어도 가늠이 안 될 만큼 무성하였고 그 말은 반대로 해석한다면 안 뜯어내도 모른다는 거다. 한마디로 들킬 염려가 없다! 배가 고파서 미치겠지만 물배를 채워서 어떻게든 버티면 되고, 명정수(明淨水)라는 물은 뭐가 함유되어 있는지는 몰라도 어쨌든 먹으면 배가 불렀다. 우물물이나 샘물 따위를 마셨을 때 느끼는 헛포만감 같은 거와는 차원이 다르다는 거다. 이렇게 때우려고 했거늘 들켜 버렸다.

노인은 냉엄한 눈빛으로 사내를 바라보았다.

"내가 분명히 말하지 않았느냐. 하루에 일곱 번 이상 초령을 섭취해야 한다고 말이다. 너는 아마 명정수만으로 끼니를 해결했나 본데 그렇게 지내다가는 쓰러질 것이다. 명정수는 비록 몸의 활기를 북돋아주어 일시적인 포만감을 줄 수는 있으나 그건 몸 안의 노폐물을 연소시켜 초령을 받아들이게 하는 작용을 하는 보조적인 것이다. 그 자체만으로는 몸을 지탱하기 어렵단 말이다. 너의 몸 안에 노폐물이 얼마나 많이 쌓여 있는지 몰라도 그것들이 전부 연소가 된다면 어찌하려 그러느냐? 그럴 때쯤이면 명정수는 스스로 산화하여 몸의 피로도만 가중시킬 뿐이다.”

청년의 표정이 싸악 변했다.

'어쩐지, 어제부터 물만 마시면 몸이 노곤노곤하여 자꾸 졸리더니만… 배고파서 그런 게 아니었다는 거잖아!'

그의 얼굴을 보다 한심하다는 듯 도리질을 하던 노인이 한구석에 모여 있는 이끼들을 바라보았다. 돼지 목에 진주도 유분수지, 저게 어떤 건데 안 먹고 버틴단 말인가! 약초에 관해 지식이 있는 이가 보게 된다면 기절을 하리라. 강호에 알려지지는 않았지만 냄새만으로도 그들은 대번에 놀라서 환호작약할 이끼가 바로 초령이다. 내공이라고는 모기눈알만큼도 없는 제자에게 최고의 선물이 될 초령이거늘.

그의 제자가 앞으로 겪게 될 수련은 그야말로 인간의 한계를 초월하는 것이다. 한순간에 지상 최강의 신체를 만든다는 것이 말처럼 쉬운 게 아니라는 거다. 그러기 위해서 꼭 필요하고 부족한 내공을 보완해 줄 천혜의 약초이거늘.

제자는 미식가라고 했다. 얼마나 대단한 헛바닥을 가지고 있는지 몰라도 지금 맛 같은 거 일일이 다 따져 가며 지낼 형편이 아니다. 그럴

거라면 집에서 한적하게 부채나 부치며 낮잠을 자는 게 낫다. 아직 제
자는 심각함이랑 거리가 멀어도 너무 멀다.

"지금 네 몸으로 수련을 한다면 자살 행위와 진배없으니 열심히 초
령을 먹고 간단한 뜀뛰기 정도로 피로를 풀도록 하거라. 정신 나간 녀
석 같으니라구……."

단단히 화난 사람처럼 툭 던져 놓고 사라진 노인이기에 꾸러미를 발
견한 건 나중이었다.

"뭐지?"

유지를 풀어보니 식어 빠진 구운 오리 한 마리가 나왔고 그것을 꺼
내 드는데 접힌 종이가 떨어졌다.

마지막 만찬이라 생각하거라. 몸이 회복되면 인정사정 봐주지 않을 것이야.

빠르게 몸을 놀리던 청년은 문득 허기를 느꼈다. 요즘은 시도 때도
없이 배가 고팠기에 뱃속에 거지가 들어앉은 건 아닌가 하고 고개를
갸웃거린 적이 한두 번이 아니다. 긴 말이 필요없다. 배고프니 먹어야
겠고 먹을 건 하나다!

청년은 동굴 벽면을 예리하게 훑었다. 그의 눈길은 듬성듬성 자란
이끼들을 집중적으로 관찰했고 별 차이가 없어 보이는 이끼들이건만
무엇 때문인지 대부분을 지나쳤다.

"오오… 너희들이 여기 있었구나. 에구, 귀여운 것들!"

반색을 하며 그가 손을 가져간 이끼는 여타의 그것들과 다르게 옅은
핏빛을 띠고 있어서 일반적인 초록 이끼들보다 보기 싫었건만 청년은
쾌재를 불렀다.

뚜둑.

벽면에서 붉은 이끼를 뽑아내고 대충 흙을 털어낸 후에 씹지도 않고 이끼를 삼키며 청년의 눈은 또 다른 먹이를 찾아 헤맸다. 이걸로는 간에 기별도 가지 않았다. 그렇게 이끼 사냥을 서너 차례 하고서야 만족했다는 듯 입맛을 다시던 청년이 문득 고소 지었다.

'아아, 완전 염소가 따로 없군. 제아무리 초식 동물이라고 해도 나보다 완벽한 식단을 유지하지는 못할 거야.'

그는 사실 육류를 즐겼었다. 풀 종류는 거의 먹지 않았다는 거다. 그러나 이 모든 사실은 어디까지나 일반인일 때의 얘기고 동굴에 처박힌 후에 그가 남의 살을 먹은 건 이 년 전에 사부가 내민 오리 고기가 전부였다.

사부가 알면 경을 칠 일이지만 일 년 전만 해도 빌어먹을 이끼가 하도 맛이 없어서 미친 척하고 박쥐 몇 마리를 잡아먹는 것도 심각하게 고려했었다. 고려? 솔직히 말해 거의 실행 단계에 이르렀었다.

꿈에서 부친만 뵙지 않았더라도 그냥 해치웠을 것이다.

부친은 아무런 말도 안 하시고 그저 바라만 보셨다, 청년이 자고 있는 모습을.

얼마나 생생했으면 깨면서 시간이 어떻게 됐느냐고 허공에 물어보았겠는가?

곧 꿈임을 알고 쓰게 웃던 그에게 부친의 눈동자가 무얼 말하려 했는지 알기까지는 긴 시간이 필요하지 않았다.

오전 수련을 하다 잠시 뒤돌아서서 흐르는 땀을 훔쳐 내던 그가 문득 본 사부의 눈동자는 다름 아닌 부친의 그것과 꼭 같았으니까.

잘하고 있겠지? 잘 되어가는 거냐?

마음속에서 '예' 라고 저도 모르게 대답한 그날부터 박쥐를 비롯한 음식물에의 욕구는 저 멀리 던졌다. 죽을 것도 아닌데 이 정도도 못 참는다면 무엇을 할 수 있으랴?

문득 그가 씨익 웃자 사부가 깜짝 놀라 고개를 갸웃거렸다.

'초령의 부작용에 관해 생각해 본 적은 없었거늘, 혹시 지능 저하 같은 현상이 벌어지면 안 될 텐데.'

사부의 표정이 미묘하게 바뀌든 어쨌든 청년의 움직임은 그 어느 날보다 민첩해 보였고 이끼도 많이 뜯어 먹었다. 의아해하던 사부가 청년을 두고 자기 동혈로 들어가고도 그의 움직임은 멈추지 않았다.

'어떻게든 이룰 것이다. 사부가 말하는 인간 한계의 궁극을. 적미천존을 두들겨 패고 무당파의 현판을 내리는 거야 내가 아니더라도 할 사람이 많을 거야. 난 내가 할 수 있는 일을 해야지. 최소한 간자라고 거들먹거리는 놈들에게 꼬랑지를 살랑거리며 떡고물이나 받아먹고 살진 않겠어.'

몸이 가라앉을 것 같고 숨이 턱턱 막혀와도 그는 멈추지 않았다. 자는 자세를 제외한 모든 동작을 능형백팔식이라는 백여덟 가지에 맞추어야 한다고 얘기를 들었을 때도 사부에게 웃었고 지치면 초령을 두 번 더 먹었으며 갈증이 나면 명정수를 목구멍에 들이부었다.

그렇게 결심을 했는데도 수련의 강도는 지옥 같았다. 한 단계에 익숙해져서 놀 만하다 싶으면 바로 다음 단계로 넘어가고 그것에 익숙해졌다 싶으면 어김없이 또 다른 일과가 기다리고 있었다.

너무하다 할 정도로 치밀하고 계산적인 사부가 미웠고 순간순간 떠오르는 그녀가 미웠다. 여기까지 밀어 넣은 건 그녀가 큰 몫을 차지할 테니까.

사람이 제일 유치해질 때가 사랑에 얽힌 모든 것을 사고(思考)하거나 행동할 경우다. 원래 무공을 배우기로 결심하게 된 계기 중 하나가 무당파의 속가제자라는 그녀의 남자를 한 방에 잠재워 주고 그녀와 눈길 한번 마주치지 않고 유유히 사라지는 것이었다면 모두가 웃을지 모르나 당시의 청년에게 그보다 더 절실한 동기 부여는 없었다. 유치한 감정일수록 그 색이 진하고 잊혀지지도 않기에 어떤 일이 있어도 꼭 하고 말리라고 수없이 다짐했었다.

그녀의 앞에서 망신당한 꼭 그만큼을 갚아줄 것이다!

그런데…

세월이 약일까? 아님 수련이 너무도 고돼서일까? 일 년이 지날 때도 희미하나마 기억이 날 때면 두 주먹에 힘이 들어갔지만 이 년이 다 되어가는 지금 그런 건, 그 따위 사소한 문제는 전혀 중요하지 않았다. 이 지긋지긋한 기초 체력 수련이란 게 언제 끝나는가가 머리를 꽉 채워 그런 건 잊은 지 오래였다.

갈증을 명정수로 때우고 입가를 한 번 닦은 청년이 벌떡 일어섰다.

다시 시작해야 한다. 누구도 대신해 주지 않고 봐주지도 않는다. 이 수련이란 게 그렇다. 대충 때우고 넘어갈 수 없는 것이 앞 단계를 완수하지 않으면 절대로 뒤의 움직임을 따라가지 못한다. 그러기에 사부도 수련 시간은 자기 동혈에서 잘 나오지 않는 것이다.

철저한 자율처럼 보이지만 타율이나 자율이나 상관없는 교습 방법. 하지 않으면 넘어가지 않기에 무조건 해야 한다. 잡념이나 머리 속에서 품고서 룰루랄라 체조하듯 할 수 있는 수련이 아니란 말이다.

"목숨을 걸 만큼 원한다면 이룰 수 있을 것이다. 나약한 정신 가지고는 오르지 못할 거다. 자신없으면 지금 포기해라."

사부는 이렇게 세 번을 물었다.

처음 동굴에 와서 한 번, 그때는 뭣 모르고 자신있다고 대답했다.

그리고 일 년이 지나서 한 번, 그때는 사흘을 앓아 누웠다가 일어난 터라 자존심이 상해 가지고 소릴 질렀다.

그리고 어제…

사부의 물음은 똑같았으나 어딘지 모르게 애잔함이 깔려 있었다. 그가 이렇게 빨리 쫓아올 거라고 예상하지 못했던 것일까?

대답은 물론 쾌활했으나 청년의 얼굴도 딱딱하게 굳었다. 사부는 병이 있었다. 요즘에야 알았지만 사실 일어서서 다니는 것조차 어려우리만큼 몸 상태가 안 좋았다. 처음부터 시연 같은 걸 해주지는 않았으나 이제 수련 시간에도 동혈에서 나오지 않는다.

간간이 바람 새는 소리가 들려온다. 그건 사부가 기침 소리를 억제하려고 목을 최대한 좁혀서 나오는 거라는 걸 이제는 안다.

뭘 말하고 싶었던 걸까? 사부의 눈에 어려 있던 염려가 무공 때문은 아니란 걸 직감적으로 눈치 챘기에 그의 의문은 깊어졌으나 한번 입을 다물면 절대로 말하지 않기에 말없이 물러나야 했다.

시간은 많다. 언젠가 말해 주겠지. 어쩌면 그가 전능지체인지 뭔지를 얻게 됐을 때 말하려 하는지도 모른다. 그렇다면 이렇게 잡생각을 할 겨를이 없다.

"차아앗!"

폭발적인 기합성과 함께 청년이 몸을 허공에 띄우며 몸을 회전하기 시작했다.

의문은 나중에 풀어도 늦지 않을 것이다.

이름은 그럴듯했다. 아니, 기가 막히게 아름다웠고 운치가 있었다. 세상 천지에 이보다 아름다운 이름의 몸 가눔이 어디 있겠는가? 웬만한 시구보다 멋을 부린 보법이고 그것을 익힌다는 건 분명 축복일 것이다. 그런데 청년의 표정은 별로 좋아 보이지 않았다. 잔뜩 의심 섞인 얼굴이랄까?

'소문난 잔치에 먹을 것 없다고 한다지. 이름이 너무 번드르르해. 거의 예술이잖아? 어째 이거 속는 느낌이 강렬한걸?'

청년은 석벽에 써 있는 글을 보고 또 보았다. 거기엔 몇 가지 무공명이 적혀 있었고 간단한 느낌과 구결, 그리고 발의 기본적인 위치가 그려져 있었다. 흔한 무공 전수법과 크게 다른 모습이 아니나 청년에게 이런 건 생소한 일이기에 전체적인 느낌을 발견하기에 앞서 우선적으로 눈에 띄는 것—두말할 것 없이 무공명이다. 아직 세상을 덜 산 남녀가 이성(異姓)을 바라볼 때 제일 먼저 외모를 챙기듯이—을 중시한 건 그를 탓할 일은 아니니까.

"어디 보자… 조일동정산무영이라… 이름 한번 삐까번쩍하군. 오오, 정말 멋있어. 아침 햇살에 동정호의 안개가 걷히니 누가 그 그림자라도 밝으랴… 다수의 적을 상대함에… 넘어가고……."

청년이 조소를 머금고 다음 벽으로 움직였다. 역시 벽화와 여러 글과 그림들.

"이건 또 뭐냐… 에, 또… 월야독작관추뢰라… 이름 좀 봐. 예술이 따로 없다, 따로 없어. 달 밝은 밤에 홀로 술 한 잔을 꿀꺽할 때 아~ 술고파… 어디서 우뢰 무성하여 눈으로 쫓는다… 싸움의 요처를 선점하여야… 뭐야, 이거?"

현실감이 없어서 그가 피식 웃었다. 이런 식이라면 인간의 몸이 찰나간에 반응을 할 것이고 순간적으로 네 명에게 한 방씩 먹이는 것도 가능할 것이다. 써진 대로라면 말이다.

"우리 사부는 과대망상이 심하구만. 외모빨이 좀 받혀준다고 너무 기고만장한 거 아냐? 설마 하니 스스로를 진짜 신선이라고 착각하고 있는 건 아니겠지?"

투덜거리던 그가 세 번째 벽에서 글을 읽고 도저히 참을 수 없다는 듯 소리쳤다.

"뭐? 한 방에 아홉 번이 나가? 무슨 연노(連弩)도 아니고, 아무리 빠른 연노라도 한 번에 아홉 발은 안 나간다! 이거 순 뻥이잖아? 우리 사부영감… 과대망상이 아니라 치매 아니야? 이거 은근히 걱정되네?"

회한루여유성우라고 써 있는 벽면을 보는 순간 청년은 결심을 했다. 여태까지 미친 영감하고 같이 지냈다면 절망 아닌가?

동굴에 들어온 지 벌써 4년이 지났다. 밖에 나가는 게 두려울 정도로 이곳의 환경과 친해졌고 그리도 쓰고 맛없던 초령은 오래 씹으면 그런대로 단맛이 난다고까지 생각될 정도로 입에 익었다. 그러나 이 모든 고난을 이겨낸 원동력은 어디까지나 번듯한 무공 하나 얻어서 어깨에 힘 꽉 주고 마을 어귀에 들어서는 자신의 모습이었고 입에서 단내가 날 정도로 뛸 때도 그 상상만 하면 없던 힘이 절로 돌아오는 것 같았다.

그런데 이게 전부 사기라면…

상상하기 싫지만 눈앞의 내용들은 사기임을 강하게 암시하는 것 같아 절로 오한이 돌았다.

"사부!"

확인해야겠기에 동혈을 향해 큰 소리를 쳤다. 요즘 사부의 상태는 눈에 띄게 안 좋아져서 가는귀까지 먹은 것 같았다. 어지간히 큰 소리로 부르지 않으면 대꾸조차 없었다. 지금도 안 들리는지 동혈은 묵묵무답이다.

"사부우~!"

조금 더 큰 소리로 불러보았지만 여전히 대답이 없기에 동혈 바로 앞까지 와서 두 번을 더 불렀다.

'뭐야, 낮잠이라도 자는 거야?'

"사부! 물어볼 게 있다니까요! 대답 좀 해요!"

여태껏 사부의 동혈은 한 번도 출입해 본 적 없었다. 감히 엄두조차 내본 적 없다는 표현이 옳으리라. 그러나 오늘은 다르다. 파릇파릇한 청년의 미래가 달린 일인데 그런 게 어디 있는가?

"대답없으면 그냥 들어갈 거예요! 대답 좀 해요!"

역시 동굴에선 아무런 응답이 없었고 청년의 외침만이 메아리가 되어 사방을 울리다가 마지막 말만 반복이 되어 빙글빙글 맴돌았다.

"에이씨~ 그냥 들어갈 거야. 뭐라고 욕만 했단 봐라!"

그러고도 잠시를 기다렸지만 아무 반응이 없기에 용기를 내어 동혈을 막고 있는 짚으로 만든 발을 조심스레 걷었다. 아담한 동혈은 이름 모를 책들과 지필묵 따위가 어지러이 놓여 있었다. 어찌 보면 쓸쓸한 노년이라고도 하겠지만 사부는 그런 내색을 한 번도 보이지 않았기에 사부의 방은 어쩐지 쓸쓸했다.

"뭔 잠이 그리 깊게 들었어요?"

짚으로 만든 잠자리에 단정히 누워 있는 사부의 얼굴을 보니 처음과 달리 핼쑥하고 초췌했기에 청년은 일단 헛기침을 했다.

"계속 주무실……."

갑자기 감이 왔다. 사부는 자는 것이 아님을, 영원의 세계로 떠났다는 사실을. 그냥 느낌으로 알게 되었다.

'이런…….'

그런데 별다른 감흥이 일어나지 않았다. 어디서는 사부가 돌아가면 제자들이 대성통곡을 한다고 하는데 청년은 마음이 모진 것인지 감정이 메마른 것인지 사부의 주검을 대하고도 망연히 서 있을 뿐이었다.

어정쩡하게 서 있던 청년이 천천히 무릎을 굽혔다. 눈물 같은 건 나지 않았지만 가슴 한구석에서 무언가가 빠져나간 기분이라 떠난 사부의 초상을 자세히 바라보았다.

"가신 거예요? 그리 말도 없이 가면 남은 사람이 섭섭하잖아요."

농을 던지고 천천히 일어나 구배지례를 올렸다. 처음 사제의 연을 맺을 때에도 하지 않았던 절이다. 아홉 번을 다 채우고 사부의 얼굴을 보니 어쩐지 웃고 있는 것 같아 마음이 편해졌다. 무엇을 해야 하나 하고 두리번거리다 탁자로 쓰였을 법한 직사각형의 돌 위에 놓여 있는 봉서를 발견하였다.

　제자에게.

　처음이자 마지막으로 제자라 칭해보는구나.

　우선 내 시체는 동혈 뒤쪽의 구멍에다 묻어다오. 사람들의 눈을 피하고 싶은 늙은이의 소망이다. 그 정도는 해주리라 믿고 편안하게 눈을 감으마.

　세상을 등지기에 앞서 몇 가지 당부하고 싶어서 이렇게 붓을 들게 되었다. 다른 사제지간과 다르게 우리는 많은 말을 나누지 못하였고 너에게 무공 이와에 다른 말을 해준 것이 없는 것 같아 간단하나마 몇 자 적어본다.

　너는 순박하고 정이 많아서 사람이 모질지 못한 단점이 있다. 네 말대로 무림에 뜻이 없다고 하더라도 이것은 일상생활에도 적용이 되는 사항이니 조금 더 세상을 냉정하게 바라보도록 하여라. 너 같은 녀석만 있다면 이런 말을 남길 이유가 없으나, 수많은 권모술수와 암계로 뒤덮여 한 치 앞을 내다보기가 어려운 것이 당금 현실이니 적당히 약게 살 줄도 알아야 한다.

　무림은 네가 알고 있는 것보다 훨씬 복잡하고 음험한 곳이다. 주먹질 좀 잘한다고 통할 만큼 만만한 곳이 아니라는 거다. 진정한 고수는 전체 전투에서 발생하는 주위의 가변변수마저도 읽어내고 통제하는 사람을 일컫는다. 한마디로 전투를 장악하는 사람이 고수라는 거다. 어줍잖은 실력으로 목에 힘주고 다녔다간 하루를 버텨내기도 어려운 게 강호의 비정함이다.

　힘만으로 적을 상대하려 하지 마라. 일 대 일의 경우라면 부담이 없겠으나 일 대 다수의 전투에서 선불 맞은 멧돼지마냥 날뛰는 건 적들에게 목을 내어주는 것과 다름이 아니니 적들을 읽고 지형을 읽고 자신의 상태를 읽어야 할 것이다. 어차피 강호는 비정하다. 누구도 돌봐주지 않고, 두 번의 기회를 내리는 대지가 아니다. 철저한 약육강식의 논리가 통용되는 곳. 사부의 생각으로도 너는 강호와 썩 어울리지는 않는다. 너 혼자 강호를 활보한다면 무슨 수를 써서라도 막고 싶은 게 솔직한 심정이다. 만약 너의 모자란 부분을 채워줄 동료가 있어 그들의 도움을 받는다면 더할 나위가 없겠으나 이리 삭막한 강호에서 누굴 믿겠느냐.

　마지막으로 네가 익히게 될 무공들에 관해 말하자면 전능지체를 이루어야 제 위력이 발휘될 것이다. 그러나 전능지체만으로는 절대(絶代)라고 부르기에 무리가 있다. 기인이사들이 별처럼 많고 가을 벼처럼 무수한 강호에서 자신감을 가지려면… 천관(天觀)을 이루어야 한다.

　편지를 뚫어지게 보던 청년이 킥킥거렸다.

　"그러면 그렇지. 저거 가지고는 무림에서 행세하지도 못한다는 거 아냐? 어쩐지 이름이 너무 화려하더라니… 역시 소문난 잔치였어. 젠장!"

　열받지 않는가? 언제는 전능지체를 이루라는 둥 완벽한 신체라는 둥 화려하게 입방아를 찧더니 이제 와서 다른 말로 발뺌이란 말인가?

　멍청히 서 있던 그가 뇌까리듯 한마디 했다. 어차피 절대고수 같은 거 바라지도 않았기에 큰 실망이 있는 것은 아니었다. 젊은 나이지만 체념이라는 단어에 익숙해져 있기에 가능한 일이리라.

　"무시나 당하지 않으면 성공이지 뭐. 그래도 사부 말대로라면 쓰레기 무공은 아니라고 했으니까 삼류 나부랭이 취급은 안 받을 거 아니겠어? 그 정도면 만족해야지."

　씨익 웃고 사부를 찬찬히 바라보던 그가 머리를 벅벅 긁다가 옷자락을 주욱 뜯어서 물을 묻혀왔다.

　"입성이 좋으면 저승에서도 떡 하나 더 얻어자신대요. 예전의 풍모는 아니지만 지금도 나이 많은 선녀들이라면 말 한마디로 후릴 수 있을 것 같으니 윗동네에서도 그리 적적하진 않을 겁니다그려."

　물 묻힌 천 조각으로 사부의 몸을 정성껏 닦아내며 청년은 조용히 노래를 불렀다. 노래는 동굴에서 작은 공명을 이루며 낮게 낮게 퍼져나갔다.

〈4권 끝〉

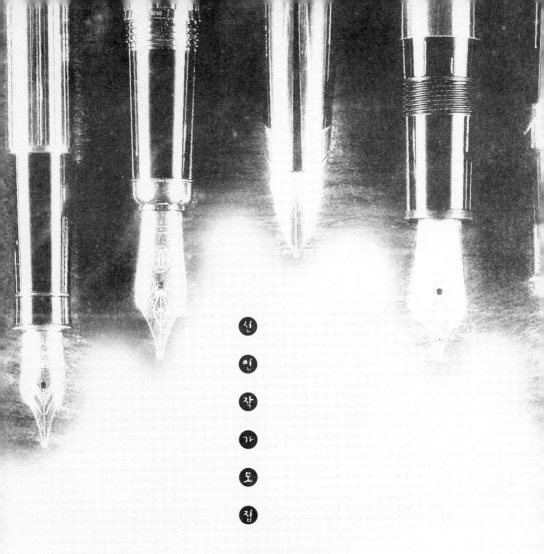

신

인

작

가

모

집

시작이 반이라고 했습니다.
작가의 길에 대한 보이지 않는 벽을 과감히 깨뜨리십시오!
청어람은 작가 지망생 여러분들의
멋진 방향타가 되어드리겠습니다.

저희 도서출판 청어람에서는
소설 신인 작가분들을 모집합니다.
판타지와 무협을 사랑하시는 분들의 많은 참여를 바랍니다.
소정의 원고(A4용지 150매)를 메일이나 우편으로 보내주시면
검토 후 출판 여부를 알려드리겠습니다.

주소:경기도 부천시 원미구 심곡1동 350-1 남성B/D 3F 우편번호420-011
TEL:032-656-4452 · **FAX**:032-656-4453
http://**www**.chungeoram.com
e-mail:chungeoram@chungeoram.com